MERLIN 7

둠라가의 복수

DOOMRAGA'S REVENGE

MERLIN 7

둠라가의 복수

DOOMRAGA'S REVENGE

토머스 A. 배런 지음 | 김선희 옮김

T. A. BARRON

arte

우리 집의 기상 넘치는 작은 다섯 용에게
이 책을 바칩니다.

위대한 나무 아발론의 일곱 뿌리-영토

멀린이 '잃어버린 핀카이라'에 심은
마법의 씨앗에서 탄생했다

곱스켄 요새

에버 나이트 봉우리

죽음의 몽상가들을 조심할 것

새 도 루
(라스트라엘트)

'불꽃이 이는 보석'의 동굴

메아리 골짜기

물 호수 핏

어둠의 요정들이 여기 있다

빛을 잃어버린 도시

파 이 어 루 트
(라 나 윈)

화산 땅

독수리 종족이 여기 있다

요정들의 구름 정원

안개 소녀들이 춤추는 땅

신비의 소용돌이

불용의 불타 버린 언덕

에 어 루 트
(이 스 윌 라 나)

불의 강

플레임론 대장간

무세오의 고향

플레임론 궁전

머 드 루 트
(맬 록)

하프랜드

진흙 언덕

이센위 평원

머드메이커가 여기 있을까?

구름 다리

환영의 장막

로리란다 신전

할라드의 비밀의 샘

바람의 회랑

공기 폭포

공기 요정의 출생지

아발론 1002년,
에오피아 지도 제작
학교에서 최신 자료를
바탕으로 만듦

T.A.B. 2003

차 례

1. 더 이상 작지 않다 • 17

2. 속삭임 • 24

3. 목숨을 구하기 딱 알맞은 때 • 30

4. 모두를 위하여 • 35

5. 불꽃 • 48

6. 마법의 스파크 • 57

7. 밀려오는 파도 • 69

8. 죽음의 묘약 • 76

9. 구름다리를 독차지하려는 싸움 • 81

10. 낙하산을 타고 온 방문객 • 91

11. 마름병 • 96

12. 초록 불꽃 • 110

13. 맛있는 아주 작은 한 입 거리 • 119

14. 파란 얼음 • 128

15. 소용돌이 • 138

16. 그림자 • 147

17. 아득한 종소리 • 153

18. 소름 돋는 오싹한 소리 • 161

19. 안개 낀 듯 뿌연 관문 • 163

20. 하늘의 불꽃 • 168

21. 기이한 생각 • 174

22. 선택 • 178

23. 뜻밖의 선물 · 185

24. 약속 · 195

25. 횃불 · 204

26. 아발론의 초록 심장 · 212

27. 준비 · 218

28. 별빛 · 228

29. 웃음소리 · 234

30. 위에서 내려오는 불 · 237

31. 어두운 틈 · 245

32. 마법의 지도 · 250

33. 이 세계가 여전히 지속하는 동안 · 259

34. 위대한 싸움 · 268

35. 둠라가의 승리 · 280

서로 꽝 부딪친 용들이 사납게 비명을 질러댔다. 뼈가 부러지고 비늘이 떨어져 나갔다. 마침내 구름 같은 재가 가라앉았다. 로 발디어그는 대장의 시체 위에 온몸을 쭉 늘어뜨린 채 고통에 신음하다, 땅으로 몸부림치며 쿵 내려앉았다. 우두머리 오렌지색 용은 척추가 부러져 다시는 움직이지 못했다.

다른 용들은 혼란스럽고 당황스러워 완전히 겁을 집어 먹고, 사방으로 뿔뿔이 흩어졌다. 용들은 허둥지둥 하늘로 날아올라 전속력으로 달아났다. 초록색 사나운 용이 쫓아올지 몰라 두려워서 감히 뒤돌아볼 엄두도 내지 못했다.

싸움터에서, 바질가라드는 공격자들의 잔해를 훑어보았다. 박살나 버린 시체 바로 너머, 로 발디어그는 날지 못한 채 고통에 신음하며 엉금엉금 기어가고 있었다. 잠시 그 모습을 지켜본 뒤, 가장 모욕적으로 일격을 날렸다. 그러니까, 몸을 휙 돌려 버린 것이다.

몸을 돌려보니, 멀린이 있었다. 멀린은 할리아와 크리스탈루스와 함께, 감탄과 고마움의 표정으로 바질가라드를 바라보고 있었다. 초록 용은 눈을 가늘게 뜨고는 즐거운 듯 당당하게 말했다.

"감히 나를 애완동물이라고 부르는 녀석들에 대한 경고라고 해두지."

1

더 이상 작지 않다

나는 아주 작았기에, 크기는 전혀 중요하지 않다고 확실하게 말할 수 있다. 단, 중요할 때만 빼고.

분노의 울부짖음이 마구 터져 나왔다. 그 울부짖음이 너무나 강력해서, 아이언우드 숲이 쓰러지고, 흐르던 강물이 바싹 마르고, 폭포가 옆으로 밀려났다. 사나운 바람이 라바돈 호수(Lavadon Lake) 위 높은 산봉우리에 부딪혀, 호수 위 바위 탑이 절벽 위로 와르르 쏟아져 내렸다. 그 바람에 호수 물이 엄청나게 튀었지만, 물 튀는 소리는 들리지 않았다. 하늘에 그 울부짖는 소리가 가득 차, 다른 소리는 들리지도 않았다.

마침내 그 울부짖음이 잦아들었다. 그런데 또 다른 소리가 남아 있었다. 그 소리는 보다 높고 가늘었지만, 소리 하나하나가 호기심을 불러일으켰다. 그건 제멋대로 질러대는 비명이 한데 어우러진 소리였다.

죽어가는 아이들의 비명.

가파른 절벽 꼭대기에 소인 아이들이 웅크린 채 옹기종기 모여 있다. 파이어루트의 다른 소인들과 마찬가지로, 곱실거리는 붉은 머리카락이 마치 솜털구름처럼 머리 위로 일렁였다. 하지만 소인들의 전형적인 장난스럽고 쾌활한 표정이 싹 다르게 바뀌어 있었다. 공포에 어린 표정.

옆에 이들을 지켜주는 어른 소인은 없었다. 이들을 지켜주려 했던 모두는, 그러니까 날카로운 눈과 억센 손의 엄마들, 그리고 우락부락한 팔뚝과 덥수룩한 턱수염의 아빠들은 지금 흙바닥에 누워 있었다. 생명 없는 몸은 산산이 부서지거나 갈기갈기 찢기거나 잿더미가 되었다. 그다지 멀지 않은 곳에, 이 끔찍한 짓을 저지른 괴물이 아이들을 노려보고 있었다. 파이어루트의 가장 사악한 용.

"어서 말해!"

용은 명령했다. 흉악한 발톱으로 땅바닥을 박박 긁어대자, 마치 칼로 멜론을 자르듯 큰 바위가 산산조각 났다.

이 용은 '로 발디어그'라는 이름을 스스로 선택했다. 멀린의 섬 핀카이라를 두려움에 떨게 했던, 오랫동안 입에서 입으로 전해져오던 가장 위험한 용, 발디어그와 자신이 이어지기를 바랐기 때문이다. 비록 아주 최근에야 파이어루트에서 대혼란을 일으키기 시작했지만, 사람들은 이 용의 이름을 듣는 것만으로도, 그 울부짖음을 듣는 것과 마찬가지로 두려움에 벌벌 떨었다. 몸집은 어마어마하게 거대하고, 진홍색 비늘이 머리, 목, 가슴, 꼬리, 날개를 뒤덮고 있었다.

"어서 말해!"

로 발디어그는 웅크리고 있는 소인 어린이 위로 엄청나게 큰 머리를 들어 올리며 다시 물었다. 소인들에게 로 발디어그의 커다란 얼굴은 산허리만큼 거대해 보였다. 이 산허리 얼굴에는 사납게 이글거리는 시뻘건 눈동자, 뾰족한 산봉우리처럼 날카로운 이빨이 나란히 늘어선 거대한 입이 있었다. 그 어떤 돌도 녹여 버릴 정도로 뜨거운 불꽃을 뿜어내는 힘은 말할 것도 없었다.

동굴 같은 콧구멍에서 뜨거운 김이 모락모락 흘러나왔다. 소인 아이들은 더 크게 울부짖으며 절벽 끄트머리로 슬금슬금 물러났다. 거기에서 몇몇은 손을 꼭 쥐고, 몇몇은 눈을 가리고 있었다. 가장 어린 꼬마는 땅바닥에 주저앉아 훌쩍였다. 그사이로 발디어그가 거대한 머리를 흔들자 턱 끝에서 삐죽 자라난 텁수룩한 검은 턱수염이 허공을 내리쳤다. 막 잡아먹은 것들의 찌꺼기는 물론이고 새로이 묻은 피가 턱수염에서 뚝뚝 떨어져 내렸다. 잘려 나간 팔이 여기에, 주인 잃은 신발이 저기에 있었다.

"어서 말해!"

로 발디어그는 다시 한번 물었다. 목소리가 쩌렁쩌렁 울려 퍼졌다.

"절대로 말 못 해!"

제법 나이 많은 소녀가 꽥 소리쳤다. 소녀는 자기 아버지의 검게 타버린 도끼를 손에 꼭 움켜쥐고 있었다. 묵직한 도끼를 최대한 높이 들었다. 하지만 더 이상 들고 있을 수 없었다. 양날 도끼날이 땅에 쿵 떨어져 박혔다. 소녀가 내뱉듯 다시 말했다.

"절대로 말 못 해. 불꽃이 이는 보석이 어디 있는지 우리는 절대 말 못 해."

"우리 종족이 그걸 발견했단 말이야!"

옆에 있던 소년이 소리쳤다.

"그건 우리 소인들 거야. 용의 물건이 아니라고!"

다른 소인 아이들도 소리쳤다.

로 발디어그의 눈이 용암이 녹은 것처럼 번들거렸다. 가슴 속이 흉포하게 들끓고, 눈에서 불꽃이 터져 나올 듯했다.

"곧 내 물건이 될 거야, 이 고집 센 새끼벌레들아."

심홍색 용이 숨을 깊이 들이쉬고는, 먹잇감들을 잿더미로 만들 준비를 했다.

비명이 더 크게 일어 하늘을 찔렀다. 많은 소인 아이들은 뒤로 물러났다. 이제 낭떠러지 아래로 떨어질 지경이었다. 도끼를 든 소녀를 포함해, 오직 몇몇 아이들만 적 앞에 꼼짝 않고 서 있었다.

로 발디어그가 포효했다. 입 밖으로 불꽃이 마구 쏟아져 나왔다. 너무 뜨거워서, 공기마저 달아나는 것처럼 뜨거운 바람이 되어 주춤 물러섰다. 이 모든 불꽃, 연기, 바람이 소인 아이들을 향해 쏟아져 나왔다.

…… 하지만 소인 아이들에게 닿지 않았다.

용의 불꽃이 뿜어져 나온 바로 그 순간, 하늘에서 커다란 날개 하나가 내려와 그 불꽃을 막았다. 수천 개의 밝은 초록색 비늘로 덮인 날개가 그 불꽃을 반사시키는 바람에, 로 발디어그가 오히려 연기와 불꽃에 휩싸였다.

로 발디어그는 울부짖었다. 이번에는 분노의 울부짖음이 아니라 놀람과 고통의 울부짖음이었다. 갑작스러운 불꽃의 공격에 로 발디어그의 눈이 그슬리고 턱수염이 바싹 타 버렸다. 로 발디어그는 뒤로 주춤주춤 절벽에서 물러서, 상처 입은 눈을 발톱으로 감싸 쥐었다.

그 순간, 날개로 아이들의 목숨을 구해준 동물이 아이들과 로 발디어그 사이에 내려앉았다. 사방을 뒤흔드는 요란한 소리가 들리고, 육중한 몸무게 때문에 땅이 요란하게 뒤흔들렸다. 땅이 너무 심하게 흔들려서, 큼지막한 바위 수백 개가 절벽에서 우르르 쾅쾅 떨어져 나가 저 아래 호수로 비처럼 쏟아져 내렸다.

자신을 구해준 동물을 올려다본 소인 아이들은 그 자리에 얼어붙은 것 같았다. 충격으로 차마 입을 열지 못했다. 몸집이 자신들을 공격한 용보다 훨씬 컸다. 살아 있는 짐승이라기보다는 차라리 산에 가까웠다. 놀랍게도…… 그것은 다른 용이었다.

거대한 초록 용은 한쪽 눈으로는 몸부림치는 로 발디어그에게 계속 시선을 고정한 채 소인 아이들을 향해 고개를 돌렸다. 저 위, 아발론의 별빛을 받아, 이마의 비늘이 에메랄드처럼 반짝반짝 빛났다.

"두려워 마, 난 바질가라드다."

용이 당당하게 말했다. 목소리가 천둥처럼 컸다. 하지만 왠지 천둥만큼 두렵지는 않았다.

소인 아이들은 여전히 아무 말도 하지 못했다. 얼굴에는 존경과 믿을 수 없다는 표정이 역력했다. 어디선가 불쑥 나타난 이 거대한 존재를 그저 멍하니 바라볼 뿐이었다. 몇몇 아이들은 여전히 훌쩍이고 있었다. 다른 아이들은 절벽 끝에서 엉금엉금 기어 나오기 시작했다. 마침내, 도끼를 든 소녀가 도끼날로 땅을 쿵 내리쳤다. 그러더니 거대한 초록색 눈 하나를 올려다보며 큰 소리로 물었다.

"당신이 정말 바질가라드인가요? 사악한 크리릭스한테서 멀린을 구해준 용이 맞아요?"

거대한 머리가 살짝 움직였다. 하지만 용은 크리릭스와의 전투를 떠올리며 눈살을 찌푸렸다. 마법을 빨아들이는 크리릭스의 힘은 마법사의 죽음을 의미할 뿐만 아니라 용의 죽음을 의미하기도 했다.

소녀는 자신의 도끼를 흘끗 내려다보았다. 죽기 전까지 그 도끼를 용감하게 휘두르던 아버지의 모습이 갑자기 떠올라, 두 눈이 촉촉하게 젖었다. 다시 고개를 들어 바질가라드를 바라보며 물었다.

"왜 우리를 도와준 거예요?"

로 발디어그에게서 시선을 돌려(로 발디어그는 지금은 좀 더 멀찍이 떨어져 여전히 두 눈을 감싸 쥔 채 분노에 차 있었다.) 바질가라드가 고개를 살짝 숙였다. 거대한 그림자가 소녀를 뒤덮자, 소인 아이들은 바짝 긴장해 우르르 뒤로 물러섰다. 하지만 소녀는 꼼짝 않고 서서 바질가라드를 바라보았다.

마침내, 초록 용이 말했다. 목소리가 놀라울 만큼 부드러웠다.

"왜냐하면, 꼬마야, 나도 한때는 아주 작았거든. 너보다 더 작았단다."

소녀는 눈을 끔뻑였다. 그 말을 믿는 건 둘째 치고 도저히 이해할 수가 없었다. 계곡을 다 덮고도 남을 거대한 날개 달린 짐승이 그렇게나 작았다니!

바질가라드는 소녀의 의심을 눈치채고 킬킬 웃었다. 목구멍 깊은 곳에서 그윽하고도 낭랑한 소리가 울려 퍼졌다. 커다란 입술이 벌어지더니, 창보다 날카로운 이빨이 마치 수천 명의 보초처럼 빼곡히 줄지어 나타났다. 입 앞쪽 딱 한 곳만 빼고. 거기에는 이빨 하나가 빠지고 없었다. 크리럭스와의 전투에서 입은 상처였다.

갑작스레 이들 위로 굉음이 들렸다. 소녀와 다른 소인들이 땅에 납작 엎드렸다. 바질가라드가 휙 돌아섰다. 심홍색 용이 날개를 활짝 펴고 치명적인 발톱을 쭉 뻗은 채 바질가라드에게 덤벼들었다. 불에 그슬린 턱수염의 불씨에서는 여전히 불꽃이 이글거리고 있었다. 이 공격자의 상처 입어 퉁퉁 부운, 성난 눈동자가 밝게 빛났다.

"어떻게 네가 감히 나한테 덤비지? 어떻게 이 세상 가장 위대한 용에게 도전하지?"

로 발디어그가 포효하며 불꽃을 내뱉으면서 공격해왔다.

능숙하게 딱 한 번 움직여, 바질가라드는 옆으로 휙 돌아섰다. 거대한 꼬리를 하늘을 향해 휘둘러 공격자의 배를 향해 내리쳤다. 엄청난 힘이었기에 로 발디어그는 고통에 울부짖으며 허공에서 고꾸라질 수밖에 없었다. 이윽고, 로 발디어그가 제대로 몸을 추스르기도 전에, 바질가라드는 꼬리를 다시 획 돌려 적의 목을 휘감으며 엄청난 포효를 내질렀다. 소리가 너무 커서 저 멀리 화산 땅(Volcano Lands)까지 들릴 정도였다. 바질가라드는 심홍색 용을 절벽 너머, 저 아래 호수로 획 내동댕이쳤다. 물이 엄청나게 솟구쳐 올랐다. 바위 꼭대기까지 닿을 정도였다. 소인 아이들에게 물이 다 튀었다.

주위가 서서히 조용해졌다. 용의 포효가 희미해져 가는 울림, 그리고 저 아래 물가에서 물살이 일렁이는 소리만 들릴 뿐이었다. 바질가라드는 도끼를 든 소녀를 향해 다시 돌아섰다. 소녀의 뺨은 물이 튀어 번들거렸다. 코에서 물방울이 뚝뚝 떨어졌다. 소녀의 몸은 용의 가장 작은 비늘 하나보다도 작았지만, 아무런 두려움도 없이 용을 바라보았다. 똑바로 쳐든 소녀의 얼굴은 감사의 마음으로 빛났다.

"감사합니다."

소녀가 말했다. 바질가라드는 고개를 끄덕였다. 이윽고 거대한 두 날개를 접었다. 소녀는 바질가라드를 한동안 바라보더니 덧붙였다.

"하지만 나보다 더 작았다는 말은 도저히 믿을 수 없어요."

"음, 사실이야. 그래도 내가 더 이상 작지 않아서 꽤 쓸모가 있단다."

바질가라드가 나지막하게 말했다. 용의 커다란 초록색 눈동자 하나가 소녀를 향해 찡긋해 보였다.

2

속삭임

용에게 복수란 때로는 달콤하지만 때로는 쌉싸름하다. 그래도 항상 군침이 돈다.

파이어루트는 바질가라드가 좋아하는 영토가 아니었다.

"공기에는 유황이 너무 많고, 땅에는 나무가 너무 적어."

바질가라드는 언젠가 멀린에게 이렇게 말했었다.

그래도, 그곳에 아주 오래 머물며 소인 어린이가 자기 종족의 품으로 돌아가도록 도와주었다. 이들을 한참 떨어진 곳의 터널 관문으로 이끌어줬다. 소인 어른들이 나와 이 고아들을 집으로 데리고 갔다. 몇몇은 용에게 도와줘서 고맙다는 말도 했다. 하지만 바질가라드가 로 발디어그에게 희생당한 사람들의 시체를 함께 치워주겠다고 하자, 이들은 거부했다. 오직 소인들만이 전통에 따라 엄숙하게 매장을 할 수 있다고 고집을 부렸다.

마지막으로 떠난 이는 자기 아버지의 불에 탄 도끼를 든 바로 그 용감한 소녀였다. 소녀는 바질가라드에게 고맙다는 말과 함께, '우르날다'

할머니의 이름을 따서 자기 이름을 지었다는 사실도 알려주었다. 아주 오래전, 멀린이 젊었던 시절에 소인들의 강력한 지도자였던 우르날다. 소녀의 눈동자가 반짝반짝 빛났다. 그 눈빛에, 바질가라드는 이 소녀와 또 만나게 되리라 확신했다. 이윽고 소녀는 도끼를 들어 예를 갖추고, 일행을 따라 터널 안으로 들어갔다.

바질가라드는 시커멓게 그슬린 땅 위를 날아 집으로 돌아가며, 용암을 토해내는 여러 화산을 내려다보았다. 유황 가스가 허공에 가득 찼다. 바질가라드는 코를 찡긋했다. 저 까맣게 탄 산 정상과 연기가 피어오르는 산마루, 독성이 강한 구름 같은 재로 뒤덮인 저 땅은 로 발디어그와 같은 살인자들에게 딱 맞는 고향처럼 보였다. 그런데 심홍색 용은 왜 그렇게 난폭하게 굴기 시작한 걸까? 소인들의 귀중한 보석에 대해 오랫동안 지녀왔던 탐욕이 왜 갑자기 불꽃처럼 이글이글 타오른 걸까?

바질가라드는 피어오르는 구름 같은 재를 피해 방향을 틀며 얼굴을 찡그렸다. 고약한 냄새 때문이 아니었다. 마음속에서 피어나는 다른 뭔가 때문이었다. 로 발디어그는 사실 골칫거리였다. 하지만 유일한 골칫거리는 아니었다. 아발론에서 폭력이 점점 더 심해지고 있었다. 일테면, 파이어루트의 분노한 용, 머드루트에서 도둑질을 일삼는 땅의 요정, 북쪽 우드루트의 나무 숨통을 조이는 뱀······. 멀린은 최근에 이런 문제를 나름대로 해결하며 많은 시간을 보내고 있었다. 평화를 되찾기 위해 최선을 다했다. 자기 친구한테도 그렇게 해달라고 부탁했다. 그럼에도 이 마법사는 이렇게 급격하게 증가하는 폭력을 크게 걱정하지 않는 듯했다. 그저 어깨를 으쓱하며 이것을 '어린 세상에서 섬섬 늘어나는 고통'이라고 불렀다. 거대한 초록 용, 바질가라드는 멀린의 그 말을 확신할 수 없었다.

바질가라드는 날개를 느릿느릿 움직여 화마를 입은 채 어둠이 내려앉은 언덕 위를 미끄러지듯 날았다. 그사이 생각은 저 멀리 자신의 세상인 아발론의 일곱 영토로 나아갔다. 그 모든 기괴하고 때로는 위험한 주민들에도 불구하고, 아발론은 그 놀라운 다양성 때문에 번성했다. 그리고 애초부터 평화와 조화의 진정한 고향처럼 보였다.

'지금까지는 그랬어. 그런데 내가 왜 이렇게 불안한 거지?'

바질가라드의 거대한 날개가 허공을 내리치자, 잿빛 언덕에 바람이 몰아쳤다.

"넌 너무 걱정이 많아. 멀린도 걱정하지 않는데, 왜 네가 걱정을 해야 하지? 이제 걱정 좀 그만해……."

바질가라드가 큰 소리로 혼잣말을 했다.

순간, 날카로운 소리에 생각을 멈추었다. 초록색 눈동자를 크게 뜨고, 왼쪽으로 잽싸게 방향을 틀어, 끔찍한 소리가 나는 곳을 향해 곧장 거대한 두 날개를 세차게 움직였다. 그게 무슨 소리인지 너무나도 잘 알았다.

바질가라드는 구름 속으로 뛰어들었다. 고약한 구름 냄새에 두 눈이 따끔거리고 코가 아팠지만 멈추지 않고 곧장 앞으로 날아갔다. 그 외침은 일분일초가 다급하다는 뜻이었다. 또다시 그 소리가 들려왔다. 이번에는 더 많은 외침이었는데 귀에 거슬리는 끔찍한 소리였다.

고약한 냄새가 나는 구름 밖으로 빠져나오자, 그들의 모습이 보였다. 치명적인 다크틸새 떼였다. 다크틸새 떼는 단검처럼 날카로운 발톱으로 허공을 가르며 튼튼한 날개를 펄럭였다. 먹잇감, 그러니까 푸른색 날개의 작은 안개 요정들에 가까이 다가가며, 마치 요정들의 죽음을 미리 축하하듯 난폭하게 울어댔다.

다크틸새의 날개가 허공을 내리쳤다. 그러는 사이, 묵직하게 늘어진 눈이 의기양양하게 번득였다. 바로 앞에, 안개 요정들이 미친 듯이 허둥대며 날고 있었다. 탈출하기 위해 필사적이었다. 요정들의 파란색 섬세한 날개는 각각 한 조각 안개처럼 가늘었는데, 이미 끝이 너덜너덜했다. 곧 요정들은 완전히 갈기갈기 찢기고, 저 사나운 포식자들한테 속수무책으로 당하고 말 것이다.

다크틸새의 비명이 점점 더 커지면서, 때로 발톱이 살점을 뜯으며 허공을 마구 찢어댔다. 불현듯, 비명이 멈추었다.

거대한 초록색 날개 하나가 갑자기 허공을 휘저었다. 날개는 다크틸새 떼를 급습해, 이들을 불타는 화산의 주둥이 속으로 곧장 내동댕이쳤다. 새들은 저항하거나 경로를 바꿀 시간이 전혀 없었다. 귀에 거슬리는 비명만이 아주 짧게나마 들려왔다. 이윽고, 화산의 부글부글 끓는 뜨거운 용암이 새들을 모조리 집어삼켰다.

바질가라드는 다시 날개를 쭉 펴고, 하늘 높이 솟아올랐다. 다크틸새 떼가 사라지는 모습을 지켜보며, 지금보다 젊고 작은 시절, 저 다크틸새가 자신을 쫓아올 때 자신이 느꼈던 두려움을 다시 떠올렸다. 연기를 내뿜는 화산을 잠시 바라보고는 만족스럽게 고개를 끄덕였다. 눈을 번득이며, 아무렇지도 않게 말했다.

"저렇게 하면 녀석들 마음이 좀 푸근해지겠지."

파란색 안개구름에 바질가라드는 앞이 보이지 않았다. 요정들! 바질가라드 얼굴 사방에 모여든 요정들이 날개를 움직이며 속삭이듯 작은 목소리로 바질가라드를 불렀다.

"요정들의 친구!"

"위대한 심장, 위대한 자."

"용감한 바질."

"무적의 용."

"평화의 날개."

'이름이군. 저들이 내게 이름을 지어주고 있어.'

바질가라드는 깨달았다.

커다란 입을 위로 말아 올리며 말했다.

"나한테 새로운 이름을 지어줄 필요는 없어, 친구들. 난 그저 바질가라드야. 그리고 난 언제나 너희를 돕는 게 기뻐."

요정들은 점점 더 크게 속삭였다. 말이라기보다는 한 줄기 바람 같았다. 바질가라드는 이제 뭐라고 말하는지 알아들을 수도 없었다. 하지만 이들이 자신을 숭배한다는 사실을 잘못 이해할 리는 없었다.

마침내, 파란 구름이 흩어지기 시작했다. 요정들은 바질가라드의 얼굴 곁에서 떠나갔다. 이제 요정들의 날개는 좀 더 느긋하게 움직였다. 하늘을 난다기보다 그냥 둥둥 떠다니는 것처럼 보였다.

바질가라드는 요정들이 떠나가는 모습을 지켜보며, 날갯짓을 거의 하지 않고 불에 타 버린 영토 위를 미끄러지듯 나아갔다. 커다란 귀를 치켜 올리고, 요정들의 속삭이듯 부드러운 목소리를 들으려 쫑긋 세웠다.

그 목소리를 들으니 누군가가 떠올랐다. 바람처럼 우아하고 꾸준히 움직이던 소중한 친구를. 그 친구는 바로 '바람 누이'였다. 바람 누이는 바질가라드와 함께 저 멀리까지 여행을 했다. 그리고 언제나 바질가라드를 '꼬마 방랑자'라고 불렀다. …… 바질가라드가 막강한 용으로 자라고 나서도 말이다. 하지만 마침내 바람처럼, 바람 누이가 계속 나아갈 때가 왔다. 그 어떤 것도 바람 누이가 머무르게 할 수 없었다.

바질가라드는 의아해하며 귀를 떨었다.

'지금 어디 있나요, 아일라? 이 바람 속에 있나요? …… 아니면 다른 곳에 있나요? 용은 누군가를 그리워하기에는 덩치가 너무 커요. 분명 당신처럼 빠른 누군가를요! 하지만 난 당신의 경쾌한 목소리를 다시 듣고 싶어요. 다시 그 산들바람 속의 계피 향을 맡고 싶어요.'

바질가라드는 귀를 빙글 돌렸다.

저 아래 화산에서 유황 연기가 한 줄기 뿜어져 나오는 바람에 쿨럭 기침을 했다. 덕분에, 즉시 현재로 돌아올 수 있었다. 이렇게 고약한 냄새가 나는 땅에서 누가 오래 머물 수 있을까? 우드루트의 달콤한 숲속으로 돌아갈 시간이다!

바질가라드는 날개를 활짝 펴고 크게 방향을 바꾸며, 떠나가는 안개 요정들을 마지막으로 흘끗 바라보았다. 그러고는 기쁨에 넘쳐 말했다.

"평화의 날개라고? 그렇게 나쁘지는 않군. 그렇게 나쁘지는 않아."

이윽고 날개를 힘차게 휘저어 스스로 집이라고 부르는 숲의 영토로 향했다.

3
목숨을 구하기 딱 알맞은 때

달콤한 잠은 대단한 보물이다. 특히 지친 이들에게는 너무나도 소중하다.

　바질가라드는 거대한 몸을 동그랗게 말았다. 움푹한 계곡에 꽉 들어찼다. 이곳은 오래전부터 초록 용이 즐겨 잠을 자는 곳이다. 이곳에는 나무가 한 그루도 없기에 자신의 몸무게를 못 이겨 몸통이 툭 부러져서 간지럽히는 나무가 없기 때문이기도 했다. 그리고 이곳이 우드루트의 가장 깊숙한 숲에 자리 잡고 있기 때문이기도 했다. 무척 깊숙한 곳이라 아무런 방해도 받지 않았다. 물론, 멀린만 제외하고. 멀린은 바질가라드를 어디서든 찾아낼 수 있었다.

　눈꺼풀이 처지며 밝은 초록 불꽃의 눈동자를 덮을 때, 바질가라드는 습지 백합과 연못의 물 냄새를 피워 올렸다. 초록 용이 제일 좋아하는 감미로운 향기였다. 백합 향이 허공을 가득 채웠다. 만족스럽게 한숨을 쉬었다.

　바질가라드는 그날 경험한 일을 되돌아보았다. 로 발디어그와의 싸움. 그 녀석은 감히 바질가라드의 아버지인 옛 이야기 속 가장 강력한 용의 이름을 따라서 지었다. 놈은 소인들의 불타는 보석을 끊임없이 욕심을 냈다. 어린 우르날다와의 대화. 그 소녀는 바질가라드가 한때 자신보다 더 작았다는 사실을 믿지 못했다. 다크틸새 떼와의 짧은 조우. 그리고 안개 요정들이 건넨 감사의 포옹.

바질가라드는 땅딸막한 작은 동물에서 지금의 거대한 용으로 변하기 전에는 절대 일어날 수 없었던 일들이라고 스스로에게 상기시켰다. 요즈음 삶은 과거와는 완전히 달라졌다!

'하지만…… 대부분의 시간, 내 마음 깊은 곳에서는 난 여전히 달라진 게 없는 것 같아.'

초록 용은 깊은 생각에 잠겼다.

바질가라드는 하품을 했다. 이빨이 박힌 커다란 입이 드러났다. 두 눈이 완전히 감겼다. 졸음이 쏟아지는 가운데, 그날 있었던 또 하나의 경험을 떠올렸다. 집으로 돌아오는 길에 스톤우드 서쪽에서 마주했던 오거 한 마리와의 약간의 난투. 그 털투성이 녀석은, 매너만큼이나 몸냄새가 혐오스러웠는데, 집의 지붕을 뜯어 버리고 나서 집 안에 있는 사람들을 모조리 먹어 치우는 고약한 습관이 있었다.

바질가라드가 집 한 채를 또 파괴하는 오거를 막아서며 당장 떠나라고 경고했지만 녀석은 말을 듣지 않았다. 특별히 큰 지붕을 뜯어서는 바질가라드를 향해 냅다 던져 버렸다. 그러니 이 불쾌한 녀석을 다른 영토로 곧장 집어 던지는 것 말고 또 무엇을 할 수 있단 말인가? 몇 초 뒤, 오거 몸이 진흙에 철퍼덕 떨어지는 소리가 저 멀리서 들려왔다.

'그래, 정말 대단한 날이었어. 하지만 용에게는 그다지 유별난 날은 아니었어. 특히…… 날개…… 라고 불리는……'

바질가라드는 생각했다.

초록 용이 슬슬 코를 골자 부드럽고 감미로운 소리가 났다. 언덕 아래로 산사태가 나는 소리, 숲을 가로질러 토네이도가 부는 소리와 쉽게 헷갈릴 수 있는 그런 소리가…….

그 순간 목소리가 또렷하고 크게 들려왔다. 귓속에서가 아니라, 마음속에서 들려왔다. 용은 두 눈을 뜨고, 무례하게 자신의 선잠을 깨운 그 소리를 향해 화난 듯 사납게 으르렁거렸다. 하지만 아무리 으르렁거려 봐야 아무 소용없다는 걸 잘 알고 있었다.

왜냐하면 이건 자신의 친구 멀린의 목소리였으니까. 멀린은 훌륭한 마법사였지만, 언제 텔레파시로 자신을 부를지 전혀 알 수 없었다. 불행하게도 마법사들은 예의범절이 엉망이다.

'바질! 잘 지냈어, 친구? 방해가 되지 않았으면 좋겠는데.'

멀린이 소리쳤다. 살짝 숨이 찬 목소리였다.

'전혀. 그저 내 첫 잠을 망가트렸을 뿐이에요, 그러니까…….'

용은 성마르게 대답했다.

'그렇다면 다행이네. 저기, 음, 난 하고 싶은 말이 있는데, 친구…….'

멀린이 말을 끊었다. 뒤에서 뭔가가 무척이나 세게 터지는 소리가 났다.

'무슨 말을요?'

우르릉 쾅쾅!

용의 마음속에서 뭔가가 또다시 폭발하며 울렸다. 뒤이어 뭔가 지글지글 끓는 소리가 또렷하게 들렸다.

'그냥 말하고 싶었어. 원한다면…… 내 목숨을 구하고 싶다면…….'

멀린이 말을 이었다.

우르릉 쾅쾅!

마법사는 잠시 말을 멈추었다. 그사이 뭔가 쩍쩍 갈라지고, 또 다른 뭔가가 땅에 떨어지는 소리가 들렸다.

'*음, 바질…… 지금이 내 목숨을 구하기 딱 알맞은 때야.*'

거대한 초록 용은 잠을 포기하고, 고개를 절레절레 저었다.

'*다시 문제에 빠졌군요? 이번에는 어디죠?*'

'*파이어루트 위쪽 지역이야, 그러니까…… 곱스켄(gobsken) 요새야. 지금 한창 폭발하는 중이야…….*'

우르릉 쾅쾅! 우르릉 쾅쾅!

'*화산이로군요! 알겠어요. 다시 파이어루트로 돌아갔군요! 젠장, 내 운이 그렇지 뭐. 난 연기 나는 땅은 정말 지긋지긋해요.*'

바질가라드는 한숨을 푹 쉬었다.

'*어쨌든 와줄 거지, 친구? 널 보면 정말 기쁠 거야. 그리고…… 할리아도.*'

쉬이이익!

'*할리아요? 할리아도 거기 있다고요?*'

용은 멀린의 아내 이름을 듣고 몸이 뻣뻣하게 굳었다.

'*그래, 하지만…….*'

멀린의 목소리가 그 폭발 소리에 파묻혀 버렸다.

'*좋아요, 내가 갈 때까지 살아 있도록 해봐요.*'

용은 계곡에서 머리를 들어올리고, 커다란 날개를 쭉 폈다.

'*최선을…… 다 해볼게.*'

쾅쾅 쿵쿵쿵!

바질가라드는 머리 위 별을 흘끗 올려다보며 가장 밝은 별자리의 위치를 확인했다. '마법사의 지팡이'로 알려진 일직선으로 늘어선 일곱 개의 별. 아발론의 탄생 순간부터 저 별들은 밝게 빛나며 야간 여행자들을 안내해주었다. 저 별들은 또한 아발론의 별이 정말로 무엇을 의미하는지, 수년 동안 사색거리를 던져주었다. 즉, 아발론의 별들은 다른 세상일까? 아니면 뭔가 더 신비한 무엇인가? 하지만 오늘 밤은 사색할 시간이 없었다. 문제가 터졌다. 또다시. 그리고 이번에는 멀린이 이것을 '점점 늘어가는 고통'이라고 그냥 치부해 버릴 게 아니라는 느낌이 왠지 바질가라드한테 강하게 들었다.

용의 초록빛 혀가 이빨 틈 사이를 비집고 나왔다. 자신의 첫 번째 진짜 전투의 기념비. 이번 싸움에는 마법을 먹는 크리릭스는 없다는 것을 알았다. 그렇다면 누구일까?

"좋아, 날아갈 시간이군."

바질가라드가 당당하게 외쳤다.

방향을 확인하고 파이어루트를 향해 목을 동쪽으로 쭉 뻗었다. 두 날개를 몇 차례 세차게 퍼덕거리며, 계곡에서 솟아올랐다. 길고 늠름한 몸이 별을 향해 떠올랐다. 초의 불꽃에서 피어나는 연기처럼 우아하게……

4

모두를 위하여

생명을 한 끼의 식사라고 생각한다면, 그리고 자신을 모든 걸 조정하는 셰프라고 생각한다면, 당신이 요리되기 십상이다.

바질가라드는 아발론의 별빛을 따라 날개를 재빨리 움직이며 하늘을 날았다. 날개의 움직임은 보이지도 않았다. 용보다 더 빨리 하늘을 날 수 있는 동물은 없다. 게다가 바질가라드는 서둘러 나는 용이었다. 무척 서둘렀다.

"멀린, 그렇게나 능력이 대단한 사람인데도, 분명 문제에 빠지는 요령이 있는 게 분명해요."

바질가라드가 하늘을 가로질러 재빨리 움직이며 투덜거렸다.

용은 밤하늘에서 초록색으로 반짝이는 눈을 가늘게 떴다. 요즘 들어 멀린과 바질가라드 둘 모두에게, 그리고 이들이 사랑하는 세계에게 문제가 자주, 게다가 점점 더 위험하게 생겨났다. 그 어떤 세상과도 다른, 멀린이 직접 심은 씨앗에서 자라난 곳인 나무속 마법의 세계 아발론에서.

새롭고 경이로운 세계보다 더 많은 것을 지녔던 건 바로 하나의 씨앗이었다. (용은 그 사실을 잘 알고 있었다.) 그 자체의 방식으로, 훨씬 더 크고 진기한 무엇. 하나의 이데아. 드넓은 우주 어딘가에, 모든 생명체와 모든 종이 함께 조화롭게 살 수 있는 방법을 찾을 수 있는 그런 곳이 어딘가에 있을 것이라는 생각. 상호 존중하며 세상을 공유할 수 있고, 차이를 통해 갈등이 아니라 힘을 끌어낼 수 있는 곳. 그리고 이 영토들의 수많은 아름다움을 보호하는 것.

아발론의 이데아.

멀린은 그렇게 즐겨 불렀다. 그것은 마음은 물론이고 가슴을 휘저어 놓은 개념이었다. 점점 위험해 보이는 개념이었다. 그래서 바질가라드는 그렇게 투덜거리면서도, 멀린이 자신을 불러주는 게 달가웠다. 마법사 멀린은 최근에 점점 더 자주 바질가라드를 부르고 있었다. 사실 너무 자주 불러서 멀린은 부인 할리아보다 더 자주 바질가라드와 시간을 보내고 있었다.

바질가라드는 용의 속도로 하늘을 날면서 포효했다. 가고 싶은 곳이 딱 한군데 있었다. 자신이 어릴 적 아주 작았을 때는 불가능해 보이던 장소였지만 지금은 이 땅의 그 어디보다도 집처럼 느껴지는 곳. 바로 멀린의 옆으로.

비늘 덮인 커다란 날개를 연신 움직이면서, 저 아래를 내려다보며 일곱 뿌리-영토를 확인했다. 무척 신선하고 달콤한 향이 나는 울창한 숲으로 이루어진 우드루트를 떠나자마자 워터루트를 알아차렸다. 그곳은 별빛을 받아 바다가 온갖 무지갯빛으로 빛났다. 잠시 뒤, 스톤루트가 나타났다. 그곳에서는 밤낮으로 울려 퍼지는 종소리를 항상 들을 수 있었다. 이제 머드루트. 멀린이 그곳의 땅을 생명의 마법으로 풍요롭게 해주었다. 이윽고 에어루트가 나타났다. 그곳에서는 겹겹이 쌓인 구름을 볼 수 있었다. 구름은 '안개 소녀들이 춤추는 땅'이었다. 저 멀리 영원한 어둠, 검정색보다 더 검은 곳은 바로 섀도루트였다. 그리고 이제, 바로 저 아래에, 파이어루트의 화산 영토가 있었다.

바질가라드는 산악 지대를 향해 북쪽으로 방향을 틀었다. 그곳에는 최근에 곱스켄이 바위 요새를 세웠는데, 무척 두껍게 쌓아서 용의 불꽃으로도 뚫을 수 없었다. 곱스켄에게 싸움은 숨 쉬는 것만큼이나 자연스러웠기 때문에, 멀린과 바질가라드는 그곳이 마음에 들지 않아도 그냥 내버려 두기로 결정했다. 곱스켄이 그곳을 다른 종족에 대한 정복의 근거지로 사용하지 않는 한 큰 문제될 게 없었으니까. 그리고 만약 곱스켄과 불을 내뿜는 용과의 해묵은 불화가 이 두 집단을 정신없이 싸우게 만들게 되면, 요새는 나름대로 쓸모 있었다. 이 지속되는 불화에 용들이 정신이 팔리다 보면, 소인들의 불타는 보석에 대한 집념을 잊어버릴 수 있다고 기대를 품으면 지나친 걸까?

바질가라드는 길게 늘어선 화산 위를 지나치며 멀린의 흔적을 찾아보았다. 유황 가스와 쏟아지는 용암 사이로 행진 중인 곱스켄 군대가 보였다. 뜨거운 용암이 칙칙 쏟아지는 웅덩이가 가득한 벌판. 강철나무는 몸통과 나뭇가지가 화염에 시커멓게 변해 죽어 있었다.

하지만 마법사의 흔적은 어디에도 없었다.

바질가라드는 살짝 몸을 돌려, 오래된 화산 분화구 위를 스치듯 날았다. 하늘을 뒤덮은 고약한 냄새가 나는 구름 때문에 눈이 따끔거렸지만, 불에 그슬린 땅을 유심히 살펴보았다. 저기 분화구가 왠지 좀 이상해 보였다. 거의…… 마치…….

저기다! 화산 가장자리 꼭대기에서 새로운 불꽃이 뿜어져 나왔다.

그것은 용암이 녹아내리며 내뿜는 불꽃이 아니었다. 용이 내뿜는 불꽃이었다. 둥그런 불꽃 가운데에 서 있는 한 사람을 향해 치명적인 불꽃을 겨누었다.

멀린!

마법사 멀린은 분화구 가장자리에 서서, 한 손에 지팡이를 들고 다른 한 손에 든 황금색 '불꽃 공'으로 번갯불을 날렸다. 끊임없이 몸을 돌리며 공격자들이 내뿜는 불꽃을 피했다. 그 모습이 전사라기보다는 춤추는 사람처럼 보였다. 하지만 그저 흥겨운 오락이 아니었다. 목숨을 다해 싸우는 중이었다.

열일곱, 열여덟, 열아홉 마리 용! 바질가라드의 마음이 소용돌이쳤다. 제아무리 마법사라 하더라도 어떻게 한 사람이 이처럼 막강한 공격을 막아낼 수 있을까? 멀린의 편에 선 단 한 마리의 용으로서, 어떻게 하면 친구를 제대로 도울 수 있을까?

바질가라드는 속도를 줄여 가까이 다가가며 상황을 쓱 훑어보았다. 하늘에 떠 있는 별빛은 물론이고 이글거리는 화산 빛을 받으며, 공격자들은 파이어루트에 사는 용들의 온갖 색을 다 보여주었다. 빨간색, 오렌지색, 그리고 황색. 그리고 그렇다…… 그중에는 바질가라드가 잘 아는 심홍색 거대한 용도 한 마리 있었다.

'음, 음, 로 발디어그, 다시 싸울 만큼 충분히 튼튼해졌다고 생각하는 건가? 넌 정말 운이 지지리도 없구나.'

바질가라드가 혼잣말을 했다. 그러고는 콧바람을 불었다. 콧구멍이 벌렁거렸다.

마법사에게 초점을 맞추니, 멀린의 얼굴이 평소와 달리 수척해 보인다는 걸 곧장 알아차렸다. 무성한 턱수염은 불에 그슬리고, 망토 자락은 갈기갈기 찢어졌다. 불현듯, 분화구 안에 숨어 있는 또 다른 모습이 바질가라드의 눈에 띄었다.

할리아! 할리아라는 걸 알아차리기는 했지만, 몸을 움츠리고 있는 그 사람은 아주 오래전에 멀린의 마음을 얻은 여인과는 하나도 닮아 보이지 않았다. 사슴으로 변신하는 능력을 지닌 여인. 그 우아하고 친절한 인품은 아발론 전역에서 유명했다. 그런데 지금 할리아는 다 찢어진 파란색 숄로 몸을 감싼 채, 분화구의 바위 벽에 기대 불꽃과 화염을 피하고 있었다. 할리아의 고동색 땋은 머리는 제멋대로 헝클어져 있었다. 암사슴처럼 커다란 눈동자에 두려움이 가득 차 있었다.

분화구 안에서 뭔가가 또 꿈틀거리며 위를 향해 움직였다. 또 다른 사람! 바질가라드는 화산의 옅은 안개 사이로 내려다보았다. 마침내 그게 누군지 알아차렸다. 할리아와 멀린의 아들 크리스탈루스였다. 크리스탈루스는 최근 몇 년 사이에 건장한 젊은이로 성장했다. 부모만큼 키가 큰, 순백색 갈기 같은 머리카락의 젊은이는 꽤 당당해 보였다. 멀린에게는 실망스럽게도, 마법의 능력은 전혀 보이지 않고 있다는 사실에도 불구하고 그랬다. 위에서 초록 용이 지켜보니, 크리스탈루스는 자기 엄마 손을 잡은 채 안심시키려 애썼다.

이윽고 분화구 근처에 있는 뭔가 다른 것을 알아차렸다. 분화구 중앙에 초록색 불덩어리가 있었다. 싸움의 불꽃이 아니었다. 바질가라드의 초록색 눈동자에서 불타고 있는 것과 같은 마법의 불꽃이었다. 가장 강력한 마법 엘라노(elano)의 불꽃, 아발론의 위대한 나무의 정수(精髓).

'관문이로군.'

바질가라드는 경외감을 느끼며 깨달았다. 파이어루트의 이렇게나 외진 곳에 있다니! 할리아가 저 관문을 통해 이곳으로 온 것일까? 싸움꾼 곱스켄과 성난 용들 말고는 아무도 살지 않는, 불에 그슬린 황무지로 멀린이 가족을 일부러 데려오지는 않았을 것이다.

바질가라드는 날개를 재빨리 움직여 내려앉을 준비를 했다. 문득, 이 산등성이 위의 분화구가 왜 모두 이상해 보이는지 그때서야 깨달았다. 다른 곳에서 보았던 분화구와 달리 이것들은 완벽하게 둥근 원형이었다. 마치…….

'누군가 깎아서 만들었어.'

조각 기술과 도구가 있는 종족이 만든 게 분명했다. 소인과 같은 종족이!

바질가라드는 땅에 닿기 전 마지막 순간에 모든 걸 파악했다.

'저건 분화구가 아니야. 저건 소인들의 지하 터널로 들어가는 출입구야! 어쩌면…….'

생각을 마저 끝내기도 전에, 계속해서 용들이 쏘아대는 엄청나게 사나운 불꽃을 막아내는 멀린의 모습이 바질가라드의 눈에 들어왔다.

'내가 왔다는 걸 알려야 할 때로군.'

바질가라드는 결심했다. 그러고는 엄청난 굉음을 일으키며 분화구 바로 옆의 시커먼 산등성이에 털썩 내려앉았다.

그 충격으로 멀린이 하마터면 분화구 옆으로 떨어져 내릴 뻔했다. 하지만 마법사는 가까스로 지팡이로 균형을 잡을 수 있었다. 즉각, 주변의 용들이 모두 불꽃 공격을 잠시 멈추었다. 그 침묵의 순간에 멀린과 바질가라드의 눈길이 마주쳤다.

"왜 이렇게 늦었어?"

마법사가 물었다. 퉁명스럽기는 해도 목소리에 애정이 묻어났다.

"아, 오는 길에 구경을 좀 했어요."

이윽고 바질가라드의 눈이 걱정스럽게 좁아졌다.

"계획이 뭐예요?"

"계획이라고? 너한테 계획이 있을 줄 알았는데."

멀린이 이마를 찌푸렸다.

"초록 용! 넌 어느 편을 선택할래?"

둥글게 늘어선 공격자들한테서 우렁찬 목소리가 흘러나왔다.

바질가라드는 육중한 머리를 돌려 그 말을 한 용과 얼굴을 마주했다. 오렌지빛 비늘의 거대한 용은 검댕 때문에 거의 다 시커멓게 변했다. 콧구멍에서는 연기가 기둥처럼 뿜어져 나왔다. 누런 눈동자에는 분노가 이글거렸다. 둥글게 늘어선 용 중에서는 가장 컸지만, 불쑥 나타난 초록 용과 비교했을 때 크기가 2/3 정도밖에 안 되었다. 오렌지색 용 옆에 서 있던 로 발디어그는 처음에는 깜짝 놀랐다. 이윽고 화가 나 얼굴을 찡그렸다. 콧구멍에서는 연기가 모락모락 피어올랐다. 시커멓게 변한 얼마 남지 않은 턱수염을 화난 듯 움켜쥐었다.

"어느 편이냐고, 네 형제들 편이냐? 아니면 우리의 보석을 못 차지하게 하려는 이 오합지졸 마법사 편이냐?"

오렌지색 용이 재차 물었다.

"너희 보석이라고? 보석은 너희 게 아니라 소인들 것이야! 소인들은 지금도 땅속에 있어. 하지만 필요하다면 너희의 공격에 용감하게 맞설 거야. 마치 모기가 피를 찾듯 너희가 그 보석을 갈망한다고 해서, 보석을 차지할 수는 없어."

멀린이 크게 소리쳤다. 밀린의 목소리는 용만큼이나 강렬하게 울려 퍼졌다.

"곧 우리 차지가 될 거야! 우리 용들이 이 영토의 모든 곳을 다스리게 될 거야. 우리 앞길을 막는 놈들은 누구든 뭉개줄 테다."

오렌지색 용의 입에서 화염의 불꽃이 마치 날카로운 침처럼 날아들었다.

그 옆에서, 로 발디어그는 고개를 끄덕이며 적 한 놈을 특별히 노려보았다. 싸움에서 자신을 이겼던 유일한 용을.

오렌지색 우두머리 용은 앞발로 땅을 쿵쾅거리며 시커먼 먼지구름을 일으켰다.

"지금 선택해, 초록 용. 왜냐하면 오늘밤 싸움이 새롭게 시작될 테니까. 그리고 싸움이 끝나기 전 저 마법사 패거리는 누구든 모조리 죽게 될 거다."

분화구 안에서, 할리아가 멀린에게 뭐라고 말했다. 목소리가 너무 작아서 다른 사람은 누구도 들을 수 없었다. 마법사는 험상궂게 이마를 찌푸리는 것으로 대답을 대신했다.

바질가라드는 육중한 몸을 천천히 움직이며, 꼬리를 허공으로 들어 올렸다. 이윽고 느닷없이 꼬리에 붙은 곤봉 모양의 끝을 아래로 꽝 내리쳤다. 바위와 흙과 재가 하늘로 튀어 올랐다. 강력한 지진이 난 것처럼, 산등성이가 마구 뒤흔들렸다. 둥글게 늘어선 용 서너 마리가 균형을 잃고, 옆에 있는 용에게 쓰러졌다. 터지는 소리가 좀 잦아들자, 바질가라드가 오렌지색 용과 함께 둥글게 늘어선 용들을 향해 말했다.

"난 바질가라드다! 난 멀린 편에 선다."

목구멍 깊은 곳에서 쩌렁쩌렁 소리가 흘러나왔다.

즉각, 오렌지색 용과 로 발디어그를 비롯한 용들이 엄청나게 뜨거운 불꽃을 일제히 뿜어댔다. 바질가라드는 옆으로 빙글 돌아, 한쪽 날개로 분화구 안에 있는 사람들을 보호했다. 그러면서 다른 쪽 날개로는 자신의 눈을 가렸다. 하지만 아직 보복 공격을 시작하지는 않았다.

불꽃의 공격이 가라앉자, 바질가라드는 고개를 높이 치켜들며 비웃었다.

"이게 다야? 더 없어?"

또다시 불꽃의 공격이 뿜어져 나왔다. 산등성이의 시커먼 바위를 녹일 만큼 강렬했다. 흑요석이 강을 이루며 지글지글 끓었다. 하지만 다시 한번 바질가라드는 두 날개로 불꽃을 막아냈다. 마침내 맹공격이 잠잠해지자 고개를 다시 치켜들었다. 포악한 용들을 살펴보며 당당하게 말했다.

"너희는 불꽃과 같은 힘이 있으니까 불꽃을 뿜을 수 있다, 사촌들. 너희에게 물어보자. 그게 도대체 무슨 소용이지? 그처럼 위대한 재능이 겨우 이 정도 가치밖에 없는 거야? 도둑질과 살인으로 허비하는 것? 이 세상 그 모든 영토에서 가장 놀라운 생명체인 용에게 더 위대한 소명은 없는 건가?"

바질가라드는 잠시 말을 멈추어, 자신의 말이 밤하늘에 맴돌게 내버려 두었다. 이윽고 목소리를 낮추어 깊이 울려 퍼지게 말했다.

"너희의 그 위대한 힘을 좀 더 가치 있는 일에 쓰는 게 어때? 왜 모두를 위해서 그 힘을 사용하지 않는 거지?"

로 발디어그를 비롯해 용 몇 마리가 아니꼽다는 듯 콧방귀를 뀌거나 크게 웃음을 터트렸다. 하지만 바질가라드의 침착한 눈길은 좀체 흔들리지 않았다. 멀린은 분화구 위에서 동의의 뜻으로 고개를 끄덕였다. 할리아와 크리스탈루스는 고개를 배꼼 내민 채 지켜보았다.

"너희에게 묻는다, 동료들. 알맹이 없는 정복의 삶이 무슨 소용이지? 너희가 가진 게 모두 누군가로부터 훔친 것이거나 땅에서 빼앗은 것이라면, 너희는 도대체 무슨 가치가 있지? 진정한 가치는, 그래, 진정한 위대함은, 우리가 가진 것에서 나오는 게 아니라 우리가 베푸는 것에서 나온다."

바질가라드가 말을 이었다.

놀랍게도 몇몇 용이 초초하게 서로를 쳐다보았다. 또 몇몇은 바질가라드의 말에 뜨끔해하며, 생각에 잠겨 고개를 들어 올렸다. 둥글게 모인 용 사이에 불안스레 중얼거리는 소리가 일기 시작했다.

"배신자 말 따위는 무시해 버려! 저 녀석은 배신자야."

로 발디어그의 목소리가 주변 화산 산등성이에 쩌렁쩌렁 울려 퍼졌다. 로 발디어그는 바질가라드보다는 작았지만, 둥글게 둘러선 용 중에서는 가장 컸다. 오렌지색 우두머리 용보다 컸다. 놈이 명령하듯 말했다. 다른 용들은 모두 고개를 돌려 그 말에 관심을 집중했다.

로 발디어그는 자기편이 수적으로 엄청 우월하다는 사실에 힘을 얻어 몇 걸음 앞으로 나섰다. 감히 용의 길을 막고 나선 초록색 난입자를 마주보며 포효했다.

"넌 도구에 불과해. 저기 있는 저 마법사의 애완동물일 뿐이라고. 네가 아니라 저 마법사가 네 목숨을 조종하는 거야! 용은 자유로워야 해. 안 그러면 용이라고 할 수 없지!"

둥글게 늘어선 용 거의 모두가 고개를 끄덕였다. 몇몇은 거대한 꼬리로 땅을 쿵쿵 내리쳐 동조의 뜻을 드러냈다.

로 발디어그는 이 불청객의 눈을 똑바로 바라보며 비웃었다.

"넌 우리 용 종족의 명예를 더럽혔어. 널 보라고, 초록색 애완동물! 아, 넌 불꽃을 내뿜을 수조차 없지."

둘러싼 용 몇 마리는 놀라움에 툴툴거리는 소리를 냈다. 바질가라드가 살짝 움츠러드는 모습을 멀린은 눈치챘다.

"맞아, 저 녀석은 덩치가 클지는 몰라도 우드루트에서 온 얼뜨기에 불과해. 강력한 불꽃은 어림없고, 작은 모닥불도 피울 수 없어. 그러니 저 녀석이 평화를 떠벌이는 건 하나도 이상하지 않아. 저 녀석은 전쟁하고 맞지 않거든!"

로 발디어그가 말을 이어갔다.

불쑥, 심홍색 용이 적을 향해 곧장 강렬한 불꽃을 뿜어댔다. 뜨거운 공격이 너무도 강해서 멀린은 분화구 속으로 고꾸라질 뻔했다. 하지만 바질가라드는 물러서지 않았다. 그저 잠시 고개를 옆으로 돌려 목과 가슴 비늘로 공격을 모두 견뎌냈다. 불꽃이 사그라지자, 바질가라드는 천천히 고개를 돌려 로 발디어그를 마주보았다.

"넌 정말 멍청하구나. 보기보다 더 형편없이 멍청해. 그렇게 멍청하기도 힘들 텐데."

바질가라드가 고개를 절레절레 저었다.

그 말에 로 발디어그는 또다시 바질가라드의 얼굴을 향해 맹렬하게 불꽃을 내뿜었다. 동시에, 놀라운 속도로 달려들며 바질가라드의 몸에 이빨을 박으려고 했다. 만약 저 이빨 중 하나라도 비늘에 닿으면, 그건 치명적인 상처가 될 것이다.

한편, 오렌지색 용은 다른 용들을 향해 소리쳤다.

"로 발디어그를 도와라! 적을 무찌르자!"

그 명령에 따라, 둥글게 모여 있던 용이 모두 앞으로 우르르 달려 나왔다. 이빨을 드러내며 불꽃을 억수같이 쏟아냈다. 이들은 재빨리 움직여 한순간에 적에게 덤벼들었다.

하지만 충분히 빠르지는 못했다. 바질가라드는 놀라운 속도로 놈으로부터 몸을 돌리더니, 전혀 예상치 못한 행동을 했다. 거대한 몸으로 힘껏 버티며, 강력한 꼬리를 휘둘러 심홍색 용의 목에 휘감았다. 귀가 먹먹하도록 으르렁거리며 로 발디어그가 공격해오는 힘과 기세를 이용해, 놈을 땅에서 들어올렸다. 적을 빙글빙글 돌리며 불량배의 몸을 방패로 삼아, 둥글게 늘어선 용들을 깡그리 쓸어 버렸다.

로 발디어그는 깜짝 놀랐다. 목구멍에서는 헉헉 숨 막히는 소리만 흘러나왔다. 다른 용들은 바질가라드가 휘두르는 거대한 곤봉 때문에 뒤로 물러서며, 두려움과 놀라움으로 그 모습을 지켜보았다. 역사상 그 어떤 용도 싸움터에서 이처럼 대담하게 행동을 한 적은 없었다!

"저 녀석 죽여 버려! 저 녀석 밟아 버려! 고작 용 한 마리한테 질 수는 없단 말이다!"

우두머리 오렌지색 용이 명령을 내렸다.

하지만 병사들은 동요했다. 극소수만 머뭇머뭇 공격했다. 하지만 모두 휘두르는 꼬리에 고통스러운 공격을 당했다. 두 마리는 머리를 너무 심하게 맞아서 고꾸라지면서 정신을 잃었다. 하지만 여전히 바질가라드의 꼬리는 빙글빙글 돌고 있었다.

"공격해, 이 멍청이들아! 지금 당장 공격하라고!"

오렌지색 용은 보다 큰 목소리로 외쳤다. 입에서는 불꽃이 마구 쏟아져 나왔다.

바로 그때, 바질가라드는 넓적한 등을 둥글게 말더니 꼬리를 곧장 위로 들어 올렸다. 그러자 바질가라드의 무기가 되어 버린, 꼼짝 못하는 용 또한 위로 올라갔다. 그러고는 있는 힘껏 로 발디어그를 격노한 대장용 바로 위에 내리쳤다.

서로 꽝 부딪친 용들이 사납게 비명을 질러댔다. 뼈가 부러지고 비늘이 떨어져 나갔다. 마침내 구름 같은 재가 가라앉았다. 로 발디어그는 대장의 시체 위에 온몸을 쭉 늘어뜨린 채 고통에 신음하다, 땅으로 몸부림치며 쿵 내려앉았다. 우두머리 오렌지색 용은 척추가 부러져 다시는 움직이지 못했다.

다른 용들은 혼란스럽고 당황스러워 완전히 겁을 집어 먹고, 사방으로 뿔뿔이 흩어졌다. 용들은 허둥지둥 하늘로 날아올라 전속력으로 달아났다. 초록색 사나운 용이 쫓아올지 몰라 두려워서 감히 뒤돌아볼 엄두도 내지 못했다.

싸움터에서, 바질가라드는 공격자들의 잔해를 훑어보았다. 박살나 버린 시체 바로 너머, 로 발디어그는 날지 못한 채 고통에 신음하며 엉금엉금 기어가고 있었다. 잠시 그 모습을 지켜본 뒤, 가장 모욕적으로 일격을 날렸다. 그러니까, 몸을 휙 돌려 버린 것이다.

몸을 돌려보니, 멀린이 있었다. 멀린은 할리아와 크리스탈루스와 함께, 감탄과 고마움의 표정으로 바질가라드를 바라보고 있었다. 초록 용은 눈을 가늘게 뜨고는 즐거운 듯 당당하게 말했다.

"감히 나를 애완동물이라고 부르는 녀석들에 대한 경고라고 해두지."

5

불꽃

말은 칼과 같다. 버터와 꿀을 자를 수도, 박동하는 심장을 찌를 수도 있다.

바질가라드는 분화구 가장자리 너머 관문의 신비한 불꽃을 흘끗 바라보았다. 초록색 자기 눈과 아주 비슷했다. 저 불꽃은 마법처럼 누구라도 곧장 아발론 어디로든 보낼 수 있었다. 위험한 여행 방법이었지만, 용과 같은 속도로 날 수 없는 불운한 생명체에게는 매우 쓸모가 있었다. 저 특별한 관문이 멀린의 부인과 아들을 불에 시커멓게 탄 이 영토로 데려온 게 분명했다. 하지만 왜?

"아, 바질, 너 정말 대단했어. 정말 대단했어."

할리아가 말했다. 암사슴 눈동자에는 감사의 표정이 가득 했다. 할리아는 시커멓고 단단한 돌을 꼭 움켜잡고 있었다.

바질가라드가 끝에 곤봉 달린 꼬리를 들어 땅바닥에 쿵 내리치는 바람에, 재가 구름처럼 사방으로 피어올랐다.

"싸움은 그저 당신이 고른 기술 중 하나에 불과해요. 물론, 싸움은 도움이 돼요. 적의 뇌가 한줌 먼지처럼 작다면 말이죠."

바질가라드가 정중하게 말했다.

"적이 딱 하나만 있지는 않았잖아. 열아홉 마리나 되었다고! 넌 그 녀석들을 죄다 물리쳤어."

크리스탈루스가 받아치며 고개를 힘차게 흔들었다. 그러자 젊은이로서는 좀 유별난 하얀색 긴 머리카락이 어깨에 찰랑거리며 닿았다.

"맞아. 그런 싸움 기술은 네가 그저 골라낸 게 아니야. 그건 아주 귀한 선물이라고……."

멀린도 동의했다. 멀린은 찢어져 너풀거리는 옷을 어깨에서 뜯어 버렸다.

"난 싸움에 대해 이야기하는 게 아니에요! 그것과는 완전 다른 걸 말하는 거예요."

할리아가 끼어들었다. 할리아는 분화구 테두리 위로 한 걸음 올라와, 용의 얼굴과 가까워졌다. 할리아의 몸이 바질가라드의 눈동자에 딱 들어맞을 정도로 작았지만, 할리아는 초록 용을 대담하게 응시했다. 초록 용도 마찬가지였다.

"싸움에 대한 게 아니라고요? 그럼 어머니는 무슨 말씀을 하는 건데요?"

크리스탈루스가 어리둥절해 물었다.

"바질가라드가 했던 말. 바질가라드는 진정한 위대함은 우리가 베푸는 것에 달려 있다고 말했어."

할리아는 그 커다란 초록색 눈동자를 연신 똑바로 쳐다보며 말했다. 이윽고 용을 보고 활짝 웃으며 말을 이었다.

"정말 대단한 말이었어."

목소리를 낮추며 덧붙였다.

"네 뱃속에서 불을 뿜어낼 수 없는 건 아무런 문제가 안 돼. …… 넌 말로 그런 불꽃을 만들어낼 수 있잖아."

바질가라드의 눈동자가 약간 붉어졌다.

가장자리 위에 서 있던 멀린은 용을 보고 활짝 웃었다.

"조심하는 게 좋을 거야, 친구. 자칫하다가는 넌 사슴 종족에 입양될 수도 있어."

할리아는 멀린의 다리를 툭 쳤다.

"바질가라드를 입양할 수 있다면 우리가 영광이죠. 특히 가장 최근에 입양한 사람이 문제에 빠지는 끔찍한 습관을 지닌 어설픈 마법사라면 말이죠."

"이런! 나를 그런 식으로 묘사하는 건 정말이지 완전히 시대에 뒤떨어진 거예요. 난 지금 문제에 빠지는 끔찍한 습관을 지닌 성숙한 마법사라고요."

마법사 멀린은 짐짓 모욕이라도 당한 것처럼 과장스럽게 말했다.

늘 포근하던 할리아의 사슴 눈동자가 얼어붙은 듯했다. 할리아가 꾸짖듯 말했다.

"용들뿐만이 아니에요. 당신은 지금 나하고도 문제가 있다고요."

멀린이 고개를 떨어뜨렸다. 마치 뭔가 잘못을 저지르기라도 한 것처럼 시선을 피했다. 할리아를 향해 돌아서며, 더듬더듬 말을 꺼냈다. 바질가라드는 멀린의 이런 모습을 지금껏 한 번도 본 적이 없었다.

"내 사랑, 나도 잘 알아요. 나는, 음, 당신은…… 아, 음…… 당신은 이해해야 해요. 하지만 아니, 물론 당신은 이해 못 해요! 아직까지는. 그저 날…… 난 하고 싶었어요, 아, 당신에게 말하고 싶었지만…… 아니, 아니, 여기서는 아니에요! 지금은 안 돼요."

"왜 안 되는 거죠?"

할리아는 힐난하듯 물었다. 할리아의 눈초리는 여전히 얼음장처럼 차가웠다. 성마른 사슴처럼 땅을 쿵쿵 밟아댔다.

멀린은 찢어진 소매를 흔들었다. 소맷자락이 하늘에 펄럭였다.

"왜냐하면 그건……."

멀린은 아들을 흘끗 바라보았다. 이윽고 자신들을 내려다보는 용을 올려다보았다.

"개인적인 거예요! 그래서 그런 거요. 개인적인 일이오. 당신과 나 오직 둘만."

멀린은 손을 내밀어 할리아의 손을 잡으려 했다.

"내가 약속할게요, 우리 둘이 시간이 나면 곧장……."

"시간이라고요! 우린 더 이상 시간이 없을 거예요. 함께할 시간이 말이에요. 그래서 내가 크리스탈루스한테 관문을 통과해 당신을 만나게 해달라고 한 거라고요. 그런데 당신은 또 다른 위기를 찾아 떠나려고 하잖아요!"

할리아가 멀린의 손을 뿌리치며 냉랭하게 말했다.

멀린은 눈에 띄게 움츠러들었다. 바질가라드는 자기 친구에게 동정심이 크게 일었다. 하지만 마법사 안의 무언가가 그걸 낚아챈 듯했다. 멀린의 표정은 갑자기 미안함에서 분노로 바뀌었다. 대단한 분노로. 하지만 할리아를 향하는 대신 크리스탈루스에게 그 분노를 터트렸다.

"넌 네 엄마를 여기 데리고 오면 안 되는 거였어! 넌 관문을 찾는 일이 얼마나 위험한지 모르는 거니? 네가 어떻게 엄마의 목숨을 그리 위태롭게 만들 수 있는 거니?"

젊은이는 얼굴을 찡그렸다.

"저도 관문에 대해 안다고요! 어쩌면 아버지보다 더 잘 알아요. 저를 세 살짜리 아이 다루듯 말하지 마세요."

"안 할 수가 없구나, 네가 행동을 마치……."

"딴소리 하지 말아요!"

할리아가 다시 발을 쿵쿵 구르며 끼어들었다.

"당신의 안전이 중요해요."

마법사가 받아쳤다.

"아니요, 안 그래요."

"그렇다니까!"

멀린은 재로 뒤덮인 땅을 지팡이로 헤집으며, 그 끝을 힘껏 비벼댔다. 이윽고, 아들을 향해 돌아서서 똑 부러지게 말했다.

"정말 그래야 한다면 네 목숨을 위태롭게 해라, 이유가 어쨌든 아발론 전역을 모두 돌아다녀. 하지만 다른 사람의 목숨은 안 돼! 특히 네 엄마의 목숨은."

"제가 왜 여행하는지 알기나 하세요? 제가 어릴 때 아버지는 신경도 안 썼어요. 제가 일찍 집을 나섰어도 아버지는 전혀 알아차리지 못했다고요."

젊은이가 주먹을 불끈 쥐었다. 손가락이 머리카락처럼 새하얘졌다.

그 말에 크리스탈루스의 엄마와 아빠는 움찔했다. 하지만 크리스탈루스는 그저 어깨를 으쓱해 보였다. 마치 더 이상은 중요하지 않은 것처럼.

"사실 저는 탐험을 좋아해요. 새로운 장소를 찾고, 지도를 처음 그리고……. 그게 뭐가 잘못된 건가요? 탐험하는 게 왜 그렇게나 무책임한 건가요? 가족을 내팽개치는 것과 비교해서 말이에요?"

할리아가 아들의 어깨에 손을 얹었다.

"자 이제 그만. 말이 너무 지나치구나."

"아니요, 안 그래요. 아버지는 자기 일에 더 신경 쓴다고요. 자신의 그 유명한 마법의 힘을 보여줄 기회만요. 우리 둘에 대해서는 신경도 안 쓰고요."

크리스탈루스가 아버지를 노려보았다.

땅 위로 침묵이 감돌았다. 관문의 탁탁 터지는 불꽃 소리만 빼고. 거기에 이따금 화산 아래로 굴러떨어지는 돌멩이 소리만 빼고는, 그 어떤 소리도 들리지 않았다. 바질가라드는 당황한 표정으로 친구들을 지켜보았다. 좌절감이 점점 커졌다. 이 논쟁을 어떻게 멈춰야 하는지 알지 못했다. 이 논쟁이 어디로 튈지도 알지 못했다. 아주 오랜만에 처음으로, 용의 군대를 물리치고 나서 얼마 되지도 않았는데 바질가라드는 완전히 무력해진 느낌을 받았다.

멀린이 먼저 말을 꺼냈다. 마음이 놓이게도, 목소리는 차분하고 친절하기까지 했다.

"봐라, 아들. 나도 안다…… 내가 아버지 노릇을 제대로 못한 것을. 내 생각에…… 내 생각에, 네가 자라면, 우리는 찾을 수 있을……."

멀린은 제대로 된 말을 찾으려 애썼다.

"내가 '자라면'이라고요? 저한테 그 어떤 마법사의 마법도 없다는 것을 알고 아버지는 날 완전히 잊었다고요. 난 그딴 건 신경도 안 써요! 진짜 아버지가 되려는 척이나 하지 마세요."

크리스탈루스가 분노로 몸을 떨며 툭 내뱉었다.

멀린은 비틀거렸다. 분화구 끝에서 거의 균형을 잃을 뻔했다. 깜빡이는 불꽃에 비친 멀린의 낯빛이 다시 분노로 하얗게 변했다. 두 눈이 이글거렸다.

"난 더 잘할 수도 있었어. 그건 분명해. 하지만 내게는 그럴 만한 자질이 별로 없었어."

할리아의 한숨을 무시하고, 멀린은 덧붙였다.

"넌 그 어떤 감각도 보여주지 못했어. 전혀! 그래놓고는 고작 생각해낸다는 게 위험천만한 관문의 미로를 통해 네 엄마를 곧장 싸움터로 끌어들여서 네 엄마한테 감동을 주려는 것이었니?"

"제가 엄마를 끌고 온 게 아니에요."

"너 때문에 네 엄마가 죽을 수도 있었어! 관문을 찾는 건 애들 장난이 아니야. 적어도 나는 그걸 너한테 분명히 가르쳐줬다!"

크리스탈루스는 아버지를 노려보았다. 이윽고 강철처럼 굳은 목소리로 말했다.

"아버지는 나한테 아무것도 가르쳐주지 않았어요. 어떻게 하면 끔찍한 아버지가 되는지 그것만 빼고요."

할리아는 입술을 깨물며 이 두 사람을 차례로 훑어보았다.

덤불보다 더 빽빽한 멀린의 눈썹이 위로 치켜 올라갔다.

"그리고 넌 내게 아무것도 가르쳐주지 않았다, 단……."

"그만해요, 더 이상 아무 말 말아요!"

할리아가 소리쳤다.

하지만 할리아의 남편은 그 말을 못 들은 체했다.

"어떻게 하면 비참한 아들이 되는지에 대한 것만 빼고."

크리스탈루스는 천천히 숨을 들이쉬었다. 그러고는 아무 말 없이 뒤돌아 초록 불꽃 관문 속으로 곧장 걸어 들어갔다. 딱딱 터지는 소리가 허공에 커다랗게 들렸다. 그렇게 사라져 버렸다.

바질가라드는 커다란 머리를 절레절레 천천히 저었다. 궁금했다. 어떻게 승리의 저녁이 이처럼 순식간에 패배로 변할 수 있단 말일까?

할리아는 마치 사늘한 바람이 분화구 주변의 황량한 땅에 불어오기라도 하는 것처럼 푸른색 숄을 바짝 끌어당겼다. 지침이라든가 위안을 찾기라도 하듯이 잠시 동안 하늘에 떠 있는 별을 올려다보았다. 하지만 이마의 깊은 주름살이 아무것도 찾지 못했다는 걸 보여주었다.

그사이, 멀린은 방금 전에 아들을 집어삼킨, 그리고 앞으로 좋아질 관계의 기회를 집어삼킨, 어른거리는 불꽃을 응시했다. 석탄처럼 검은 눈동자가 천천히 아래로 향했다. 마침내 신발을 시무룩한 표정으로 내려다보았다.

할리아가 멀린을 향해 몸을 돌려 톡 쏘아붙였다.

"당신은 멍청해요, 멍청한 인간이에요! 저 아이가 아발론의 가장 용맹한 탐험가가 되었다는 걸 몰라요? 저 아이가 요정들의 여왕 세렐라(Serella)보다 관문을 더 많이 지나다녔다는 사실을 모른단 말이에요?"

마법사 멀린은 얼굴을 찡그렸다.

"아니…… 난 몰랐어요. 나는 너무…….'

"바쁘다고요? 그래요, 나도 그건 알아요."

할리아가 콧방귀를 뀌었다.

멀린은 변명하듯 투덜거렸다.

"당신을 이곳으로 데리고 온 건 정말 무모했단 말이에요! 당신이 데려와 달라고 부탁했다 하더라도, 저 아이는 더 사려 깊었어야지. 왜 이처럼 어리석은 짓을 했냐는 말이오?"

할리아가 성큼성큼 멀린 가까이 걸어갔다.

"모르겠어요, 이 멍청이 바보? 저 아이는 나를 이곳으로 데리고 옴으로써, 누군가에게 감명을 주려고 했단 말이에요. 그 사람의 의견이 중요한 그 누군가에게요."

"물론, 당신이겠지."

"아니요! 당신이에요. 그 아이의 아빠."

할리아가 멀린을 노려보았다.

멀린은 할리아의 얼굴을 쳐다보았다. 퍽 당황스러웠다.

"나?"

"마법이 전혀 없는데, 자신을 증명할 수 있는 방법이 그것 말고 또 뭐가 있겠어요? 그것 말고 어떻게 자신이 멀린의 아들로서 가치가 있다는 걸 증명해 보이냐고요?"

할리아의 목소리는 떨리는 듯 잦아들었다.

마법사 멀린은 아무 대답이 없었다. 몸을 돌려, 잠자코 있지 않고 계속 꿈틀거리는 불꽃을 물끄러미 쳐다보았다.

6

마법의 스파크

당신이 자란 것과 다른 방식으로 아이를 키우는 법과 비교하면, 인어 종족의 물속 말이든 구름 요정들의 휘파람 같은 말이든, 새로운 언어를 배우는 게 훨씬 쉽다.

2주 뒤, 멀린과 바질가라드는 화산 땅 지역에서 타닥타닥 타오르는 모닥불 옆에 함께 앉아 있었다. 모닥불 불꽃은 멀린이 크리스탈루스와 말다툼했던 관문의 초록 불꽃과는 크게 달랐지만 마법사는 그때와 똑같이 아무 말 없이 실망스러운 표정으로 이 불꽃을 바라보며 생각에 잠겼다.

그사이, 용은 작은 화산 사이에 몸을 쭉 뻗었다. 화산 하나가 폭발할 때마다, 몹시 뜨거운 용암이 분수처럼 허공으로 귀찮게 터져 나왔다. 그러면 바질가라드는 몸을 굴려 용암을 짓눌렀다. 그러지 않으면 어떻게 계속 잠잠하게 만들겠는가? 불행하게도 용암은 다른 화산으로 길을 찾아냈고, 그럴 때마다 그 화산을 또 덮어야 했다. 이렇게 저녁까지 이어지며 주변 땅에 어둠이 내렸다. 마침내 바질가라드는 깊은 한숨을 내쉬었다. 화산은 정말 성가셨다! 그것 말고도 파이어루트를 싫어하는 이유는 또 있었다.

멀린의 친구로서, 마법사가 말할 준비가 되기 전까지 마법사를 구슬려 말을 시키려 해봐야 아무 소용없다는 걸 잘 알았다. 멀린은 아들과의 다툼 이후에 그 일에 대해서는 줄곧 아무 말도 하지 않았다. 할리아에게도 마찬가지였다. 크리스탈루스가 떠나자마자, 이 부부는 함께 긴 (그리고 돌아왔을 때의 얼굴로 보아하니, 눈물 가득한) 산책을 했다. 그러고 나서 멀린은 할리아와 우울하게 포옹을 한 뒤 용에게 부탁했다. 할리아를 할리아가 원하는 곳, 할리아가 좋아하는 장소 중 하나인 우드루트 한가운데 있는 초원과 숲속 빈터로 데려다주라고. 사슴 종족은 그곳을 섬머랜드(Summerlands)라고 부른다. 바질가라드가 돌아왔을 때, 마법사는 그저 해야 할 일에 대해서만 말하려고 했다. 불을 뿜는 용과 소인 사이에 일종의 휴전을 맺을 방법을 찾아봐야겠다고 제안했다. 바질가라드는 멀린을 괴롭히는 뭔가 다른 문제가 있다는 것을, 파이어루트에서의 이 불화보다 더 큰 뭔가가 있다는 것을 알아차릴 수 있었다. 또한 마법사가 아직 설명할 준비가 되어 있지 않다는 것도 알아차렸다.

'때가 되면, 때가 되면 내게 말해줄 거야.'

바질가라드는 혼자 생각했다.

아아, 휴전을 중재하려는 이들의 노력은 비참하게 실패했다. 열심히 노력했지만 불을 내뿜는 용과는 대화조차 시작할 수 없었다. 멀린이 직접 나타날 때마다, 용들은 그저 죽을 때까지 싸우려고 덤벼들기만 했다. 그리고 바질가라드와 함께 나타날 때마다, 용들은 즉각 어딘가로 날아가 숨어 버렸다.

소인들과 대화를 나누려는 시도는 더 이상 생산적이지 않은 것으로 드러났다. 그건 다른 이유 때문이었다. 소인들은 멀린과 바질가라드에게 자신들의 방어력을 높여준 것에 대해 진심으로 고마워하면서도, 자신들의 노동 또는 자신들의 부를 탐욕스러운 용들과 공유한다는 생각을 분명히 거부했다. 멀린이 가능한 협정을 설명하자 소인들은 회의적으로 들었다. 그러니까, 용들이 땅을 파는 힘든 일을 하고 불꽃으로 광석을 녹이는 대신에, 그 대가로 채광해서 나오는 보석을 나눠줄 수 있다는 멀린의 말이 끝나기가 무섭게 어떤 목소리가 크게 울려 퍼졌다.

"흥! 차라리 그 녀석들한테 우리 보물을 당장 줘 버리라고 하지!"

마법사 멀린은 그 목소리의 주인을 잘 알고 있었다. 소인들의 최고 연장자 조르갓(Zorgat)이었다. 멀린은 조르갓이 자신의 말에 담긴 지혜를 알아차리기를 바랐다. 하지만 은빛 턱수염이 신발까지 쭉 늘어진 늙은 소인은 팔짱을 끼고 돌처럼 꼼짝 않고 서 있었다. 그 어깨 위에서 걸어 다니며 이따금 귀를 물어뜯는 소인 까마귀조차도 조르갓의 주의를 끌지 못했다. 그저 멀린만 단호한 표정으로 바라보고 있었다.

"내 친구 조르갓, 당신은 적어도……."

마법사가 대답했다.

"아니."

소인이 마법사의 말을 싹둑 자르며 당당하게 말했다. 턱수염처럼 은빛이 도는 두 눈동자는 보석의 단면처럼 반짝반짝 빛났다.

멀린이 이의를 제기했다.

"이 생각을 전혀 고려조차 안 해볼 건가?"

조르갓은 얼굴을 찡그리며 은색 턱수염을 잡아당겼다. 즉각 어깨 너머로 손을 뻗어 화살통에서 화살 하나를 꺼냈다. 손에 든 화살을 빙글빙글 돌리며, 어둡게 빛나는 시커먼 흑요석 화살촉을 바라보았다.

"평화는 두 종족이 자신의 운명을 하나로 볼 때만 가능해. 화살의 머리와 깃털처럼 딱 달라붙어 있어야 한다고."

조르갓이 말했다.

멀린은 불현듯 희망을 품으며 고개를 끄덕였다.

조르갓은 갑자기 울퉁불퉁 투박한 두 손으로 화살을 꽉 잡더니 무릎에 대고 딱 부러트렸다. 이윽고 마법사를 곧장 노려보며, 부러진 화살을 옆으로 툭 던져 버렸다.

"딱 달라붙어 있지 않다면, 평화는 있을 수 없지."

주변에 모여 있던 소인들은 모두 동의의 뜻으로 함성을 질렀다. 그러고는 전투용 도끼로 땅바닥을 쿵쿵 내리쳤다.

한참 동안, 멀린은 이 늙은 소인을 똑바로 쳐다보았다. 이윽고 두 동강 난 화살이 떨어진 곳으로 성큼성큼 걸어갔다. 부러진 화살을 집어 들고는, 다시 조르갓에게로 가져가 발 옆에 내려놓았다.

"당신이 생각을 고쳐먹을 준비가 되었을 때, 이 폭력을 끝내고 싶을 때, 내게 이 화살을 보내도록 해요. 화살대를 고쳐서."

"멀린, 그런 일은 절대 없을 거야."

늙은 소인이 대답했다.

"친구여, 당신은 내 말 속에 담긴 지혜를 볼 수 있을 만큼 충분히 오래 살았어요. 누구도 가능하다고 믿지 않던 일이 일어나는 걸 볼 수 있을 만큼."

늙은 소인이 투덜거렸다.

"아무 소용없어. 그런 일은 절대 일어나지 않을 거야. 절대로."

소인들은 엄청 고집 센 종족이다. 이렇게 둘의 만남은 끝났다. 하지만 어떤 의미에서도 그 만남이 걱정을 끝내지는 못했다. 바질가라드는 멀린의 얼굴에서 걱정과 근심이 끝나는 걸 볼 수 없었다. 소인과 용보다 걱정과 근심이 더 깊이 흘렀다.

그래서 지금…… 멀린과 바질가라드는 타닥타닥 타오르는 모닥불 옆에 이렇게 앉아 있는 거다. 아발론의 별들이 언제나처럼 환하게 비추기 시작했다. 하지만 멀린의 기분은 이보다 더 어두울 수 없었다. 멀린은 땅바닥에 앉아, 등을 용의 아랫입술에 기댄 채, 이따금 마법의 스파크를 모닥불 속으로 던져 넣었다.

바질가라드는 자기 나름대로, 다양한 냄새를 열심히 뿜어냈다. 기괴하면 할수록 더 좋았다. 이것은 기분 전환으로도 좋고, 화산의 쾌쾌한 유황 냄새를 없애는 방법으로도 그만이었다. 지금까지 바질가라드는 거품물고기가 펑 터지는 향기, 도토리 굽는 냄새, 산사태로 흘러내린 진흙이 굳는 냄새, 보라색 버섯 들판이 썩어가는 냄새, 비대한 개구리가 번갯불에 맞은 냄새를 풍겼다.

'음.'

바질가라드는 불에 그슬린 개구리 냄새에 취해 생각했다. 정말 즐거운, 하지만 완전히 쓸모없는 놀이였다! 냄새를 풍기는 비범한 능력을 타고났다는 게 고작 이런 밤에 혼자 노닥거리는 것 말고 다른 특별한 이유는 없을까?

몸을 굴려 또 다른 성가신 화산을 짓누르며, 바질가라드는 결론을 내렸다.

'어쩌면 그것만으로도 충분한 이유가 될 거야.'

멀린은 불꽃에 스파크를 하나 더 던졌다. 그러고는 용의 큼지막한 주둥이를 흘끗 올려다보았다.

"바질, 너도 알지? …… 난 정말 걱정돼."

용은 아무 말도 하지 않고 잠자코 있었다. 용암이 또 한 번 끓어오르려다가 잠잠해졌다. 지금은 기다려야 할 시간이었다. 용은 얼마가 됐든 멀린이 필요한 시간을 주고 싶었다.

"우리가 도와주고 있는 나약한 생명체들의 어려운 처지가 정말 걱정스러워. 최근 점점 더 자주 그래. 소인, 안개 요정, 라일락 느릅나무를 비롯해 모두. 또한 우리가 싸우고 있는 힘센 생명체들이 나타나는 것도 걱정스러워. 그러니까 불을 내뿜는 용, 다크틸새, 오거 등등."

마법사가 말을 이었다.

그러고는 무심결에 손가락 끝으로 마법의 스파크를 어루만지면서 한참 동안 길게 숨을 내쉬었다. 멀린은 스파크를 손등 위로 올려놓고 손가락으로 이리저리 굴렸다.

"하지만 사실, 바질, 난 다른 게 더 걱정돼. 다른 게 훨씬 더 걱정돼."

"그게 뭔데요?"

"아발론."

멀린은 빛나는 스파크를 모닥불에 툭 던져, 불꽃이 허공에 타오르는 모습을 지켜보았다.

용의 커다란 눈이 더 크게 벌어졌다.

"난 당신이 이 싸움을 그저 귀찮은 것쯤으로 여긴다고 생각했어요. '점점 늘어가는 고통', 당신은 이렇게 말했잖아요."

"예전에는 그렇게 말했지. 그런데 싸움이 점점 커지자 걱정이 일기 시작했어. 인정하고 싶지 않지만 그래. 너나 할리아에게는 물론이고 내 스스로에게 말이야. 2주 전, 거의 재앙에 가까운 싸움이 일어났을 때, 당시 우리는 단순히 사악한 용 한 마리가 아니라 용의 군대와 싸워야 했잖아. 음, 그때 내 최악의 두려움이 확실해졌지."

바질가라드는 커다란 꼬리로 땅을 툭 내리쳤다 그 바람에 가장 가까운 산등성이에서 자그마한 산사태가 일었다.

"아발론이 두렵다고요?"

"맞아, 친구. 너도 알다시피 우리 세상은 독특해. 정말이지 있을 법하지 않은 실험이야. 정말이지 과감한 새로운 이데아를 위한 시험 무대라 할 수 있어. 저 다양한 생명체들이 다 함께 평화롭게 살 수 있을까? 저 경이로운 곳들이 영원히 살아남을 수 있을까? 그게 바로 아발론의 존재 이유잖아."

마법사의 무성한 눈썹이 축 처졌다.

멀린은 앞으로 허리를 숙여 용의 입에서 몸을 일으켜 세웠다. 처음으로 몸을 돌려 바로 위에 있는 거대한 눈동자를 곧장 올려다봤다.

"그리고 바질…… 난 이 실험이 실패할까 두렵단다."

용은 목구멍 깊은 곳에서 울리는 소리를 내뱉었다.

"왜요? 무슨 일이 있는데요?"

"나도 몰라! 난 여전히 확신이 없어. 이것이 그냥 우연의 일치인지, 그저 의미 없는 문제의 시간인지. 비가 억수로 내리는 우기처럼 말이야."

"하지만 그 비는 죽음을 가져오죠."

마법사는 침울하게 고개를 끄덕였다.

"분명한 건 내가 끊임없이 여행을 하고 있다는 거야. 모든 영토를 다 돌아다니며 평화를 지키려고 애쓰고 있어. 너도 마찬가지라는 걸 나도 알아……. 하지만 난 가능하면 널 남겨두려 노력하고 있어. 그래서 내가 긴급한 경우에만 널 부르는 거야."

"그런데 요즘은 매일 그런 일이 일어나요."

이 거대한 동료가 대답했다.

"그런 것 같아. 지금은 우리 세계에서, 우리 이데아에서 매우 중요한 시기야. 만약 아발론이 좋은 출발을 할 수 있다면, 이번을 잘 견뎌내면…… 그러니까 비가 내리는 계절을 말이야. 그러면 아발론은 영원히 존속할 수 있어! 우리 실험은 성공할 수 있다고! 하지만 만약 그렇지 못하면……."

멀린이 주먹으로 자기 무릎을 툭 쳤다. 그 바람에 손가락 관절에서 스파크가 튀어나왔다.

멀린은 우울한 표정을 털어내려 고개를 저었다.

"그래서, 바질, 내가 최근에 널 이렇게 자주 불렀던 거야. 그리고 내가 끊임없이 여행을 하는 이유이기도 하고. 오랫동안 집을 비우는 게 할리아에게 고통스럽다는 걸 잘 알면서도 말이야. 상황이 너무 심각해."

멀린은 숨을 천천히 들이쉬며 덧붙였다.

"할리아도 지금은 적어도 마음속으로는 이해해. 하지만 난 할리아의 마음을 확신할 수가 없어."

"내 생각에는 마음과 관련된 문제가 닥쳤을 때 마법사라 하더라도 아는 게 많지 않은 것 같네요."

용이 놀랍게도 부드럽게 말했다.

"쥐뿔도 없지. 내가 크리스탈루스와 어떻게 했는지만 보더라도 알 수 있어."

멀린은 모닥불에 스파크를 좀 더 던져 넣고, 불꽃이 허공으로 솟아오르다 딱딱 타오르는 석탄 위로 내려앉는 모습을 지켜보았다.

"자신을 탓할 필요는 없어요."

"아니, 내 탓일지도 몰라, 바질. 사실은 난 우리 아버지 스탕마르가 내게 했던 대로 똑같이 그 녀석한테 했던 거야. 그리고 우리 아버지의

64

아버지, 투아하가 우리 아버지한테 했던 것과 똑같이 난 크리스탈루스를 밀어냈어. 어쩌면 영원히."

용의 입꼬리가 축 처졌다.

"크리스탈루스가 당신의 마법을 물려받지 않아서 정말 유감이에요. 당신의 마법을 물려받았다면, 아버지와 아들로서 훨씬 더 많은 걸 공유했을 텐데요."

멀린은 시커먼 턱수염을 긁적이며 생각에 잠겼다.

"아니, 그런 게 아니야."

멀린은 특별히 긴 털을 비비 꼬았다.

"그 녀석한테 마법이 없다는 게 문제가 아니야. 내게 자신감이 없다는 게 문제지. 너도 알겠지만…… 우리 아버지가 나한테 그랬던 것처럼 나도 그릇된 행동을 할까 봐 늘 두려웠어. 그래서 난 멀찍이 떨어져 있었던 거야. 그 녀석과 너무 많은 시간을 함께 보내면, 내가 그릇된 행동을 할까 걱정스러웠거든. 그리고 지금 그게 얼마나 어리석었는지 똑똑하게 알아! 결국 내가 피하려고 했던 것과 정확히 똑같이 하고 말았어."

한참 동안, 둘 다 아무 말도 없었다. 화산이 이따금 터져 나와 밤하늘을 밝게 비추었다. 그사이 모닥불은 칙칙 탁탁 타올랐다. 이윽고 마법사는 계속 말을 이어갔다.

"지금 난 이해하고 있어. 크리스탈루스를 돕기에 너무 늦었지만, 마법은 여러 가지 형태로 나타난다는 거야. 어떤 마법은 마법사와 용의 방식만큼 분명하게 볼 수 없지."

"그 말은…… 관문을 통과해 여행하는 능력 같은 거 말인가요? 그건 당신이 마법이라고 부를 수 있는 것보다 훨씬 진귀한 재능 같아요."

"그렇게 생각할 수도 있지. 하지만 내가 말하려는 건 그것보다 훨씬 더 신비하고…… 비밀스러워. 씨앗이 나무로 싹트는 방법. 두 종족 사이의 사랑. 나비의 날개에서 또는 아이의 눈에서 반짝이는 빛……. 그런 것들이 바로 마법의 본질이라고 말하고 싶어."

멀린이 대답했다.

"당신 말이 맞을지도 모르죠. 마법은 우리 주위 어디에나 있어요. 모든 씨앗에, 모든 잎사귀에, 모든 사람들에……."

바질가라드가 다시 꼬리를 탁 내리치는 바람에, 작은 화산들이 타오르는 석탄 더미처럼 뭉개졌다.

멀린은 고개를 끄덕이며 손으로 스파크를 만들어냈다. 그러고는 뚫어지게 쳐다보며 손끝으로 스파크를 굴렸다. 그런 뒤 모닥불에 툭 던져넣었다. 스파크는 허공으로 쑥 올라가는 아주 짧은 시간 동안 환하게 타오르다 이윽고 불꽃 안에서 사라졌다. 멀린은 조용히 친구한테라기보다는 자신에게 되뇌었다.

"모든 사람들에……."

그 순간, 바질가라드는 뭔가 이상한 걸 눈치챘다. 자신의 눈에 흘끗 아주 작은 생명체가 딱딱 타오르는 화산 바위를 향해 다가오는 게 보였다. 거머리! 쭈글쭈글한 피부, 둥근 입, 까만 눈 하나가 달린 시커먼 작은 벌레가 땅을 가로질러 느릿느릿 기어왔다.

'정말 이상하네.'

바질가라드는 생각했다. 이 지역에서 거머리가 산다는 말은 들어본 적이 없었다. 여기 뭐 먹을 게 있다고 왔을까? 혹시 보호 비늘이 아직 자라지 않은 아기 용인가? 아니면 곱스켄의 눈꺼풀? 그건 뼈처럼 단단한 피부가 덮이지 않은 유일한 부분이다. 아니, 어쩌면 플레임론 종족? 하지만 이들은 여기서 동쪽으로 한참 떨어진 '불의 강' 어귀 근처에 살았다.

용은 갑자기 숨이 턱 막혔다. 성가시지만 해롭지 않은 작은 짐승인 거머리의 모습을 보니 아주 해로운 뭔가가 떠올랐다. 용으로서 그 모든 모험을 하며 마음 뒤켠으로 슬며시 넘겨두었던 그 무언가가 떠올랐다. 자신과 멀린 모두 지난 수년 동안 단 한 번도 입에 올리지 않았던 그 무언가.

리타 고르.

아발론을 정복하려 늘 안달이 난, 그 사악한 정령의 전사는 몇 년 전에 거머리로 변장해서 이곳에 몰래 숨어들어 왔었다. 리타 고르의 어두운 마법을 품고 있는 거머리. …… 어두운 목적을 품고서.

바질가라드가 아직 작았을 때 처음 거머리를 찾아냈는데, 그 거머리는 지금 바질가라드가 본 시커먼 벌레와 아주 비슷했다. 단, 중요한 차이가 하나 있었다. 리타 고르가 보낸 생명체의 눈동자는 불타는 듯 핏발이 서 있었다.

그 작은 짐승이 멀리 기어가는 모습을 지켜보는 사이, 이 모든 것이 마음속에 떠올랐다. 거머리가 딱딱 소리를 내는 바위 뒤로 사라졌을 때, 바질가라드는 갑작스레 자신이 살짝 어리석다는 생각이 들었다. 왜 저런 하찮은 짐승을 걱정해야 하지? 아발론에 사는 누구도 그 사악한 거머리의 흔적을 그 이후로 본 적이 없었다. 지금까지는 아무도. 마치 그 짐승이 죽기라도 한 것처럼. 빨아먹을 누군가의 피가 없어서 시들시들 죽어갔을 것이다.

'게다가 내가 저 녀석과 같은 크기였을 때에도 저 작은 녀석을 이겼는데…… 내가 지금 왜 저 녀석을 걱정해야 하지?'

바질가라드는 기분 좋게 툴툴거리며 생각했다.

이윽고 거대한 목구멍으로 킬킬 웃었다.

'게다가 난 꽤 큰 용이라고.'

확실히 바질가라드는 우스꽝스럽지만 선한 거인 심보다 컸다. 자신의 누이인 귀니아보다도 컸다. 귀니아는 공격을 일삼는 새끼와 함께 바질가라드를 놀려댔었다. 물속에 사는 유명한 용 벤데짓(Bendegeit)보다도 컸다. 음유시인들에 따르면 그 용은 너무 커서 귀 하나를 펄럭거리기만 해도 배 한 척을 물속에 빠뜨릴 수 있다고 했다.

이런 생각을 하며 바질가라드는 멀린을 향해 몸을 돌렸다. 마법사는 생각에 잠긴 채 다시 모닥불을 지켜보고 있었다.

그사이, 거머리는 바위 뒤 보이지 않는 곳에 꼼짝하지 않고 숨어 있었다. 천천히 작은 나뭇가지처럼 똑바로 섰다. 이윽고 정말 기이한 행동을 했다. 시커먼 눈 깊숙한 곳에서부터 마치 누군가에게 신호를 보내기라도 하는 듯 연붉은 섬광을 내뿜었다.

섬광이 잦아들자 붉은 빛이 어른거렸다. 찰나의 순간이었다. 하지만 그 빛을 내뿜은 거머리의 눈이 시뻘겋게 핏발이 선 눈으로 변하기에는 충분히 긴 시간……

7

밀려오는 파도

불행은 동반자를 좋아한다고 누가 말했나? 난 내 불행을 오롯이 나 혼자 누리고 싶다. 고깃덩어리를 나 혼자 독차지하고 싶은 것처럼 말이다. 동료도, 대화도 없다. 그저 나와 씹어 먹을 날것만 있다.

초록 불꽃이 탁탁 요란스레 타오르더니 마치 장막처럼 쓱 갈라졌다. 기다란 손이 그사이에서 쭉 뻗어 나와 축축한 공기를 움켜쥐었다. 손이 앞으로 나오고, 그 뒤를 이어 앙상하지만 제법 단단한 팔뚝 그리고 탄탄한 어깨가 나왔다. 이윽고 머리가 나왔다. 그 머리는 듬직한 젊은이의 것이었는데, 머리카락은 새하얗게 뒤덮여 있었다.

크리스탈루스가 관문에서 나와 앞으로 걸어왔다. 젊은이는 작은 무인도 위에 서 있었다. 그 섬은 모래 언덕으로 덮이고, 격자 모양 풀로 엮어놓았다. 두 손은 허리에 차고 똑바로 서서 파란색과 황금색 불가사리와 해초 줄기가 흩뿌려진 바다, 그리고 그 너머 드넓게 펼쳐진 푸른 바다를 바라보았다. 숨을 깊이 들이쉬고, 폐에 신선한 공기를 가득 채웠다. 영양분이 풍부한 음식처럼 짭조름한 맛이 강하게 났다.

"브린칠라."

크리스탈루스가 숨을 내쉬며 말했다. 여행할 때마다 늘 어떤 장소를 그 지역의 이름으로 부르기를 좋아했다. 브린칠라는 요정 말로 '물의 영토'라는 뜻이다. 아발론에서 흔히 부르는 '워터루트'보다 훨씬 시적으로 들렸다. 비록 그 이름이 자신이 싫어하는 경쟁자, 요정들의 여왕 세렐라가 지은 이름일지라도 말이다. 그 이름은 이곳과 딱 들어맞았다. 파도가 해안에 딱 들어맞는 것처럼, 아주 부드럽게 들어맞았다.

크리스탈루스는 좀 덜 파란 하늘과 부드럽게 하나로 이어진 드넓은 푸른 바다의 수평선을 훑어보았다. 그러더니 주머니에서 스케치북을 꺼내고 찢어진 가죽 덮개를 열어, 아발론의 어디든 도착할 때마다 하던 일을 했다. 즉, 지도를 그렸다. 잠시 뒤, 자신이 좋아하는 물수리 깃털 펜을 문어 먹물이 든 작은 병에 적시며 섬의 윤곽, 수평선의 모양, 관문의 위치, 바람과 파도 그리고 눈에 보이는 여러 가지 생명의 흔적을 가득 담아냈다.

크리스탈루스는 지도를 스케치하며 침울하게 고개를 끄덕였다. 비록 이 특별한 관문을 처음 발견했지만, 자신이 어디에 '있는지' 알았다. 이곳은 워터루트의 가장 먼바다였다. 그리고 더욱 중요하게도 자신이 어디에 '없는지' 잘 알고 있었다. 이 섬은 파이어루트의 화산에서 아주 멀리 떨어진 곳이었다. 하지만 그 장소에 대한 기억, 그리고 아버지와의 비참한 말다툼은 여전히 무척 가깝게 느껴지기만 했다.

심장이 마구 뛰었다. 사람들이 현명하다고 생각하는 아버지가 어쩜 그렇게 어리석을 수 있을까? 어떻게 자기 아들을 그렇게나 믿지 못하고 자부심도 없을까? 크리스탈루스는 아버지와 헤어질 때의 그 말을 다시 떠올리며 주먹을 불끈 움켜쥐었다. 서로가 나누는 마지막 말처럼 느껴졌다.

"내게는 오히려 잘된 거야. 두 번 다시 대화를 나누지 못한다 하더라도, 두 번 다시 아버지를 못 본다고 하더라도 신경 쓰지 않아."

주먹에 힘을 주며 혼잣말을 했다. 크리스탈루스에게는 자신의 삶이 있었다. 자신의 목표가 있었다. 그건 바로 아발론을 탐험하고 지도를 만드는 데 헌신하는 학교를 만드는 것이었다. 그리고 그런 삶은 아버지와는 전혀 상관없는 일이었다. 이 세상의 가장 먼 곳을 탐험하면서 자신의 시간을 전부 보낼 수 있었다. 그것은 어린 시절부터 자신의 가장 큰 열정이었다.

바다 위로 짭조름한 산들바람이 불어와 머리카락을 헝클어트렸다. 바람은 마치 환영이라도 하듯 얼굴을 어루만지고 소박한 갈색 옷깃을 흩날렸다. 즉각, 크리스탈루스는 이 물의 영토에서 가장 하고 싶은 일을 떠올렸다.

헤엄!

재빨리 스케치북을 챙겨 넣더니, 허리띠를 풀고 옷을 벗고는 가죽 신발을 모래 언덕에 툭 던져 버렸다. 물속으로 걸어 들어가니 철썩 다리에 부딪히는 물이 느껴지면서 피부가 팽팽해졌다. 해초가 달라붙은 매끈매끈한 돌에 발가락이 닿았다.

물속으로 첨벙 뛰어드니, 두 팔과 어깨 그리고 얼굴까지 물이 서늘하게 감싸 안았다. 물을 튀기며 물 위로 나와, 사방으로 물보라를 일으키면서 허파 가득 공기를 들이마셨다. 그러고는 등을 대고 물 위에 누워 팔과 다리를 부드럽게 저었다. 기다란 흰 머리카락이 마치 가느다란 해초 줄기처럼 물 위로 퍼졌다.

크리스탈루스는 흐릿한 파란 하늘을 올려다보며 별을 찾아보았지만 운이 없었다. 별은 자신이 내뿜는 한낮의 빛 뒤에 숨었다. 저녁에 뜰 때까지 눈에 띄지 않을 거다. 퍽 기이했다. 빛이 많을 때는 별이 씻겨 내려가고, 빛이 적을 때는 별이 더 또렷하게 보이니 말이다.

이마에 물결이 일렁였다.

"저기 위에 오솔길이 있어. 거기 있다는 걸 난 알아! '위대한 나무'의 몸통과 가지를 따라 올라가다 보면 별까지 쭉 이어져 있을 거야."

물이 차올라 크리스탈루스의 몸이 살랑살랑 흔들렸다. 하지만 크리스탈루스는 알아차리지 못했다.

"누군가, 언젠가, 그 길을 발견하게 될 거야. 누군가, 언젠가."

크리스탈루스는 생각에 잠겨 말했다.

하늘에서 눈처럼 흰 제비갈매기 한 쌍이 아래로 날아와, 크리스탈루스가 있는 곳에서 그리 멀지 않은 곳에 스치듯 물을 튀기며 내려앉는 바람에 얼굴에 물방울이 튀었다. 크리스탈루스는 심호흡을 하며 갈매기 날개의 달콤한 물방울 냄새를 맡았다. 어쩌면 다채로운 물 백합이 끊임없이 피어나는 꽃피는 섬(Flowering Isles)에서 실어온 것일지도 몰랐다.

옆으로 몸을 돌려보니 에메랄드 초록색 그림자가 수면 아래에서 미끄러지듯 나왔다. 고래일까? 바다거북이일까? 또는 감청색 날개의 물나비일까?

물을 자세히 들여다보았다. 지금도 똑같이 서늘한 물이 팔 아래로 미끄러지며 등을 간지럽혔다. 그런데 그냥 파란색 말고 그 이상의 색이 있었다. 이 바다는 무지개 강을 품고 있었기에 더 많은 색을 품고 있었다. 파도가 칠 때마다 초록색, 보라색, 심지어 심홍색과 황금색 물을 세차게 흘려보냈다. 서로 뒤섞인 색의 물결이 사방에서 흐르며 빛을 받아 출렁였다.

'무지개 바다, 이름 제대로 지었네!'

크리스탈루스는 혼잣말을 했다.

파도가 얼굴에 밀려왔지만 거의 알아차리지도 못했다. 이 영토에 처음 여행 왔을 때 직접 그 이름을 선택했다. 여기서 그다지 멀지 않은 바다의 거대한 물보라 탑에 갔을 때, 안개의 원천(Wellspring of Mist)이라는 이름을 직접 골랐던 것처럼. 안개의 원천은 거대한 분수처럼 또는 거꾸로 내리는 비처럼 구름 속으로 솟아올랐다.

물 때문에 살짝 으스스하기는 했지만, 마음이 차분해지는 것을 느끼며 몸을 돌려 물가로 헤엄쳐 갔다. 물을 뚝뚝 떨어뜨리며 육지로 올라서자, 또 한차례 산들바람이 불어와 등과 팔과 다리를 말려주었다. 머리카락을 흔들어 모래 위로 물방울을 털어낸 후, 옷과 허리띠를 집어 후다닥 입고 자리에 앉아 신발을 신었다.

"난 헤엄치는 게 참 좋아."

크리스탈루스는 모래 언덕과 하늘과 끝없이 펼쳐진 바다에 대고 말했다.

"여행을 좋아하는 것만큼이나."

축축한 발을 신발에 집어넣으며 덧붙였다.

크리스탈루스의 예리한 눈에 수평선에서부터 산봉우리처럼 유난히 높이 솟구치는 파도가 들어왔다. 아니, 파도가 아니었다. 돛이다! 배의 돛이었다.

'요정들의 배.'

이제 그것을 알아볼 수 있었다. 분명 자신들의 땅에서부터 남쪽으로 항해하는 게 틀림없었다. 엘 우리엔(El Urien)의 숲에서 온 요정 무리가 여왕과 함께 크르 세렐라(Caer Serella)라 불리는 새로운 식민지를 건설하기 위해서 그곳에 왔다.

'그리고 새로운 요정 혈통. 내 추측으로는 충분한 시간이 지나고 나면 더 이상 숲의 요정이 아닐 거야. 언젠가 물의 요정이 되겠지.'

크리스탈루스는 배들이 바람의 속도로 파도 위를 스치듯 지나가는 모습을 지켜보았다. 거대한 돛은 팽팽하고 배는 옆으로 기울어, 거의 물 위를 나는 것 같았다. 이제 배의 윤곽을 볼 수 있었다. 줄지어 나란히 달려 있는 커다란 전복 껍질이 무지개 빛깔 파란색, 라벤더, 초록색으로 반짝반짝 빛났다. 해초를 엮어 만든 돛 위에는 세렐라의 문장이 그려져 있었다. 숲과 같은 짙은 초록색 둥근 원 안에 파란색 커다란 파도.

"세렐라! 당신이 이 땅을 처음 차지했을지는 몰라. 하지만 이 세상에는 당신이 상상한 것 이상으로 수많은 곳이 있어. 나는 최대한 많은 곳에서 당신을 이길 거야."

크리스탈루스는 한 줄로 나란히 늘어선 배를 향해 주먹을 들어 올리며 저주를 퍼부었다.

또 한 번 얼굴을 찡그리고 있다는 사실을 깨닫고 입술을 꽉 깨물었다. 왜 저 요정 여왕은 자신을 그렇게나 귀찮게 했을까? 왜 저 여왕만 보면 피가 끓는 것일까? 우아한 얼굴의 잘난 체하는 거만한 표정 때문일지도 모른다. 아니면 여왕이 마치 아발론에는 다른 탐험가가 없는 것처럼 자신의 발견을 당당하게 선포하는 방식 때문일지도 모른다. 아니면 어쩌면…… 길에서 우연히 마주칠 때마다 여왕이 크리스탈루스를 보고 비웃으며 고소해하는 표정 때문일지도.

"이런, 이런, 아마추어 탐험가, 크리스탈루스 아닌가?"

지난번 맬록(Maloch) 북쪽의 '숨어 있는 문'(Hidden Gate)이라는 위험한 동굴 근처 관문에서 우연히 마주쳤을 때 여왕은 이렇게 말했다.

"넌 세상에 널리 알려지지 않았어?"

여왕은 그 순간 잠시 말을 멈추었다가, 다음 말을 음미하듯 천천히 말했다.

"유명한 사람의 아들이라고?"

수영할 때의 평정심은 까맣게 잊고 찡그린 표정이 더욱 깊어졌다. 이윽고 그 표정이 천천히 사라지기 시작했다. 새로운 생각이 떠올랐다. 분노가 결심으로 바뀌었다. 만에 밀물이 가득 차듯, 결심이 마음을 가득 채웠다.

"세렐라, 아버지, 나를 비웃고 조롱하는 모든 사람들에게 보여주겠어! 나는 그 누구도, 아니 다그다조차도 알지 못하는 장소와 통로를 찾아낼 거야. 그 어떤 위험이라도 감수하겠어. 그 어떤 수수께끼도 풀 거야. 이 세상에서 가장 위대한 탐험가가 되겠어."

크리스탈루스의 짙은 눈동자가 결의로 반짝반짝 빛났다.

그 젊은이는 천천히 하늘로 시선을 돌렸다.

"언젠가 어느 영광스러운 날에 별로 가는 길을 찾아낼 거야."

끝이 없을 듯한 순간, 자신의 결심의 깊이를 느끼면서 하늘을 올려다보았다. 이윽고 아주 오랫동안 하지 않던 행동을 했다.

빙그레 웃음을 지었다.

8

죽음의 묘약

깜짝 놀랄 일, 특별히 끔찍하게 놀랄 일이 왜 웃기는지 아는가? 당신이 아무 준비가 되어 있지 않더라도 그것은 늘 당신을 위해 준비되어 있기 때문이다.

아주, 아주 멀리, 맬록(머드루트)의 가장 위쪽 지역에, 무시무시한 늪이 연기를 내뿜으며 부글부글 끓고 있었다. 수많은 생명체가 우연히 그곳을 지나다가 폭력적이고 끔찍한 죽음을 마주했다. 굶주린 포식자들에게 갈기갈기 찢기고, 고약한 안개에 스며든 기이한 빛과 으스스한 소리에 정신을 잃거나, 사람 시체를 먹는 그 무시무시한 유령이 만들어놓은 썩은 물에 빠져 죽었다.

떠돌이 방랑 시인들이 적절하게 이름 붙인 것처럼, 유령의 늪은 특히 밤에 지독한 죽음의 냄새를 풍겼다. 밤이 되면, 숨 막히는 연기가 불빛을 모두 막아 희미한 별빛만 비치었다. 늪지 유령들은 썩어가는 석탄과 부글부글 끓는 물 위로 모습을 드러내지 않고 둥둥 떠다녔다. 그 불쾌한 늪지가 주변을 둘러싼 불모의 황량한 땅보다 살기 좋다고 여기는, 그곳에서 살아갈 운명을 타고난 생명체들이라 하더라도 밤에는 몸을 꽁 꽁 숨겼다.

그렇게 하지 않으면…… 죽임을 당하고 말았다. 천천히, 고통스럽게, 끔찍하게.

이곳에서는 밤이 무척이나 어두워 보였다. 아발론의 그 어떤 곳보다 어두웠다. 한결같이 빛이 안 드는 섀도루트를 제외하고 그렇다는 말이다. 섀도루트는 무언가 불가사의한 이유 때문에 별빛이 한 번도 닿은 적이 없었다. 하지만 이 늪지에서 밤은 두려움과 슬픔과 절망의 실로 짠 특이한 망토를 걸쳤다. 그 망토는 빛뿐만 아니라 희망도 막아 버렸다. 그래서 밤이 어둠보다 더 어두워 보였던 것이다.

이 특별한 밤에는, 어른거리는 연기와 희미한 빛, 그리고 신음하는 늪지 유령들 말고는 아무것도 움직이지 않았다. 단 하나의 모습만 제외하고. 몇 년 전, 이 기이한 짐승이 늪지의 가장 외지고 역겨운 곳으로 왔다. 늪지 유령들이 죽이고 난 후 썩은 시체를 쌓아둔 황폐한 깊은 구덩이였다. 수십 년 동안, 그곳은 물에 빠지거나 맞아 죽은 시체로 가득 차 있었다. 이 구덩이는 그저 죽음으로 가득 차 있을 뿐만 아니라, 죽은 자들의 분노와 공포로 가득 차 있었다.

이 기이한 생명체는 그 구덩이 깊숙한 곳에서 천천히 용의주도하게 움직였다. 만약 누군가 그곳에서 지켜보고 있었다면, 뭔가 엄청 잘못되어 보였을 것이다. 이 짐승의 모습은 칠흑 같은 어두운 밤에서도 사실 눈에 확 띄었으니까.

어떻게 그런 일이 가능할까? 그 짐승이 어떤 형태로든 빛을 발산해서 그런 건 아니었다. 오히려 정반대였다.

그 짐승은 더 짙은 어둠을 내뿜었다. 단순히 밤의 어둠이 아니었다.

또한 흑단이나 흑요석처럼 짙은 검정색이 아니었다. 빛의 완벽한 부재였다. 텅 빈 어둠 그 자체였다.

그 짐승은 살아 있는 존재였다. 유령의 늪에 있는 그 어떤 것보다 짙고, 그림자의 그림자를 닮았다. 밤의 틈이자, 존재의 구멍이었다.

이제 늠름한 그 짐승은 죽음처럼 비참한 그 구덩이 바닥에 똑바로 서서 이리저리 천천히 몸을 흔들었다. 성장하는 몸에 자양분을 주고 커져가는 힘에 연료가 되는 물질을 빨아들이고, 게걸스럽게 먹어치우고 있었다.

피? 아니다, 아주 오래전부터 그만두었다. 평범한 거머리와 다를 게 없던 옛날에는 수많은 희생자들의 피를 모조리 빨아먹었다. 희생자 중 많은 수가 무심코 악취를 풍기는 그 구덩이에 가까이 다가왔었다. 그중 상당수는 이 존재의 계획을 좌절시키려 했지만 실패하고 말았다.

그중 하나가 힘센 수사슴으로, 위대한 신 다그다가 유한한 생명체로 변신한 모습이었다. 그 수사슴은 정령의 영토에서 아발론까지 이 거머리를 데리고 오는 실수를 저질렀다. 거머리의 끝없는 갈증에 수사슴은 마법이 깃든 피를 살짝 빨아 먹혔다. 거머리는 그때를 기억하며 분노한 듯 몸부림쳤다. 만약 그 형편없는 작은 도마뱀이(그 녀석은 웬일인지 용으로 성장했는데) 자신의 계획을 망치지 않았다면, 수사슴은 분명 죽었을 것이기 때문이다. 피를 빨려서가 아니라, 오직 특별한 종류의 거머리만 만들어낼 수 있는 유해한 독 때문에 말이다.

사실, 거머리는 리타 고르의 부하였다.

이제 성인 남자보다 더 크게 자란 커다란 거머리, 그러니까 정령의 장군 리타 고르가 아발론에 보낸 대리인은 피보다 더 역겹고 강력한 물질을 빨아먹고 있었다. 거머리는 이 외롭고 적막한 땅의 불행, 공포, 분노로 자신의 몸을 채우고 있었다. 그런 재료, 그러니까 죽음의 묘약을 먹어치우면서 결국 그 어떤 유한한 생명체보다 더 강력하게 자랄 것이다. 심지어 용을 포함해서도 말이다! 사실, 너무 강력해서 그 주인이 마침내 아발론에 들어와 이 세상을 차지할 수 있게 될 것이다.

하지만 지금 이 그림자 거머리는 오직 하나의 목표만을 위해 살아가고 있었다. 고통을 모조리 빨아들이는 것. 이 늪지의 풍부한 죽음을 마시는 것. 그리고 그 죽음을 다 먹어치웠을 때, 더 많은 고통과 죽음을 불러일으키는 것. 그래서 더 많이 마시고, 마시고 또 마실 수 있도록…….

그래서 알을 품을 수 있을 만큼 힘이 세졌을 때, 부하들을 만들어내기 시작했던 것이다. 알을 낳는 게 쉽지 않았기에, 지난 몇 년 동안 딱 일곱 개의 알만 낳을 수 있었다. 이 세계의 각각의 뿌리 영토마다 한 마리씩. 평범한 거머리를 닮은 부하들은 각각의 영토로 파견되었다. 부하들은 고통과 괴로움의 본질을 가져오라는 명령을 받았다. 더 많은 비참함을 자극할 수 있는 짓은 뭐든 하라는 명령을 받았다.

바로 얼마 전에, 파이어루트의 부하는 그 검은 마법을 사용해 어떤 가족의 분노, 좌절, 후회로부터 특별히 만족스러운 약을 보내왔다. 그림자 거머리에게 그 약은 왠지 익숙한 맛이 났다. 왠지 모르게 익숙했다. 하지만 그 이유를 궁금해하느라 낭비할 에너지와 시간이 없었다.

거머리는 마셔야 했다. 그리고 성장해야 했다. 그리고 다음번에 진정으로 멋진 먹이를 맛볼 준비를 해야 했다.

어둠의 존재는 분노를 빨아들이며 격렬하게 몸을 흔들었다. 다음에 먹을 음식 생각만으로도 기대감에 들떠 몸이 저절로 흔들렸다. 그렇다…… 그 음식은 자신을 훨씬 더 빨리 자라게 할 것이고, 힘을 크게 늘릴 것이고, 마침내 리타 고르가 아발론을 정복할 수 있게 문을 열어 줄 것이다.

그리고 한 가지 더. 다음 먹이는 그림자 거머리의 이름값을 확실히 증명할 것이다. 그 이름은, 정령의 영토 언어로 '어둠보다 어둡다'는 뜻이다. 그 이름은 곧, 이 세계에서 죽음과 동의어가 될 것이다.

둠라가(Doomraga).

다시 그림자 거머리는 몸을 흔들었다. 붉은빛이 상처처럼 고동치며 거머리 위에서 나타났다. 충혈된 눈. 이윽고 그 몸의 무한한 어둠으로부터 살을 엘 정도로 차가운 바람이 불어와, 늪지 유령들조차 소름이 돋았다. 그 바람에는 소름 돋는 말도 함께 실려 왔다.

"둠라가. 어둠보다 더 어둡다."

9

구름다리를 독차지하려는 싸움

다른 사람들의 언어를 배우는 건 어렵지 않다. 하지만 그 사람들이 무슨 생각을 하고 무슨 꿈을 꾸는지는 알아내기 쉽지 않다.

거대한 초록 용은 두 날개를 활짝 펼쳐 세찬 바람을 타고 하늘 높이 날았다. 여기 에어루트의 변화무쌍한 구름 위에는 안개 자욱한 형상들이 사방에서 평온하게 미끄러지듯 움직이고 있었다. 하지만 바질가라드의 생각은 평온하지 못했다. 한 손으로는 커다란 귀 하나를 꽉 붙잡고, 다른 한 손으로는 옹이진 지팡이를 잡고 자신의 머리 위에 올라탄 마법사처럼, 불안감이 점점 깊어졌다.

아발론의 사정이 잘 굴러가지 않았다. 멀린이 가장 두려워하던 것이 살아나고 있었다. 모든 영토에서 다툼, 공격, 약탈이 빈번하게 일었다. 그 예로 파이어루트만 보더라도 그랬다. 바질가라드는 오렌지색 용과로 발디어그를 상대로 놀라운 승리를 거두었다. 그건 음유시인들이 '일당백 전투'라고 이름을 붙인 승리였다. 그럼에도 불구하고 불을 내뿜는 용과 소인 사이의 작은 충돌은 끊이지 않았다. 오히려 정반대였다. 충돌은 점점 더 빈번하게 일어났다. 그리고 점점 더 잔인하고 포악해졌다.

"만약 늙은 조르갓이 내 아이디어를 시도라도 해봤다면!"

멀린이 휘몰아치는 바람 소리 너머로 잘 들리도록 용의 커다란 귀를 향해 몸을 돌리며 투덜거렸다.

마법사를 태운 바질가라드는 이마를 찌푸렸다. 바람이 비늘을 가르며 요란하게 지나갔다.

"소인들이 적들과 합의점을 찾으려 하지 않을까요?"

"아니, 하지만 소인들은 전투라든가 광산 붕괴 때문에 많은 목숨을 잃고 있어. 만약 저들이 함께 힘을 합쳤다면, 용의 넓은 등으로 광산 붕괴를 막을 수 있었을 거야. 늙은 조르갓조차 분명 놀라워할 텐데!"

겹겹이 쌓인 안개를 뚫고 지나가며 멀린이 끄덕였다.

바질가라드는 오른쪽으로 방향을 틀어, 수천 개의 안개 봉우리로 뒤덮인 커다란 구름 끝자락을 스치듯 지나갔다. 그곳은 에어루트의 유명한 '떠 있는 숲'(Forest Afloat)이었다. 용의 날개 바로 아래는 에오니아-라라(eonia-lala) 나무의 반투명한 뾰족탑들이 솟아 있었다. 나무껍질은 거의 눈에 보이지 않았다. 비둘기, 올빼미, 참새, 가마우지, 제비갈매기 등, 나뭇가지에 앉아 지저귀는 새 떼가 없었다면 나무는 거대한 안개 뭉치처럼 보였을 것이다.

"무슨 일이 분명 일어나고 있어. 정확히 알 수 없는 무언가가."

멀린이 침울하게 말을 이었다. 그사이 용은 커다란 날개를 펄럭이며 다시 수평으로 날았다.

"나도 알아요."

용이 대답했다. 구름 사이로 말이 울려 퍼졌다.

"비가 억수로 내리는 우기로 들어선 것 같다는 내 말 기억해? 음, 바질, 그것이 바로 제대로 된 이미지야. 매일 매일 비가 더 많이 내리는 느낌이야."

"아니요."

바질가라드가 고개를 가로젓는 바람에 멀린은 용의 귓속으로 곧장 내동댕이쳐졌다.

"비가 홍수로 바뀐 것 같아요! 끔찍한 홍수요."

자신의 말을 강조하려는 듯, 고개를 다시 저었다. 귀 밖으로 기어올라 오던 멀린은 다시 아래로 굴렀다.

"난 홍수보다는 다른 게 더 걱정스러워요. 뭔가 이 모든 걸 일으키고 있는 것 같다는 느낌을 떨쳐 버릴 수 없어요. 뭔가가 이 모든 걸 자극하고 있는 것 같아요. 이 모든 게 다 연결되어 있는 것 같은……. 그렇게 생각 안 해요?"

바질가라드는 마법사가 지금 어떤 문제에 처했는지 전혀 깨닫지 못한 채 말을 이었다.

"나도 잘 모르겠어. 하지만 네가 다음에 뭘 하든, 머리는 제발 흔들지 말아줄래?"

멀린이 숨을 헐떡거리며 원래 자리로 기어올라 왔다.

용은 한쪽 눈알을 위로 치켜떠, 이상하다는 듯 멀린을 쳐다보며 물었다.

"무슨 문제 있어요? 우리가 지난주에 동굴에서 처부수었던 그 트롤 녀석처럼 성질 사납게 말하는 것 같은데요?"

멀린은 자초지종을 설명은 해주지 않고 그저 툴툴거리며 말했다.

"그것도 하나의 예야. 덩치만 크고 멍청한 스톤루트의 트롤들이 전에 그런 식으로 문제를 일으킨 적이 한 번도 없었어. 뭐 때문에 그 녀석이 그렇게 화를 냈을까? 그 녀석은 혼란을 일으키려고 안달복달하는 것처럼 보였거든."

"내가 동굴 관문을 커다란 바위 덩어리로 막아뒀으니, 그 녀석이 동굴 안에서 혼자 몇 달을 보내며 화를 식히면 좋겠네요."

"나도 그래."

멀린은 지팡이를 얼굴 위로 가져갔다. 바람에 옷 소맷자락이 펄럭였다. 지팡이 손잡이로 무성한 눈썹에 달라붙은 머리카락을 옆으로 쓸어 넘기고 얼굴을 찌푸리며 말했다.

"우리가 어제 해치운 그 땅의 요정들 무리는 또 뭐지? 그 녀석들 대장이 그렇게 화가 난 건 정말 이상하지 않아? 연신 비명을 지르며 창을 흔들어댔잖아?"

"그래요, 이상해요. 그리고 이상한 게 또 있어요."

용이 대답했다.

"뭐가?"

"대장 녀석이 얼마나 창백한지 눈치 못 챘어요? 지금 생각해보니 얼굴을 비롯해 땅의 요정의 온몸에서 평상시 색이 다 빠져나간 것 같았어요. 그런데 상처는 하나도 없었어요. 피를 흘릴 일은 없었다고요. 내가 보기에는요."

"음, 어쩌면······."

멀린은 말을 꺼내다 말고 멈칫했다. 이윽고 아래를 가리키며 큰 소리로 말했다.

"저거야, 바질. 우리의 다음 문제, 공기 요정들이 내게 말해준 곳이야."

멀린은 속삭이듯 덧붙였다.

"지난번 문제보다 쉽기를 바라야지."

바질가라드는 커다란 날개를 기울여 멀린이 가리킨 곳을 향해 하강했다. 구름이 양 옆으로 갈라지며 시야가 좀 더 분명하게 보이자, 새로운 문제의 근원을 알아차렸다. 깜짝 놀랍게도 그건 다리였다. 대충 묶은 한 뼘 정도의 흰색 밧줄이 움직이는 커다란 구름 두 개를 이어주고 있었다.

"저 밧줄은 딱딱한 구름으로 만든 거야. 공기 요정은 그걸 '구름 케이크'라고 부르지. 그게 이 영토에서는 가장 튼튼한 재료거든. 아주 튼튼해서 떠받칠 수도 있어……."

마법사가 바질가라드의 질문을 예상하고 설명했다.

"다리예요. 보세요! 저 위에 앉아 있는 저 새들. 왼쪽에는 검은 까마귀 떼, 오른쪽에는 흰 제비갈매기 떼가 있어요."

거대한 용이 말했다. 굵은 목소리에는 놀라움이 가득했다.

바질가라드는 잠시 말을 멈추고 그 광경을 지켜보았다. 새들은 화난 듯 까악까악 요란스럽게 울어댔다. 몇 초 간격으로, 한쪽에서 새 한 마리가 다른 쪽으로 날아가 날개로 다른 새들을 내리치거나 부리로 마구 쪼아댔다. 그러고는 다시 제자리로 날아갔다. 때로는 두세 마리 제비갈매기가 까마귀 한 마리에 내려앉아 부리와 발톱으로 공격하고 나서, 도로 흠씬 두들겨 맞았다. 그래도 피를 흘리기 전 되돌아왔다. 까마귀 떼도 제비갈매기에게 똑같이 잔인한 짓을 했다.

멀린은 용의 귀를 꽉 움켜잡고 앞으로 몸을 기울여 좀 더 자세히 들여다보았다.

"이상해. 공기 요정의 말에 따르면 저 새들은 그동안 무척 평화롭게 지냈어, 최근까지만 해도 말이야."

바질가라드는 날개를 기울여 아래로 미끄러지듯 움직였다.

"그렇다면 또 하나의 홍수군요. 그나저나 저 새들은 왜 저기에 있는 거죠?"

"수년 전에 다리가 하나 생겼을 때, 저 새들이 동물들에게 다리를 안내하기 시작했어. 증기주머니쥐, 안개원숭이처럼 구름에 갇힌 생명체들에게는 특별히 큰 도움이 되었지. 그 도움이 없었다면 이들은 허공을 제대로 건널 수 없었을 거야. 저 새들은 스스로를 '다리 안내자'라고 부르면서 그 일을 좋아했어."

"그런데 왜 저렇게 싸우는 거예요?"

마법사는 고개를 가로저었다.

"함께 수년 동안 일했는데도 갑자기 서로 편을 먹고 갈라졌어. 제비갈매기들끼리, 까마귀들끼리, 구름다리 한쪽을 차지하려고 했어. 이제 누구도 다리를 건너갈 수 없어! 내 말 잘 기억해. 우리가 저 긴장을 하루빨리 진정시키지 못하면, 저 다리는 피로 물들고 말 거야!"

바질가라드는 자기 몸 크기만큼 큰 한숨을 내쉬었다. 두 날개를 쫙 펴며 더 가까이 미끄러지듯 다가갔다. 다리에 가까이 가보니, 또 다른 소리가 들려왔다. 그 소리는 화가 난 새들이 재잘거리다가 잠시 멈출 때마다 들려왔다.

"하프 줄? 저거 하프 소리 아닌가요?"

바질가라드가 물었다.

"그래, 맞아, 바질. 넌 지금 공기 요정의 멋진 창조물이 내는 소리를 듣고 있는 거야. 구름 사이에 걸려 있는 거대한 하프. 저건 여기서 멀리 떨어진 곳에 있어. 하지만 저 소리는 구름 풍경을 가로질러 들려오지. 그리고 하프 줄은 바람이 아니라 감정에 따라 움직여."

용이 깜짝 놀라 귀를 핑 흔드는 바람에, 멀린은 하마터면 또 균형을 잃을 뻔했다.

"그러니까, 주변의 감정에 따라 반응한다는 건가요?"

"맞아. 그래서 지금 끔찍한 소리가 흘러나오는 거야."

이 말을 강조하기라도 하듯, 하프 줄이 유난히 크게 삐걱거리는 소리를 냈다.

바질가라드는 다리 위에 내려앉을 수 없었다. 그렇게 했다가는 자기 무게 때문에 다리가 부러질 게 뻔했다. 그래서 다리 위를 천천히 날았다. 그때 바질가라드가 나는 걸 알아차린 까마귀 떼와 제비갈매기 떼가 싸움을 멈추고 잠잠해졌다. 정확히 2초 동안. 이윽고 전보다 더 크게, 더 적대적으로 불협화음을 토해했다. 용을 끌어들였다며 서로 상대방을 비난했다. 깍깍 까악까악 울어대고 소리치며 삑삑거리는 소리가 끔찍하게 솟아났다.

멀린은 바질가라드의 이마 옆으로 몸을 기울여, 머리 위로 지팡이를 휘두르며 평상시의 목소리로 명령했다.

"조용히 해!"

하지만 새들은 멀린의 말에 아무 관심도 기울이지 않았다. 오히려, 분노의 외침이 더 높아졌다. 저 멀리, 공기 요정의 하프 소리가 요란하게 울려 퍼졌다.

"조용히 해!"

멀린이 다시 명령했다. 하지만 명령을 따르기는커녕, 이제 멀린의 말이 들리지도 않을 정도로 소음이 거졌다.

바질가라드는 새들 위로 빙빙 돌며, 새들의 불량한 태도에 얼굴을 찌푸렸다. 뇌우만큼 큰 소리로, 바질가라드가 외쳤다.

"조용히 해, 너희 모두! 안 그러면 너희 깃털을 모조리 날려 버릴 거야."

즉각, 새들은 잠잠해졌다. 이따금 짜증스레 날개를 퍼덕거리는 것 말고는 찍 소리도 내지 않았다.

용은 눈동자를 굴려 멀린을 올려다보며 만족스럽게 말했다.

"어떻게 하는지 내가 나중에 가르쳐줄게요."

"제발 그래줘."

마법사가 크게 감동받으며 말했다. 이윽고 숨을 깊게 들이쉬고는 덧붙였다.

"자, 이제부터 내가 이 어리석은 불화를 어떻게 해결하는지 지켜보기나 해."

"에어루트의 새들아. 너희는 엄청난 불만이 있는 것 같은데, 그러냐?"

멀린이 말했다.

그러자 수백 개의 머리가 힘차게 까딱까딱 움직였다. 새들은 만장일치로 동의한다는 뜻을 보였다. 몇몇은 깍깍 울어대며 부리를 탁탁 두드리는 걸로 분노를 드러냈다. 하지만 소음이 더 커지기 전에 바질가라드가 위협적으로 목청을 가다듬었다.

즉각, 다시 조용해졌다.

"너희 까마귀는 다리 한쪽을 통제하기를 원하고, 그 반면에 너희 제비갈매기는 다른 한쪽을 원하는 거지, 그렇지?"

멀린은 계속 말을 이어갔다.

다시 수많은 고개가 까닥거렸다. 그리고 수많은 눈동자가 머리 위를 미끄러지듯 나는 용을 불안하게 지켜보았다.

"음, 그렇다면 너희 문제에 대한 해결책이 내게 있어."

멀린이 딱 잘라 말했다. 잠시 기다리며 새들의 기대가 높아지도록 했다. 이윽고, 재빨리 선언하듯 말했다.

"오늘부터 너희는 각자 다리 절반씩 통제하게 될 거야. 너희 제비갈
매기들은……."

멀린이 왼쪽으로 손을 흔들었다.

"저쪽 절반을. 그리고 너희 까마귀들은……."

멀린이 오른쪽을 가리켰다.

"저쪽 절반을."

새들은 고개를 까딱거리며 동의의 뜻으로 울어댔다.

"그러니까 너희는 각자 자기 쪽 절반의 다리까지만 생명체들을 안내
할 수 있어. 한가운데에 오면 왔던 곳으로 되돌아가야 해."

멀린이 결론을 내렸다.

습관처럼 많은 새들이 동의의 뜻으로 고개를 끄덕거리기 시작하였지
만 갑자기 멈추었다. 멀린의 계획이 뭘 의미하는지 알아차리자, 점점 더
많은 새들이 고개를 저으며 날개를 펄럭거리며 대들었다. 여전히 바질
가라드의 눈치를 보기는 했지만, 몇몇은 요란하게 울어대기까지 했다.

용은 마법사에게 긴급하게 자신의 생각을 알렸다.

"뭐 하는 거예요, 멀린? 그렇게 하면 문제만 더 키우는 거라고요!"

마법사가 활짝 웃었다.

"잠깐만 기다려, 친구."

"아니, 우리는 그렇게 안 할 거야! 우리는 다리 안내자라고. 반쪽 안
내자가 아니란 말이야."

젊은 제비갈매기가 당당하게 말했다.

"우리 일을 제대로 하려면 다리를 전부 다 건너야 해."

까마귀 한 마리가 소리쳤다.

그러자 수십 마리 새가 함께 소리쳤다. 비록 목소리는 제각각이었지만, 그 뜻은 똑같았다. 다리는 다 함께 공유해야 했다.

"정말이야? 분명해?"

마법사가 단호한 어조로 물었다.

"그래!"

새들이 그 어느 때보다 큰 소리로 외쳤다. 하지만 이번에 새들의 목소리는 대체로 통일되었다.

"좋아, 그렇다면 너희 뜻대로 해."

멀린이 어깨를 으쓱해 보이며 말했다.

새들은 휘파람을 불고, 꼬꼬거리고, 지저귀고, 쩍쩍거리며 다함께 한결같은 환호를 내보냈다. 저 멀리서 하프 줄이 듣기 좋은 부드러운 화음을 연주했다. 다리 전체가 축하하듯 출렁였다.

바질가라드는 큰 감명을 받아 소리쳤다.

"새 심리를 이용했군요! 그렇게 하는 방법을 어떻게 알았어요?"

마법사의 표정은 생각에 잠긴 듯했다.

"한때 나한테 쇠황조롱이 친구가 있었어. 그 친구가 내게 많은 걸 가르쳐줬지."

멀린은 왼쪽 어깨를 흘끗 쳐다보았다. 그곳에는 성마른 새 한 마리가 앉아 있곤 했었다.

한편, 새들의 시끄러운 축하는 계속되었다. 한 마리만 빼고. 약간 앙상한 까마귀가 반항하듯 울어대며 화난 듯 멀리 날아가 버렸다. 하지만 누구도 알아차리지 못했다. 새의 목 깃털 안에 유난히 통통 부은 거머리 한 마리가 게걸스럽게 피를 빨아먹고 있었다.

10

낙하산을 타고 온 방문객

산들바람을 타고 내려온다는 것은, 보통 무슨 문제라는 걸 나는 알았다.

멀린은 자신의 책략으로 다리에 사는 새들의 태도와 공동체를 변화시켰다는 데 흡족했다. 용의 머리 앞으로 몸을 기울여 새들이 유쾌하게 울어대는 소리와 날갯짓소리, 그리고 저 멀리 들리는 하프 소리에 귀를 기울였다. 바람이 얼굴에 불어와 머리카락과 턱수염이 흩날렸다. 멀린은 몇 주 만에 처음으로 정말 편안해 보였다. 바질가라드 또한 구름 케이크 밧줄 위를 한가롭게 빙그르르 돌며 만족스러워했다. 문득, 바질가라드의 눈에 뭔가 이상한 것이 흘끔 보였다.

이리저리 흩어져 있는 구름 속 한가운데에서, 자그마한 은빛 구름 하나가 다가왔다. 그 작은 구름 아래로 뭔가가 매달려 있었다. 심홍색 둥그런 물체였다. 하지만 어떤 종류의 물체가 그럴 수 있을까? 왜 이런 식으로 다가오는 걸까?

용은 자세히 눈여겨보았다. 갑작스레 그게 누구인지, 무엇인지 깨달왔다. 심홍색 물체는 바로 사람의 모습이었다. 뉴익(Nuic)이라는 이름의 특별히 심술궂은 녀석이었다. 뉴익은 산봉우리 요정으로, 자신의 감정을 피부색으로 드러냈다. (심홍색은 화가 나 있다는 걸 알려주었다.) 그리고 뉴익을 실어오는 구름은 사실 구름이 아니라 은빛 실로 만든 낙하산이었다. 뉴익은 자기 마음대로 낙하산을 만들어낼 수 있었다.

"이런, 이런, 저건 유쾌한 꼬맹이 뉴익이 아닌가!"

멀린이 말했다. 멀린 또한 가까이 다가오는 손님의 모습을 알아차렸다. 멀린은 용의 귀에 대고 속삭였다.

"난 리아가 저 녀석의 어떤 점을 봤는지 모르겠지만, 적어도 저 녀석은 리아에게 충직해."

둥근 몸의 산봉우리 요정은 이들을 향해 바람을 타고 재빨리 미끄러지듯 다가왔다. 이제 뉴익의 눈썹과 얼굴의 주름살이 잘 보였다. 목소리가 들리는 곳까지 왔을 때, 멀린이 소리쳤다.

"널 만나면 언제나 기뻐, 뉴익."

요정은 낙하산 줄을 끌어당겨 몸을 가까이 움직이며 바질가라드의 머리 위로 부드럽게 내려왔다. 낙하산을 몸속으로 다시 잡아당기고, 어깨 사이로 줄을 집어넣으며, 마법사를 올려다보았다.

"흥, 너나 기쁘겠지, 정말이야. 난 너랑 이야기할 필요가 있어서 온 것뿐이야."

뉴익이 퉁명스럽게 말했다.

"뭐 때문에?"

멀린이 용의 귀를 감싸 안으며 물었다.

"내가 준비가 되면 말할 거야! 넌 예의범절이라고는 눈곱만큼도 없어? 우리가 대화를 나누기 전에, 여기 있는 비늘 덮인 네 친구를 나한테 소개해줘야지."

요정이 톡 쏘아붙였다.

"그래, 네가 가르쳐준 그 예의범절을 내가 모두 다 까먹었네."

마법사가 비꼬듯 말했다. 이윽고 목청을 가다듬으며 물었다.

"내 친구 바질을 만났던 적이 있던가? 우리는 자주 함께 여행을 다니지."

멀린은 용의 드넓은 날개와 커다란 꼬리를 향해 지팡이를 흔들어 보였다.

"너희 둘 다 참 안 됐다. 어쨌거나, 아니, 우린 전에 만난 적 없어."

뉴익의 몸이 짙은 갈색으로 어두워졌다.

바질가라드의 목 깊은 곳에서 킬킬 웃음이 일더니 요란하게 터져 나왔다. 왁자지껄한 그 소리는 주변 구름에 울려 퍼져, 기쁨에 찬 천둥의 모습처럼 변했다.

뉴익은 널찍한 이마 위로 성큼성큼 걸어와 따지듯 물었다.

"뭐가 그렇게 우습지, 용?"

"우린 전에 만난 적 있어. 네가 그저 기억하지 못할 뿐이지."

즐거운 대답이 흘러나왔다.

뉴익의 갈색 가슴 한가운데에 오렌지색 깃털이 나타났다. 분명 혼란스럽다는 표시였다.

"정말이야? 희한한 유머 감각이 있는, 산처럼 거대한 용과 만났던 걸 내가 어떻게 기억하지 못할 수가 있지?"

바질가라드의 눈이 환하게 불타올랐다.

"그건 말이야, 네가 날 만났을 때 난 산처럼 크지 않았으니까. 난 네 아주 작은 주먹만큼도 크지 않았거든!"

뉴익은 불쾌한 표정으로 멀린을 쏘아보았다.

"저 녀석, 엉뚱한 소리 자주 해?"

"어쩌면, 이렇게 하면 네가 기억날지 모르겠네."

바질가라드가 제안했다.

즉각, 공기 중에 썩은 고기와 흉악한 발톱의 혐오스러운 냄새가 가득 찼다. 뉴익의 색은 즉각 흰색으로 바뀌었다. 뉴익은 멀린의 옆으로 달려가 소리쳤다.

"다크틸새다! 다크틸새가 나타났어!"

다시 한번, 용의 쩌렁쩌렁 울리는 웃음소리가 하늘을 가득 채웠다. 멀린도 함께 웃었다. 너무 심하게 웃는 바람에 바질가라드의 귀를 놓칠 뻔했다.

뉴익은 흰색에서 곧 성난 오렌지색이 뒤섞인 심홍색으로 다시 돌아왔다.

"너…… 설마 너 아니지? 저 무례하고 뻔뻔스러운 수수께끼 같은 작은 짐승, 역겨운 냄새를 풍길 수 있는 짐승?"

뉴익이 흥분하여 소리쳤다.

바질가라드가 입꼬리를 들어 올리며 반짝반짝 빛나는 이빨을 쓱 드러냈다.

"맞아, 친구. 네가 지난번에 봤을 때보다 내가 조금 변했지."

"하지만……."

뉴익은 이 극적인 변신을 확실하게 알아차릴 수 없었다. 심홍색 색조가 깊어졌다. 마침내, 중얼거렸다.

"난 예전의 네가 더 좋았어."

용은 콧방귀를 뀌었다.

"그리고 예전에 넌 날 죽이려고 했었지."

"흠, 너희 어릿광대 둘은 하루 종일 농담하며 보낼 거야? 아니면 내가 여기 왜 왔는지 누가 좀 물어봐 줄래?"

뉴익이 말했다. 색이 좀 더 붉은색으로 다급하게 변했다.

멀린이 눈을 흘겼다.

"말해줘, 부탁이야."

뉴익은 배의 작은 주머니에서 작은 갈색 잎사귀 하나를 꺼냈다. 잎사귀 테두리가 병들어 갈기갈기 찢어졌다. 비참할 정도로 너덜너덜했다. 줄기 아래 초록색이 희미하게 겨우 남아 있었다. 잎맥은 시커멓게 변해 완전히 바스러졌다.

"이게 뭔지 알겠어?"

뉴익이 멀린에게 물었다.

"아니, 하지만 이건 분명 문제가 있네. 심각한 문제가 있어."

마법사가 당혹스러운 표정으로 대답했다. 잎사귀를 손에 잡고 연한 테두리와 시커먼 잎맥을 살펴보았다.

즉각, 멀린은 손에 든 잎사귀를 구기며 말했다.

"이런, 이건 리아의 것이야! 덩굴을 엮어 만든 리아의 옷에서 나온 거라고. 바질…… 우리를 리아에게 데려다줘, 당장!"

멀린이 입술을 앙다물었다.

11

마름병

좋은 일은 모두 분명 끝이 있다고들 말한다. 하지만 왜? 정말로 좋은 것만 마침내 소멸해야만 할까? 나는 그 생각에 화가 치민다. 그렇다, 나는 내 온 마음을 다해 반대한다.

바질가라드는 커다란 두 날개를 펄럭이며 구름을 갈랐다. 힘차게 펄럭일 때마다 자신의 승객들, 그러니까 멀린과 뉴익을 스톤루트에 좀 더 가까이 데려다주었다. 이들은 그곳, '모두를 위한 공동체(Society of the Whole)' 한가운데 있는 원형 돌무더기에서 리아를 만날 수 있기를 기대했다.

바람이 용의 비늘을 스쳐 지나가며, '더 빨리'라고 소리치는 것처럼 들렸다. 아발론의 그 어떤 생명체도 이처럼 빨리 날 수는 없었다. 하지만 이것이 충분히 빠를까?

멀린은 용의 귀를 꽉 붙잡고 다시 굳은 표정을 지었다. 멀린은 바람 속으로 몸을 기울여, 자신의 친구가 더 빨리 날기를 바랐다. 리아는 세상 사람들에게는 '모두를 위한 공동체'의 대사제로 알려졌지만, 멀린에게는 그보다 훨씬 더 소중한 사람이었다. 여동생이자 매우 소중한 친구였다. 멀린의 가슴속에서 리아만큼 소중한 존재는 할리아와 바질밖에 없었다.

멀린은 침을 꼴깍 삼켰다. 덩굴을 엮어 만든 리아의 옷에서 떨어져 나온 잎사귀를 구기며 그 병에 대해 생각했다. 리아는 엄마 엘런이 죽고 난 뒤에, 대사제를 상징하는 거미 실크로 지은 우아한 가운을 한 번도 입으려 들지 않았다. 드루마 숲에서 젊은 여인으로서 많은 시간을 보냈던 것처럼, 자신의 복장으로 초록색 자연을 즐기길 정말 좋아했다. 특히 그 특별한 덩굴은 잃어버린 핀카이라의 가장 경이로운 숲의 오래된 마법을 지니고 있었다. 영원히 살아남을 수 있는 마법을. 숲 전체를 …… 그리고 리아 또한 죽일 만큼 충분한 독으로 공격받지 않는 이상.

'만약 리아의 옷이 병으로 시달리고 있다면, 리아 또한 병으로 시달리고 있을 거야.'

멀린은 생각했다.

'우리 곧 도착할 거예요. 아주 금방요.'

용이 텔레파시로 대답했다. 용은 거대한 두 날개를 마구 펄럭였다.

잠시 뒤 원형 돌무더기가 보였다. 저 기둥들은 잃어버린 핀카이라에서 아발론 초창기에 가져온 것이다. 원형 돌무더기 밖에는 거인의 허리띠 버클로 만든 그 유명한 버클 종(Buckle Bell)이 자리 잡고 있었다. 그 근처에는 화려한 정원이 펼쳐져 있었다. 그곳은 리아와 리아의 추종자들이 지혜의 신 다그다와 탄생과 번영과 부활의 신 로리란다(Lorilanda)를 기려 조성하기 시작했다. 그 너머로 수많은 곡식 들판과 수십 채의 농가가 있었다. 농가 꼭대기에는 풍향계와 종이 걸려 있었다. 딱히 일구지 않은 유일한 땅은 원형 돌무더기 가장자리에 솟아 있는 울퉁불퉁

불규칙한 산비탈뿐이었다.

바질가라드의 이마에 주름이 잡혔다. 수많은 장애물 사이로 내려앉는 건 쉽지 않았다. 바질가라드는 남쪽의 탁 트인 평원 또는 북쪽의 드넓은 빙하를 훨씬 좋아했다. 하지만 이곳은 리아의 집이니, 여기에 내려앉아야 했다.

두 날개를 둥글게 말며, 산허리나 농가와 부딪히지 않으려 급하게 방향을 틀어 피했다. 천둥 같은 큰 소리를 내며 쿵 땅바닥에 부딪쳤다. 멀린과 뉴익은 앞으로 쏠리다가 용 주둥이에서 굴러떨어지며, 거대한 검은 코 위에 내려앉았다. 원형 돌무더기 안의 커다란 기둥 몇 개가 심하게 흔들리며 무너져 산허리에 부딪쳤다.

그 순간 산허리가 깨어났다. 좀 더 정확히 말해, 그 언덕이 잠을 뒤척였다. 사실 그것은 평범한 산허리가 아니라 잠자고 있는 거인이었다. 흙투성이 머리카락에 주먹코가 달려 있고, 소나무 나뭇가지로 짠 조끼를 입고 있었다.

"심! 심, 일어나!"

멀린이 옛 친구를 알아차리고 소리쳤다. 멀린은 지팡이에 기대어 몸을 일으켜 세웠다.

하지만 잠자고 있는 거인은 그저 거대한 덩치를 살짝 움직일 뿐이었다. 털투성이 거대한 발가락이 농가의 지붕을 스쳐갔다. 심의 손바닥에 떨어진 돌기둥은 무사하지 못했다. 심은 드르렁드르렁 코를 골면서, 마치 돌기둥이 조약돌이라도 되는 것처럼 옆으로 툭 던져 버렸다. 그러고는 선잠으로 평온하게 돌아가더니 중얼거렸다.

"저 녀석 잡아, 이 나쁜 악당아! 확실히, 분명히, 완전히……."

멀린은 잠자는 거인을 지켜보며, 실망스럽다는 듯 고개를 저었다. 버려진 기둥 때문에 이미 분노에 차 심홍색으로 변한 뉴익 또한 고개를 절레절레 저었다. 오직 바질가라드만 슬며시 웃고 있었다. 심과의 첫 만남을 잊을 수 없었기 때문이다. 그날도, 거대한 심은 잠자고 있는 듯했다. 당시에는 갓난쟁이에 불과했던 멀린의 아들 크리스탈루스를 짓뭉갤 뻔했는데 그 순간 바질이 거인의 코에 강렬한 꿀 냄새를 풍겨 제때 일어날 수 있게 해주었다.

기둥이 무너져 생긴 돌멩이들 뒤쪽에서, 두 사람이 이들을 향해 성큼성큼 걸어왔다. 한 명은 한쪽 귀가 없는 키 큰 사제로, 바질가라드는 그게 멀린과 리아의 오랜 친구 류라는 걸 알아보았다. 다른 한 사람은 다시 보게 되어서 무척 반가운 리아였다. 리아는 여느 때처럼 건강하고 활기차 보였다. 뉴익이 가지고 온 잎사귀처럼, 옷의 덩굴이 끈적끈적한 갈색 잎사귀로 얼룩져 있기는 했지만, 평상시의 혈기왕성함을 내뿜고 있었다. 리아는 언제나처럼 맨발이었다. 땅을 사뿐사뿐 밟을 때마다 곱슬머리가 출렁거렸다.

멀린은 달려가 리아를 안아줬다.

"무사하구나!"

멀린은 안도의 한숨을 내쉬며 소리쳤다.

"난 괜찮아. 하지만 우드루트는 안 괜찮아!"

리아가 침울하게 말했다.

우드루트.

그곳은 바질가라드가 좋아하는 영토로, 푸릇푸릇하고 향기 나는 그 숲을 바질가라드는 자신의 고향이라고 불렀다. 그런데 그곳에 무슨 문제가 생긴 걸까? 무슨 일이 있었던 걸까?

리아는 몸을 굽혀 뉴익을 집어 들어, 감사의 뜻을 담아 고마운 듯

한쪽 팔을 꼭 잡았다.

"이리 와, 내가 보여줄게. 말로는 설명이 안 돼. 직접 봐야 해."

멀린은 거대한 용을 향해 몸을 돌렸다. 용은 원형 돌무더기와 잠자는 거인 사이에 꽉 끼어, 온몸을 늘어뜨린 채 잘 움직이지 못했다.

"바질, 우리 좀 데려다줄래?"

"어디든."

바질가라드가 대답했다.

"'끊임없이 흐르는 강' 상류 쪽으로 가줘. 거기서 북쪽으로."

리아가 바질가라드에게 방향을 가르쳐주었다.

"우리 저 거대한 도마뱀을 또 타야 하는 거야?"

뉴익이 투덜거렸다. 하지만 누구도 듣지 못한 것 같았다. 분명 용은 듣지 못했다. 용은 승객들이 탈 수 있게 이미 기다란 귀 하나를 땅으로 내려놓았다.

바질가라드는 더 이상 기둥을 치지 않고 두 날개를 활짝 펴고 앞으로 주르르 미끄러지며, 이륙하기에 충분한 공간을 찾아냈다. 허공으로 도약해, 까딱거리는 심의 발을 피하기 위해 비스듬히 날며 날개를 움직였다. 그러고는 서쪽 우드루트를 향해 날아갔다.

잠시 뒤, 아발론 숲의 짙푸른 경계가 눈에 들어왔다. 나무로 뒤덮인 언덕 너머가 눈에 들어오기도 전에, 바질가라드는 숲의 익숙한 향기를 맡았다. 달콤하면서도 시큼한 가문비나무 송진, 아주 우아한 라일락 꽃, 비에 젖어 흙으로 녹아드는 나무껍질과 목재, 오크나무의 정수를 품은 도토리, 그리고 신비한 맛이 나는 버섯.

영토를 가로지르자 초록색 언덕이 푸른 산봉우리로 솟아났다. 산봉우리는 작은 골짜기와 협곡 위에 마치 두꺼운 담요처럼 그림자를 드리웠다. 세찬 강물이 습곡 사이로 흘러내리며, 끝없이 첨벙거리며 물보라를 일으켰다. 숲속 빈터에서 물보라가 안개처럼 피어올랐다. 새들이 짖어대는 경쾌한 노래가 솟아오르듯, 이들을 향해 더 많은 향기가 밀려왔다. 늪지에 사슴 발자국, 익어가는 자두, 벗겨진 자작나무 껍질, 촉촉한 이끼 덤불⋯⋯. 이윽고, 바로 아래에서 레몬 요정 무리가 허공으로 떠올랐다. 노란색 작은 요정 날개가 별처럼 반짝였다.

"좀 더 북쪽으로⋯⋯ 가장 깊숙한 숲속으로."

리아가 용의 머리 위에 책상다리를 하고 앉아 말했다. 바람이 불어와, 단단히 묶은 리아의 곱슬머리 밖으로 비쭉 나온 머리카락을 펴주었다. 리아는 오른쪽을 흘끗 바라보았다. 멀린이 커다란 귀 옆에 앉아 있었다.

류는 용의 귀 옆에 서서, 바람 소리 너머 자신의 목소리가 들리도록 목청을 높여 말했다.

"가장 깊숙한 숲이었어."

끝없이 펼쳐진 풍요로운 숲 위를 재빨리 날아가는 사이, 누구도 다시 말을 하지 않았다. 온갖 초록 색조를 품은 숲이 땅의 윤곽을 모두 꽉 메웠다. 마치 노래하는 새의 음악이 허공을 가득 채우는 것처럼⋯⋯. 이윽고, 동시에 모두가 숨이 턱 막혔다. 왜냐하면 이들 앞에 놓인 풍경이 극적으로 변하기 시작했으니까.

나무들은 잎사귀가 떨어져 나간 채 해골처럼 서 있었다. 이제 풍경은 초록색이라기보다는 갈색과 회색으로 변해 있었다. 말라 죽어가는 잎사귀가 널리 퍼져 있었다. 한때 강물이 흐르던 계곡은 바짝 말라 있었다. 강둑에는 이끼 하나 달라붙어 있지 않고, 웅덩이에서는 물고기 한 마리 뛰어놀지 않았다. 안개는 하늘을 향해 피어오르지 않고, 끊임없이 불어대는 바람에 먼지 구름만 일었다.

바질가라드는 이 비참한 땅에서 뭔가 생명의 흔적을 찾기를 바라며 눈에 힘을 주었다. 하지만 가장 먼 북쪽까지 날아가 봐도, 숲은 더욱더 황폐해지기만 했다. 이제 뛰어노는 사슴 한 마리도 보이지 않고, 지저귀는 새 소리도 들리지 않았다. 과일 향이나 꽃향기도 맡을 수 없었다.

"도대체…… 무슨 일이지?"

바질가라드가 숨을 헐떡거리며 물었다.

"마름병이야."

리아가 손가락으로 자기 옷의 엮은 덩굴을 만지작거리며 힘주어 말했다. 숲의 생명과 같은 원천에서 나온 옷의 마법이 희미해지고 있었다. 바스락거리는 갈색 잎사귀들이 리아의 팔과 종아리와 가슴에 더 많이 나타났다.

"게다가 계속 번지고 있어."

뉴익이 리아 옆에 앉아서 말했다. 뉴익의 몸은 초록색 얼룩과 함께 생기 없는 회색으로 변해 있었다.

"왜 이렇게 된 거지? 뭐가 이렇게 만든 거야?"

바질가라드는 하늘을 날며 거대한 머리를 흔들면서 재촉하듯 물었다. 더 가까이 보려, 좀 더 아래로 내려갔다. 그래서 아래쪽 잎사귀가 떨어져 나간 나무 꼭대기를 거의 스치듯 했다.

"마법이야. 내 골수 깊은 곳에서 느낄 수 있어. 이것은 어두운 마법이야. 내가 지금껏 만난 최악의 마법이야."

멀린이 마치 쓴 과일을 베어 물기라도 한 것처럼 얼굴을 찡그린 채 단언했다.

용은 방향을 바꾸어 한때 강물이 흐르던 텅 빈 협곡을 따라갔다. 먼지 냄새 말고는 아무것도 없는 메마른 바람이 불어왔다. 바람은 숲이 생기를 되찾을 거라는 희망을 산산이 부셔 버리듯 불어왔다.

"이걸 막을 방법은 없어요? 어두운 마법에 대적할 방법은 없어요?"

바질가라드가 물었다.

리아는 고개를 돌리며 오빠를 향해 물었다.

"있을까?"

멀린은 어두운 눈빛으로 저 아래 비참한 풍경을 훑어보았다.

"어쩌면…… 하지만 위험 부담이 클 거야."

"어떤 위험이라도 감수해야 해."

리아가 고집스레 말했다. 리아는 팔뚝에서 말라죽은 잎사귀를 집어 바람에 휙 날렸다. 잎사귀는 정처 없이 생기 잃은 숲으로 둥둥 흘러가 맨땅에 내려앉았다.

멀린이 침울하게 고개를 끄덕였다.

"그럴 거야. 바질, 서쪽으로 좀 더 가. 저기 저 산등성이 너머로, 협곡 쪽으로."

용은 방향을 돌려 뾰족한 나무 꼭대기 바로 위로 날아갔다. 잠시 뒤, 협곡 산등성이를 가로질렀다. 마름병의 땅이 이들 앞에 더 넓게 펼쳐져 있었다. 지평선으로 건강한 나무들이 아주 듬성듬성 흩어져 있을 뿐이었다.

"저기! 우리를 저기 내려줘."

멀린이 왼쪽을 가리키며 소리쳤다.

바질가라드는 멀린이 고른 곳을 즉각 알아차렸다. 저 아래 회색과 갈색 사이 한가운데, 딱 한군데 다른 곳이 보였다. 싱싱한 초록색의 흔적. 살아 있는 식물의 초록색이 아니라 특이한 종류의 불이었다.

"관문이네요. 멀린, 이 관문이 어디로 연결되는지 알고 있어요?"

류가 불꽃을 내려다보며 물었다.

마법사는 고개를 저으며 말했다.

"이곳이 어디로 이어져 있을지 알아. 우드루트의 땅 저 아래. 관문 찾기를 통해서만 우리가 찾아낼 수 있는 곳이지. 그곳에 한 번 가봤어. 비록 다그다의 도움이 있기는 했지만. 그곳에서 특정한 어떤 물질이 널리 공급되는 것을 보았어. 이 마름병에 대적할 하나밖에 없는 강력한 물질."

리아가 고개를 끄덕이자 곱슬머리가 출렁였다.

"그러니까…… 엘라노를 말하는 거야?"

"맞아! 우리가 치유의 샘이나 관문 불꽃에서 발견하는 희석된 형태의 엘라노가 아니야. 순수한 엘라노가 있어. 이 세상에서 아니, 어쩌면 어떤 세상에서든 최고로 농축된 마법이 있다고."

멀린은 턱수염을 만지작거리며 생각에 잠겼다.

"음, 뭐랄까, 난 그 힘을 이제 막 이해했을 뿐이야. 하지만 우리는 지금 본질적인 수액을 이야기하는 중이야. '위대한 나무'가 지닌 생명의 근원. 그것이 일곱 개의 신성한 요소를 모두 결합해. 그리고 그 결과는 마법을 뛰어 넘는 마법이야."

"그러니까 만약 우리가 어떻게든 순수한 엘라노를 충분히 모은다면……."

리아가 갑자기 흥분하며 말했다.

멀린이 리아의 말을 마무리했다.

"우리는 마름병에 대적할 수 있을 거야. 어둠의 마법이 강력하지만, 엘라노의 힘은 그보다 더 강할 거야. 내 생각이 맞는다면, 엘라노의 힘은 생명을 파괴하는 게 아니라 창조하고 치유하는 데 헌신하게 되어 있어."

멀린은 침을 꼴깍 삼켰다. 멀린의 목소리가 불길하게 잦아들었다.

"그러나 만약 내 생각이 틀리다면……"

"우리는 소중한 시간을 잃는 거지. 그사이 이 끔찍한 병은 점점 퍼질 거야! 시간이 너무 오래 걸리면 아발론에는 살아남을 게 아무것도 없을 거야."

류가 멀린의 말을 마무리했다.

"그런데 이 모든 것 뒤에 뭐가 있는지 우리가 여전히 모르고 있어."

용이 울려 퍼지는 굵은 목소리로 일깨워주었다. 용은 관문을 향해 내려앉으며, 커다란 꼬리를 들어 올리고 날개를 기울였다. 아래로 내려가자 흙먼지 바람이 일었다.

"이 모든 것 뒤에 뭐가 있는지 내가 말해줄게. 리타 고르! 리타 고르가 아발론의 모든 생명을, 모든 마법을 끝내려고 해. 시간을 되돌리려고 해. 그래서 우리의 세상이 꽃 필 기회를 갖지 못하도록. 이 숲을 죽이는 건 시작에 불과해!"

리아가 선언했다. 바람에 날린 곱슬머리가 뺨을 내리쳤다.

"자, 자, 진정해. 우리는 아직 그건 몰라. 다른 이유가 있을 수도 있어."

멀린이 주의를 줬다.

"어떤 거?"

리아가 의심스럽다는 듯 물었다.

멀린은 입술을 깨물었다.

"나도 모르지. 아직까지는."

리아가 멀린을 향해 얼굴을 찡그렸다.

"오빠는 위험이 오빠 눈앞에 닥칠 때까지 언제나 기다리려고만 해. 위험이 다가오는 걸 보지 못한다고! 왜 재앙을 재앙이라고 부르지 못하는 거야?"

"그게 누이들이 하는 거지."

"재앙을 보는 것?"

"그래, 또는 재앙을 일으키는 것."

멀린이 비아냥거렸다.

갑자기, 바질가라드가 고도를 낮춰 착륙 준비를 했다. 거대한 날개를 아치 모양으로 구부리고, 고개를 들어 승객들을 충격에서 보호하려 했다. 죽은 나무들 속으로 밀고 들어가, 무거운 몸으로 나무들을 베어 버렸다. 나무둥치가 거대한 가슴에 닿아 툭툭 부러졌다. 나뭇가지들이 마구 부러져 사방으로 날렸다. 미끄러지듯 멈추고는, 고개를 다시 숙였다. 바질가라드의 턱 바로 앞, 움푹한 구덩이 한가운데에서 관문의 초록 불꽃이 타닥타닥 타올랐다.

"잘했어, 바질, 완벽한 착륙이야."

마법사가 용의 귀를 토닥여주었다.

"흠, 완벽하게 끔찍했어. 우리를 모두 죽일 뻔했어!"

"다음번에는 좀 더 잘해볼게."

용이 싱글거리며 말했다.

"다음번 따위는 없을 걸."

뉴익이 대답했다. 피부색이 완전히 심홍색이었다.

"여기 좀 봐. 내가 잘못 본 게 아니라면 이 관문은 다른 것들보다 훨씬 약해. 저 불꽃 소리 들리지? 저 불꽃 또한 마름병에 영향을 받은 게 아닌지 걱정스러워."

멀린이 땅으로 내려가 구덩이와 불꽃을 살펴보더니 말했다. 멀린의 걱정스러운 목소리가 모두의 관심을 끌었다.

"크리스탈루스가 여기 없어서 안됐네. 크리스탈루스는 관문의 특징에 대해 많이 알아. 그러니까 우리한테 말해줄 수 있을 텐데."

리아가 멀린 옆으로 걸어가며 말했다.

"음, 어쨌든 그 아이는 여기 없어. 우리는 우리의 기회를 찾아야지."

멀린이 딱 잘라 말했다. 멀린은 이를 앙다물며 아들과의 격렬했던 이별을 생각했다.

리아가 멀린을 안타깝게 쳐다보았다.

"오빠가 그렇다면 나도 그렇게 할게."

리아가 부드럽게 말했다. 리아는 어린 시절부터 자주 그랬던 것처럼 손가락 하나를 멀린의 손가락에 걸었다.

멀린은 리아의 믿음을 느끼며, 또한 리아의 손길을 느끼며, 등을 곧추세웠다.

"좋아, 그렇다면 우리 이 관문으로 들어가볼까?"

리아와 류 그리고 뉴익이 모두 고개를 끄덕였다. 뉴익의 경우에는 거의 알아차릴 수 없는 끄덕임이었다. 그런데 바질가라드는 이마를 찌푸리며 말했다.

"안타깝게도 난 너무 커."

멀린은 바질가라드를 올려다보았다.

"네가 그런 말 하는 걸 들을 줄 몰랐는데."

용의 눈이 즉시 밝아졌다. 이윽고 다시 흐려졌다.

"그곳이 땅 아래 어디라고요? 내가 그곳으로 날아가서 만날 수는 없을까요?"

"그래, 친구. 유감이야."

"그럼, 난 여기 그대로 앉아서 돌아오기를 기다려야 하는 건가요?"

멀린은 헝클어진 턱수염을 쓰다듬었다.

"그렇게 말한 적 없는데."

멀린의 표정이 어두워졌다.

"사실, 네가 할 수 있는 일이 하나 있어. 무슨 일이 일어나고 있는지 우리에게 중요한 단서를 제공해줄 수 있을 거야. 여기 우드루트에서가 아니라 아발론 전역에서."

"그게 뭔데요? 내가 어디로 가면 돼요?"

바질가라드가 꼬리로 바닥을 열정적으로 쿵쿵 두드렸다. 그 바람에 먼지구름과 파편이 일었다.

"워터루트로. 물 용들의 최고 지도자 벤데짓의 동굴로. 그런데 주의 할 게 있어. 벤데짓은 질투심이 많고 분노에 차 있으며 앙심을 품은 군 주야. 잔인하기로는 이루 말할 수도 없어. 하지만 그 녀석은 다른 누구 한테도 없는 힘이 있어. 바로 언더사이트(undersight)의 재능이야."

멀린이 대답했다.

"그게 뭔데요?"

"땅 아래를 볼 수 있는 능력. 사물의 진정한 원인을 볼 수 있는 능력."

멀린이 설명했다.

"내가 갈게요."

용이 맹세했다.

"하지만 조심해! 벤데짓의 도움을 받는 게 중요하기는 하지만, 그만 큼 어려울 거야."

바질가라드가 귀를 빙글 돌렸다.

"벤데짓이나 그 경호원들과 싸움을 피하도록 해. 물속에 사는 용들은 불을 뿜는 용들만큼이나 사악하고 성미가 급하거든. 유감이지만 사실이야. 유일한 차이라면, 녀석들은 불을 뿜어대는 대신……"

멀린이 거대한 친구를 향해 발걸음을 옮겼다.

"얼음, 파란 얼음. 나도 그건 알아요. 아주 힘겹게 알아냈죠."

용이 멀린의 말을 대신 끝마쳤다.

마법사는 텁수룩한 눈썹을 치켜떴다.

"그 경험에 대해 내게 말해줘야 할 거야."

멀린은 목소리를 낮추어 덧붙였다.

"우리 둘 다 이번에 살아남는다면."

"저 관문이 여행하기에 안전하다고 확신해?"

뉴익이 희미한 불꽃을 노려보며 물었다.

"아니, 하지만 저게 우리의 유일한 기회라는 건 확실해."

멀린이 단호하게 말했다.

"흠. 이게 네 계획 중 하나처럼 들리는군. 좋아! 여기 남아서 마름병에 죽느냐 아니면 가서 관문 안에서 죽느냐."

"제대로 짚어줬네."

멀린이 침울하게 대답했다.

관문이 죽어가는 사람의 기침 소리처럼 타닥타닥 타올랐다. 멀린은 어깨 너머로 불꽃을 흘끗 바라보았다. 그러고는 다시 바질가라드를 쳐다보았다. 고개를 끄덕이고는, 몸을 휙 돌려 불꽃을 정면으로 마주했다. 이들을 목적지, 아니면 죽음으로 데리고 갈 불꽃을……

12

초록 불꽃

희망보다 더 밝은 불꽃은 없다. 희망은 마음을 비추고 심장을 따뜻하게 해준다. …… 오로지 어둠 말고는 아무것도 태울 게 남아 있지 않을 때도.

관문의 깜빡거리는 초록 불꽃이 얼굴을 비추었다. 멀린은 지팡이를 허리춤에 밀어 넣고 한 손으로 리아를 잡았다. 리아는 뉴익을 한쪽 팔로 안고, 다른 손으로는 류의 손을 잡았다.

"마음을 완전히 비워. 엘라노의 마법적인 본질, 그러니까 아발론의 '위대한 나무'의 생명력만 생각해. 우리 세상을 구하기 위해 반드시 찾아야 한다는 것만 생각해! 단 1초라도 생각이 흐트러져서는 안 돼. 안 그러면 곧장 고통스럽게 죽고 말 거야."

멀린이 경고했다.

리아가 작은 소리로 덧붙였다.

"아니면 천천히 고통스럽게 죽거나."

멀린이 리아의 손을 꽉 움켜쥐었다.

"내 곁에 있어. 그러면 괜찮을 거야. 너희 모두."

하지만 목소리에 그다지 완벽한 확신은 없었다.

"자, 이제 가자."

이들은 마치 한 몸처럼 그 구덩이 테두리로 걸어갔다. 초록색 불이 타닥타닥 타오르며 이들의 발을 핥았다. 멀린은 이쪽저쪽을 살피고는 숨을 크게 들이마셨다.

"지금이야."

그 말에 따라, 일행은 허공으로 뛰어올라 구덩이 속으로 떨어졌다. 불꽃이 이들 위로 탁탁 솟아올랐다. 이윽고 이들은 사라졌다.

초록색 불이 덮쳐 이들을 먹어치웠다. 그리고 마침내 이들이 되었다. 이들은 위대한 나무의 살아 있는 잎맥을 따라 흘렀다. 여기서 휙 돌고, 저기서 툭 떨어지며, 세상 깊숙한 곳으로 점점 더 빠져들어 갔다. 탁탁 소리 내는 엘라노의 불꽃에 실려 계속 안쪽으로 들어갔다. 엘라노는 부분적으로는 빛이기도 하고 부분적으로는 생명이기도 했으며 부분적으로는 신비이기도 했다.

어느 지점에 이르자 불꽃이 희미해지며 이들의 여정이 늦어졌다. 한번은 불꽃이 거의 꺼져갔지만 제때 다시 되살아나 이들을 계속 실어 날랐다. 하지만 관문이, 그리고 어쩌면 위대한 나무 그 자체가 약해지고 있다는 건 의심의 여지가 없었다.

그러는 내내, 짙은 송진 향이 이들의 마음에 가득 찼다. 셀 수 없는 세월을 거치며 다시 새로워진 삼림 지대 나무와 숲의 냄새는, 불꽃 이싱으로 이들 여정의 에센스처럼 보였다. 그 냄새는 주위를 둘러싼 깨질 듯한 아름다움을 끊임없이 상기시켜 주었다.

불현듯 스파크가 타다닥 터지면서 모두 관문 밖 딱딱한 바위 바닥으로 굴러 나왔다. 뒤엉킨 몸을 풀고 일으키느라 시간이 좀 걸렸다. 그리고 희미하고 뽀얀 빛에 눈이 적응하기까지 시간이 또 걸렸다. 사방에서 빛이 쏟아져 나오는 것 같았다. 동시에, 아무 곳에서도 안 오는 것 같기도 했다.

"우리 어디 있는 거지?"

리아가 물었다. 목소리가 연신 울렸다.

"무엇보다도 우린 살아 있어. 이건 정말 대단한 축복이야."

류가 구겨진 옷을 펴며 말했다.

"그건 네 생각이고."

뉴익이 투덜거렸다. 우유처럼 뽀얀 빛 속에서도 뉴익의 작은 몸이 아주 어둡게 보였다.

"우리는 큰 동굴 안에 있어. 지표면 아래 깊숙한 곳에. 여기가 우리가 찾는 동굴인지 확신이 들지는 않아."

멀린이 큰 소리로 말했다.

멀린은 불꽃이 희미하게 타닥타닥 타오르는 관문을 슬쩍 뒤돌아보며 얼굴을 찡그렸다.

"어서 빨리 확인해보자, 저 관문이 사라지기 전에."

"이 아래에서 영원히 오도 가도 못하게 될지도 몰라."

뉴익이 침울하게 덧붙였다.

멀린은 허리춤에서 지팡이를 꺼내 얼굴 앞으로 내밀었다. 울퉁불퉁한 손잡이를 향해 입으로 부드럽게 바람을 일으켰다. 즉각, 지팡이는 강력한 횃불처럼 빛나기 시작하더니 사방으로 빛을 내뿜었다.

정말 대단한 동굴이었다! 무척 넓고 부벽은 아치형인데 커다란 뿌리처럼 비비 꼬이고 위로 솟아, 보이지 않는 저 높은 곳에서 서로 만났다.

사방으로 부드러운 바위 벽이 완만하게 이어져, 꽁꽁 언 물결 모양을 이루었다. 저쪽 벽 아래쪽에 관문의 불꽃이 타오르며 바닥에서 초록색 스파크를 내뿜고 있었다.

그렇다고 해도 그 스파크의 빛은 이들이 이곳에 처음 도착했을 때 알아차린 그 희미한 뽀얀 빛을 설명해주지 못했다. 그 빛이 어디서 흘러 나오는지 가장 먼저 깨달은 사람은 멀린이었다. 멀린은 동굴 벽을 살펴 보며 고개를 끄덕였다. 그곳 바위에 박혀 있는 건 수천수만 개의 빛나 는 수정이었다.

"우리 주변에 온통 엘라노의 수정이야."

멀린이 가라앉은 목소리로 속삭이듯 말했다.

멀린은 지팡이를 높이 든 채 가장 가까운 벽으로 성큼성큼 걸어가 더니, 손바닥을 바위에 살며시 가져다댔다. 그 우윳빛이 손바닥과 손가 락을 지나 피부 아래 근육과 뼈를 비추었다. 바위가 따뜻한 느낌이었다. 열기로 따뜻한 물질적 감각뿐만 아니라, 뭔가 영적인 것의 더 깊숙한 온 기였다. 광활한 우주에 속한다는 느낌, 만족감, 생명의 리드미컬한 패턴 의 흔적······.

멀린은 리아를 향해 돌아섰다. 멀린의 얼굴은 최근 몇 년보다 훨씬 젊어 보였다. 이윽고, 벽에서 손을 떼어 내자 얼굴이 갑작스레 거무스름 해졌다.

"이게 우리 주변을 온통 둘러싸고 있어. 하지만 우리가 이걸 어떻게 가져가지? 조각이라도 떼어내려면 해머와 끌 같은 도구가 필요한데."

"필요 없을지도 몰라요."

류가 앞으로 걸어 나와 말했다. 모두가 당혹스러운 표정으로 류를 바라볼 때, 키 큰 사제는 한쪽 귀에 손을 둥글게 말며 살며시 말했다.

"들어봐, 잘 들어봐요."

모두 아무 말 없이 서서 가능한 숨소리조차 내지 않으려 애썼다. 하지만 신발이 긁히거나 소매가 바스락거리는 소리 때문에 달리 들리는 게 없었다. 동굴의 완전한 침묵 말고는 아무 소리도 없었다.

그때…… 뭔가 들렸다. 은밀하고, 정교하고, 멀리서 들려오는…… 극도로 미세하지만 분명한 소리였다.

똑…… 똑…… 똑…….

"물이다! 완전히 황폐하지는 않아."

멀린이 소리쳤다. 그러고는 미소 지으며 류를 향해 돌아서 어깨를 꽉 잡았다.

사제는 빙그레 웃었다.

"오래전에 만난 젊은 마법사가 내게 가르쳐줬어요. 타고난 재능이 중요한 게 아니라, 그 재능을 어떻게 사용하느냐가 중요하다고요."

리아가 멀린 옆으로 다가왔다.

"그리고 물이 떨어지는 곳에는, 이런 곳에는 분명……."

"물웅덩이! 한 방울 한 방울 떨어져 내린 엘라노의 증류수예요."

류가 말했다.

"맞아. 어서 찾아보자."

마법사가 빛나는 지팡이를 들어 올리자, 벽 아래 뒤틀린 그림자가 생겼다.

"흠, 네 기를 꺾으려는 건 아니지만, 무엇을 하려든 서두르는 게 좋을 거야."

뉴익이 관문 가까이 서서 말했다.

모두 뉴익이 서 있는 관문 쪽을 향해 돌아섰다. 관문의 불꽃이 꺼져가고 있었다! 이들이 지켜보는 중에도 불꽃은 기침하듯 타닥거리며, 시간이 지날수록 점점 작아지고 있었다.

"서둘러!"

멀린이 똑똑 떨어지는 물방울 소리가 나는 쪽으로 달려가며 소리쳤다. 발자국 소리가 동굴에 울려 퍼졌다. 류와 리아도 뒤쫓아 갔다. 리아는 뉴익을 안아 올렸다. 반짝반짝 빛나는 벽을 가로질러 그림자가 마치 서로 앞다투어 달리듯 어른거렸다.

멀린이 갑작스레 우뚝 멈춰 섰다. 그 바람에 일행은 그 뒤에 거의 부딪칠 뻔했다. 하지만 멀린과 마찬가지로 이들은 자신들 앞에 펼쳐진 광경에 놀라 멍하니 바라볼 뿐이었다.

셀 수 없이 많은 벽 틈에서 물이 흘러내리고, 뿌리처럼 생긴 지지대에서 물방울이 똑똑 떨어져 내려 빛나는 흰색 호수로 흘러들어 갔다. 눈앞에는 호수의 빛나는 수면이 끊임없이, 저 멀리 희미해져 가면서 펼쳐져 있었다. 판단컨대 호수는 정말 엄청나게 클 것이다.

"엘라노 호수야. 엄청난 마법, 엄청난 생명이 깃들어 있어."

멀린이 경이로운 표정으로 응시하며 차분하게 말했다.

"이제 어떻게 할 생각이야, 위대한 마법사? 물 한 잔 마시고, 우리가 돌아갈 때까지 입 안에 머금고 있을 거야?"

뉴익의 퉁명스러운 목소리가 벽에 울려 퍼지며, 물이 똑똑 떨어져 호수에 튀기는 소리와 뒤섞였다.

"아니, 내게 더 좋은 생각이 있어."

멀린이 침착하게 대답했다.

차분하게 멀린은 호숫가까지 성큼성큼 걸어갔다. 빛나는 흰색 액체가 멀린의 신발 끝을 적셨다. 아무도 눈치채지 못했지만, 신발이 닳아 생긴 구멍이 마법처럼 스스로 메워졌다. 멀린은 빛나는 지팡이를 천천히 들어 올리며, 자신이 그 지팡이를 처음 잡았던 날을 떠올렸다. 솔송나무 향기. 그날 이후로 지금까지 지팡이는 너무나 소중했다. 멀린은 지팡이에 이름까지 지어주었다. '은혜의 정령'이라는 이름을.

멀린은 지팡이를 똑바로 들고 신중하게 아래로 내렸다. 그래서 지팡이 끝이 하얀 호수 위에 거의 닿았다. 마치 오랜 친구의 얼굴을 바라보는 것처럼, 나뭇결무늬가 또렷한 지팡이를 뚫어져라 바라보며, 멀린이 읊조리기 시작했다.

이제 잘 들어, 영원한 나무의 정령 엘라노.
마법을 찾아, 은혜의 정령 지팡이야.

멀린은 잔뜩 집중한 채 지팡이 끝을 호수 안으로 내렸다. 나무와 물이 만나자 작은 파문이 하얗게 그 자리에서 퍼져 나갔다. 물살이 부글부글 끓으며 거품이 일었다. 호수는 지팡이 끝 주변에서 끓어오르는 것처럼 보였다. 멀린의 손에 들린 지팡이가 심하게 흔들렸다. 그러는 내내, 멀린은 지팡이를 단단히 꼭 움켜쥐었다. 너무 세게 쥐어서 멀린의 손가락 관절이 거품이 이는 물처럼 새하얗게 변했다.

끓던 물이 잠잠해졌다. 물은 다시 평온해졌다. 마침내 잔물결만 잔잔하게 남았다. 마법사는 지친 창백한 얼굴로 물에서 지팡이를 들어 올렸다. 거기, 지팡이 끝에 완벽한 형태의 칠각형 수정 하나가 반짝반짝 빛나고 있었다. 수정이 하얀빛을 뿜어내며 별처럼 밝게 빛났다. 순수한 엘라노의 수정.

멀린은 지쳤지만 가까스로 살며시 웃음 지을 수 있었다. 이윽고 손에

든 지팡이에 속삭였다.

"네가 해냈어, 친구."

하지만 지금은 지팡이 위에서 빛나고 있는 너무나도 멋진 수정을 감탄하고 있을 시간이 없었다. 호수에서 꾸물거릴 시간이 없었다. 멀린이 리아를 재빨리 쳐다보더니, 몸을 돌려 왔던 길로 다시 달려가기 시작했다. 다리가 돌처럼 무거웠다. 지쳐서 숨을 헐떡거리며, 이따금 비틀거리기도 했다. 그래도 가능한 빨리 움직이려 최선을 다했다. 다른 동료들은 멀린과 함께 달렸다. 발자국 소리가 쿵쿵 이어졌다.

잠시 뒤, 이들은 관문에 이르렀다. 마지막 희미한 불꽃이 탁탁, 씩씩거리며 사그라지고 있었다. 초록 불꽃이 타오르던 곳에서는, 이제 동굴 벽에 그슬린 구멍만 남아 있었다.

잠시 동안 이들은 어두운 구멍만 쳐다보았다. 멀린은 발을 휘청거리며 리아에게 기대었다. 멀린은 불꽃이 꺼진 관문에서부터 이들이 힘겹게 찾아낸 소중한 수정으로 눈길을 돌렸다. 이렇게 멀리까지 왔는데, 어떻게 집으로 돌아갈 길이 막힐 수 있을까? 이제 우드루트를 비롯해 아발론을 끔찍한 마름병으로부터 구할 기회를 얻었는데, 정말 이 동굴에서 빠져나갈 수 없는 것일까?

멀린은 힘이 빠졌지만, 머릿속에 번뜩 아이디어가 떠올랐다. 아이디어가 불꽃을 일으키며 타올랐다. 멀린은 지팡이를 들어 올려 끝에 달린 수정을 잡아당겼다. 이윽고 그 소중한 물건을 바위 바닥에, 최근까지 마법의 불꽃이 타올랐던 구멍 바로 앞에 살며시 내려놓았다. 그러고는 속삭이듯 자그맣게 말했다.

"불꽃을 다시 붙여줘, 제발. 관문을 다시 밝혀줘."

괴로운 순간이 흘러갔지만 아무 일도 일어나지 않았다. 그런데⋯⋯

뽀글뽀글 거품이 이는 것 같은 씩씩거리는 소리가 구멍에서 일었다. 숲의 송진 냄새가 허공에 피어올랐다. 즉각 관문이 탁탁거리며 초록 불꽃으로 환하게 타올랐다.

"서둘러! 불꽃이 꺼지기 전에!"

멀린이 소리쳤다.

멀린은 수정을 움켜잡아 주머니 안에 쑤셔 넣고는, 지팡이를 허리춤으로 밀어 넣었다. 한 손은 류에게, 다른 손은 요정을 안고 있는 리아에게 내밀었다. 멀린은 숨을 깊게 들이쉬었다. 손을 꽉 잡은 채, 함께 불꽃 속으로 뛰어들었다. 불꽃은 요란하게 타오르며 이들을 모조리 집어삼켜 버렸다.

지하 동굴은 다시 침묵에 빠졌다. 끊임없이 타닥타닥 타오르는 불꽃과 쉼 없이 떨어지는 물소리 이외에 반짝반짝 빛나는 동굴 벽에는 그어떤 소리도 울리지 않았다. 그것은 아발론이 탄생했을 때부터 시작된 소리였다.

13

맛있는 아주 작은 한 입 거리

먹는다는 건 삶의 커다란 기쁨이다. 물론, 잡아먹히는 게 당신이 아닐 경우에만 그렇다.

멀린 일행이 불꽃으로 뛰어든 뒤, 바질가라드는 관문의 탁탁 타오르는 불꽃을 지켜보고 있었다. 이들이 떠난 뒤 몇 초 만에 초록 불꽃은 차츰 줄어들며 약해지는 듯했다. 마름병에 걸린 우드루트의 다른 모든 곳처럼, 관문의 생명도 재빨리 기운을 잃어가고 있었다. 이미 불꽃은 사람들을 멀리까지 운반하기에는 너무 약한 것처럼 보였다. …… 불꽃이 사람들을 실어 나를 수 있다면 말이다.

멀린 일행이 탐험에서 살아남을 수 있을까? 이 병든 땅을 치유할 수 있는 순수한 엘라노를 찾을 수 있을까? 마름병이 아발론 전역으로 퍼져 나가는 걸 막을 수 있을까? 용은 초록색 눈을 가늘게 뜬 채 또 다른 질문을 생각하고 있었다. 눈동자에는 관문의 춤추는 불꽃이 그대로 비쳤다. 워터루트로의 탐험이 잘 될 수 있을까? 물속에 사는 용들의 최고 지도자 벤데짓한테 도와달라고 설득할 수 있을까?

바질가라드는 기다란 목을 움츠리고 커다란 날개를 펼쳤다.

"이제 날아갈 시간이야."

선언하듯 말했다.

바질가라드는 하늘을 향해 날아올라, 두 날개를 힘차게 저으며 허공으로 솟구쳤다. 나뭇잎이 다 떨어진 숲 위를 날며, 메마른 강바닥 그리고 자신이 사랑하는 우드루트의 재로 변한 초원을 바라보며 화가 난 듯 으르렁거렸다.

'이 사태에 책임이 있는 자는 누구든 내가 대가를 치르게 해주겠어!'

바질가라드는 생명 없는 풍경을 가로질러 높이 날아올랐다. 힘차게 날갯짓할 때마다 달그락거리는 비늘과 날갯짓 소리가 규칙적으로 들려왔다. 하지만 그 소리 말고는 아무 소리도 들리지 않았다. 나지막이 우는 새도, 재잘거리는 다람쥐도, 잎사귀 달린 나뭇가지가 바람에 바스락거리는 소리도 없었다. 바질가라드가 좋아하는 숲 향기의 교향곡 대신, 메마른 먼지와 죽은 숲의 냄새만 풍겨왔다. 숲을 파괴한 힘은 분명 강력했다. 인정사정없이 사악했다. 어떻게 이런 짓을 저지를 수 있을까? 왜 이런 짓을 저질렀을까?

마침내, 새로운 향기의 첫 번째 흔적이 바질가라드의 콧구멍을 간질였다. 초록 잎사귀. 참나무, 느릅나무, 산사나무, 단풍나무. 그리고……물! 흐르는 물줄기, 이끼와 리버탕 열매가 줄지어 선 강둑. 마침내 저 멀리 울창한 초록이 보였다. 마름병 너머의 숲 가장자리. 바질가라드는 그 광경을 보고 마음이 놓여 크게 숨을 내쉬었다. 하지만 저 나무들 또한 죽음의 문턱에 가까이 있다는 걸 알고 있었다.

울퉁불퉁한 날개, 커다란 머리, 거대한 곤봉이 달린 꼬리의 그림자가 마름병의 잿빛과 갈색 땅을 벗어났다. 첫 번째 초록의 숲을 건널 때, 자신이 실제로 생생한 나무를 어루만지는 것 같은 느낌이 들었다. 쭉 뻗은 두 날개에 나무가 닿고, 살아 있는 잎사귀와 솔잎과 꽃이 느껴졌다.

이제 자신이 잘 알고 있는 건강한 영토의 푸릇푸릇한 언덕과 구불구불 흐르는 강물 위를 날고 있었다. 저 뒤의 상처 입은 땅은 거의 잊을 수 있었다. 거의……. 그러나 끊임없는 초록 위를 날고 있었지만, 마름병의 기억은 불길한 구름처럼 장면 위로 어른거렸다.

때마침 숲의 경계 너머를 지나, 뿌리-영토들의 경계라 할 수 있는 짙은 물안개 속으로 들어갔다. 모호한 마법을 품고 흐르는 연기에 둘러싸여 시간 그 자체가 가짜인 것 같은, 시간의 경과는 그저 환상에 불과한 것 같은 느낌이 들었다. 정령들의 사후 세계로의 짧은 여행이 떠올랐다. 안개 자욱한 형상의 그 세상, 영토 안의 영토에는 호기심이 일었었다. 그곳에 다시 갈 기회가 또 생길까?

물안개 밖으로 빠져나오니, 저 아래 워터루트의 상류 계곡이 보였다. 요정들은 이 지역을 '하이 브린칠라'(High Brynchilla)라고 부른다. 바로 아래, 커다란 간헐천이 물줄기 분수를 프리즘 골짜기(Prism Gorge) 위로 쏘아 올렸다. 즉각, 바질가라드는 간헐천 바로 북쪽의 드넓은 벌판에는 나무처럼 크게 자란 드래곤그라스(dragongrass)가 있다는 사실을 기억해냈다. 드래곤그라스는 수많은 용들이 소중히 여기는 맛있는 풀이다. 특히 바질가라드 같은 용들은 붉은 고기보다는 푸른 샐러드를 더 좋아한다. (물론 기회가 된다면 통통한 오거 또는 육즙이 풍부한 다크틸새를 기꺼이 먹어치울 것이다.)

잘 익어 쫄깃쫄깃한 드래곤그라스의 향기를 맡으니, 저절로 입에 침이 고였다. 그 생각을 하니 배고픔이 밀려왔다.

허공에서 갑자기 방향을 틀어 들판을 향해 미끄러지듯 움직였다. 드래곤그라스를 조금 맛보면 앞으로 이어질 여행에 힘이 될 것이다. 게다가, 스톤루트에서 달콤한 맛이 나는 습지를 다 들이킨 뒤로는 몇 주 동안 아무것도 먹지 못했다. 그런데 이제 간헐천에서 연신 뿜어져 나오는 습기 덕분에 놀라운 속도로 높이 자란 황금빛 줄기가 저기 있었다.

바질가라드는 들판에 내려 앉아 줄기 사이를 헤치며 휙휙 나아가면서, 입을 크게 벌려 한 입 베어 물었다. 레몬과 클로버 향이 느껴졌으며, 촉촉하고 고소한 섬유질 맛이 났다. 꿀꺽 삼키고 또 한 입 베어 물었다. 그러고 나서 몸을 앞으로 쭉 내밀어 또 한 입 베어 먹었다. 풀이 잘려 나간 드넓은 흔적을 남겨둔 채 들판을 움직였다.

여러 번 흡족하게 입 안 가득 먹으며 들판 끝자락까지 왔다. 그 너머로는 별빛을 받아 따뜻하고 평평한 큰 바위 하나가 놓여 있었다. 고개를 들어보니 용 가족이 바위에 앉아 꾸벅꾸벅 졸고 있었다. 어미와 어느 정도 자란 예닐곱 마리 새끼 용들이었다. 그런데 평범한 용 가족이 아니었다.

'저건 귀니아로군.'

바질가라드는 보라색과 심홍색 비늘이라든가 커다란 가시가 달린 꼬리를 보고 어미 용을 알아본 게 아니었다. 머리에서 삐죽 튀어나온 반항적인 귀를 보고 알아차렸다. 지금은 옆으로 누워 꾸벅꾸벅 졸고 있었기 때문에, 귀는 마치 관자놀이에서 솟아난 나무처럼 하늘을 향해 곧장 뻗어 있었다. 크게 코 고는 소리에도 불구하고, 새끼들은 모두 옆에 드러누워 곤히 잠이 들었다.

'우리 누나라는 게 도저히 믿기지 않아. 음, 내 크기의 절반도 되지 않잖아!'

바질가라드는 목을 쭉 뻗어 가까이 들여다보며 생각했다.

입가에 미소를 머금고, 멀린과 할리아의 결혼식에서 마지막으로 만났을 때 귀니아가 얼마나 커 보였는지 떠올렸다. 그 당시, 바질가라드는 귀니아의 속눈썹 하나보다도 크지 않았다. 귀니아의 새끼들도 자신보다 수백 배나 컸었다! 저 녀석들 중 하나가 자신에게 뛰어들었을 때를 떠올리자 미소가 싹 가셨다. 마치 자신을 죽은 놀잇감쯤으로 알고 함부로 다루고 흔들어댔었다. 멀린이 끼어들지 않았다면 뜯어 먹혔을 것이다.

바질가라드는 잠자는 가족을 가까이서 들여다보며, 바위의 끝자락에서 등을 대고 누운 그 범인을 재빨리 발견했다. 형제자매들보다는 약간 덩치가 크고, 자기 엄마처럼 꼬리에는 오렌지색 가시가 달린 녀석이 공격해왔던 그놈이 분명했다. 코에 당시 바질이 안겨준 상처가 하나 나 있었다. 저 녀석이 애초에 왜 공격했을까? 그 대답은 간단했다. 녀석은 먹잇감보다 컸다.

'전형적인 불량배 논리지.'

바질가라드는 코를 찡그리며 생각했다. 오거든, 다크틸새든, 용이든, 그 논리는 모두 똑같았다. 그리고 모두 잘못되었다.

마음속에 새로운 생각이 뛰어들었다. …… 그 생각을 하며 만족스럽게 킬킬 웃었다.

'음, 음. 지금이 저 녀석에게 교훈을 가르쳐주기 딱 좋은 때군.'

은밀하게 기다란 목을 새끼 용을 향해 내밀었다. 커다란 머리가 잠자는 용 위로 다가가서야 멈추었다. 그 새끼 용과 비교해 바질가라드는 덩치가 엄청나게 컸기에, 귀의 그림자 하나로 새끼 용의 몸을 완전히 뒤덮었다. 거대한 초록 용은 머리를 내리고 좀 더 가까이 다가갔다. 마침내 주둥이 끝이 잠자는 녀석의 이마에 거의 닿을 듯했다.

이윽고 바질가라드는 아주 사소한 일을 했다. 아주 간단하게. 아주 무례하게.

"일어나!"

바질가라드가 새끼 용의 머리 위에서 마치 우레가 폭발하는 것 같은 소리로 외쳤다.

어린 녀석은 후다닥 잠에서 깨어 허공으로 펄쩍 뛰어올랐다. 하지만 위에 드리운 거대한 턱까지만 솟아오를 수 있었다. 창처럼 날카로운 수백 개의 이빨로 가득 들어찬 입에 쿵 부딪혔다가, 땅에 다시 부딪히고 데굴데굴 굴렀다. 꼬리가 자기 형제자매의 꼬리와 얽혀서야 겨우 멈추었다. 그 순간 녀석은 자신의 엄마와 형제자매들의 시선을 완전히 사로잡은 바로 그 물체를 어질어질한 상태로 바라보았다. 성난 듯 으르렁거리며 자신을 노려보고 있는 거대한 초록 용을…….

꽁꽁 얼어붙은 한순간, 아무도 말하지 않았다. 새끼 용은 놀라서 몸을 벌벌 떨며 그저 바라볼 뿐이었다. 한편 바질가라드는 서두를 이유가 없었다. 귀니아는 무엇보다도 새끼들의 안전이 걱정되었다. 그렇기에 눈 깜짝할 사이에 식구들을 모조리 먹어치울 수도 있는, 이 거대한 포식자가 적개심을 품을 수도 있는 행동은 하고 싶지 않았다.

마침내, 바질가라드가 귀니아에게 돌아섰다. 눈길이 마주치자 바질가라드는 귀니아가 전혀 예상하지 못한 말을 했다.

"안녕, 누나. 나 기억 안 나?"

귀니아는 깜짝 놀랐다. 귀니아의 세모난 눈이 휘둥그레졌다. 오렌지색 눈동자 깊숙한 곳에서 감을 잡아보려는 듯 불꽃이 타올랐다. 아주 오래전에 아주 작은 초록색 도마뱀에게 느꼈던 특별한 유대 관계가 떠올랐다. 지금과 비교해 너무나도 작았던 것만 제외하고, 이 용과 무척 닮아 보였던 도마뱀.

"너? 멀린의 결혼식에서? 하지만 너는…… 너는 너무…….'"

귀니아가 중얼거렸다.

"작았다고?"

귀니아는 고개를 끄덕였다. 목의 무지개 빛깔 심홍색 비늘이 보석처럼 반짝였다.

"그래. 네 아이 중 한 녀석한테 찢기고 잡아먹힐 정도로 작았지."

바질가라드의 귀가 덜덜 떠는 어린 녀석을 향해 씰룩 움직였다.

"저 녀석! 이제 내가 완전히 자랐으니까, 저 녀석을 내 디저트로 한입에 가볍게 먹을 수 있을 거야."

"안 돼, 제발, 우리 어린 간타(Ganta)를 먹지는 않을 거지, 그렇지? 저 녀석은, 음, 저 녀석은…… 잘 몰라서 그랬던 거야."

귀니아가 간청했다.

"그렇다면, 이제 녀석이 제대로 배울 시간이지."

커다란 초록 용이 당당하게 말했다.

귀니아는 최악을 두려워하며, 다시 한번 숨을 헐떡거렸다. 몇몇 새끼들은 징징거렸다. 한 녀석은 날개 아래로 숨기까지 했다.

거대한 머리가 천천히 간타에게 향했다. 거대한 용은 작은 오렌지색 눈을 뚫어지게 바라보며 말했다.

"난 아발론의 수호자 바질가라드다. 네게 가르쳐줄 게 있다."

작은 용은 몸이 덜덜 떨렸지만 머리를 꼿꼿이 들고 있으려 노력했다.

"날 벌주세요, 바질 주인님…… 뭐든지 원하는 대로 하세요. 하지만 우리 엄마랑 제 가족은 다치지 않게 해주세요."

바질가라드의 입꼬리가 살짝 올라갔다.

'저런 기백은 맘에 드는군. 저 작은 녀석에게는 아직 희망이 있는 건

지도 몰라.'

"음, 간타, 내가 널 어떻게 할 것 같니?"

"원하는 대로요, 바질 주인님."

"왜 그렇게 생각하지?"

너무나도 분명한 질문을 받자, 깜짝 놀란 작은 용의 주둥이에 주름이 잡혔다.

"당연히 당신은 엄청 크기 때문이죠! 몸집이 크면 누구나 원하는 대로 할 수 있잖아요."

바질가라드는 새끼 용의 얼굴 앞에 얼굴을 바짝 가져다 댔다.

"아니, 그렇지 않아."

바질가라드가 당당하게 말했다.

간타는 무슨 말인지 몰라 눈을 껌뻑거렸다.

"크기로 판단하면 안 돼. 어떤 행동을 하느냐에 따라, 다른 사람들을 어떻게 대우하느냐에 따라 달라지는 거란다."

바질가라드는 얼굴을 멀찍이 떼며 말을 이었다.

"그래서, 어린 간타, 난 널 먹지 않을 거야."

작은 녀석에서 눈을 떼지 않고 말을 덧붙였다.

"어쨌든, 지금은 아니야."

귀니아와 간타는 한숨을 푹 내쉬었다.

바질가라드는 누이를 향해 밝게 윙크를 날렸다.

"게다가, 저 녀석이 정말 맛이 있을 것 같지는 않거든."

그 말을 남기고 하늘로 뛰어 올라, 그 힘센 날개를 펄럭였다. 꽤 잘 먹은 기분이었다. 또한 꽤 즐겁게 보낸 기분이었다. 하지만 이제 워터루트의 저 먼 곳에서 해야 할 중요한 일이 있었다. 바질가라드가 물 용의 동굴을 향해 남쪽으로 방향을 틀자, 귀니아와 그 새끼들은 경외와 안도의 표정으로 그 모습을 지켜보았다. 새끼 용 한 마리의 경우에는, 어리둥절한 표정으로······.

14

파란 얼음

왜 사람들은 나와 싸우고 싶어 안달일까? 내 생각에, 사람들은 내 목숨에 큰 가치를 부여하지 않는 것 같다. 아니면 자신들 목숨에.

첨벙 물살이 엄청난 파도를 일으키며 거대한 물줄기가 하늘로 솟구쳤다. 근처에 있던 물고기, 물새 그리고 인어 종족이 사방으로 흩어졌다. 이처럼 강력한 힘으로 바다를 내리친 게 무엇이 됐든, 어서 피해 달아나려 했다. 해초와 물에 둥둥 떠 있는 나뭇조각도 강력한 파도에 밀려나 저 멀리 떠내려갔다.

바질가라드는 무지개 바다(Rainbow Seas)에 도착했다.

무지개 빛깔 줄무늬로 수놓은 주변 바다를 훑어보았다. 그러고 나서 짠 내 나는 공기를 흠뻑 들이마셨다. 마치 거대한 지느러미발*이라도 되는 것처럼 날개를 철벅거렸다. 그리고 거대한 꼬리를 방향키처럼 사용해, 빙글 돌아 들쭉날쭉한 해안선을 바라보았다. 가파른 절벽을 쭉 따

---

*고래나 물개 따위에서 볼 수 있는 지느러미 모양으로 된 다리. 평편하여 헤엄치기에 알맞게 되어 있다.

라가다 보니, 바로 앞에 거대한 동굴 입구가 보였다. 형형색색 다채로운 조개껍데기가 입구를 둥글게 둘러싸고, 따개비 수천 개가 바위에 다닥다닥 붙어 있었다. 공기에서는 물고기와 수달과 바다표범 냄새가 났다.

바질가라드는 이곳이 자기가 찾고 있던 곳이기를 바라면서 동굴 입구를 배꼼 들여다보았다. 하지만 바질가라드의 마음은 의심에 차 무거워졌다.

'이건 내가 바라던 게 아닌데.'

시간이 얼마 없다는 것을 알았기에 이마를 찌푸렸다. 벤데짓의 동굴을 찾으며 시간을 낭비할 여유가 없었다. 마름병이 번지고 있었다. 무엇이 마름병을, 그리고 아발론의 다른 문제들을 일으켰든 분명 더 강해지고 있었다.

갑자기 바다 물보라가 바로 앞에서 솟아올랐다. 파도에서 커다란 머리 세 개가 솟아났다. 머리에는 이빨이 박힌 거대한 입, 짙푸른 눈동자 그리고 지느러미 같은 귀가 달려 있었다. 용의 머리였다. 머리 셋이 더 높이 솟아올랐다. 귀와 주둥이 사이로 물이 폭포처럼 쏟아져 내리며, 시퍼런 빙하 같은 비늘 위로 쏟아졌다.

세 마리 용은 강력한 어깨를 서로 딱 붙이고 굴 입구로 가는 길을 나란히 막아섰다. 갑자기 바다에서 튀어나온, 통과할 수 없는 벽처럼 견고했다. 셀 수 없이 많은 파랗게 빛나는 이빨이 있는 벽.

"더 이상 가까이 오지 마. 안 그러면 넌 죽은 목숨이야."

한가운데 자리 잡은 용이 큰 소리로 외쳤다. 그 용은 나머지 동료보다 좀 더 커 보였다.

바질가라드는 사나운 동굴의 수호자들을 마주보며 혼잣말을 했다.

"내가 기대한 바로군."

물 용 세 마리는 대형을 유지한 채 지느러미발로 터벅터벅 걸으며 앞으로 전진했다.

"당장 꺼져!"

가운데 용이 명령했다. 주둥이를 가로질러 깊은 상처가 나 있었다.

"난 평화를 원해. 난 너희 대장과 해야 할 말이 있어."

바질가라드는 이들을 신중하게 바라보면서 당당하게 말했다.

"대장이 명령을 하지 않는 한, 누구도 대장과 이야기할 수 없다. 당장 떠나!"

"하지만 나는……."

가운데 용이 짜증스럽게 머리를 흔드는 바람에 동료들에게 물이 튀었다. 주둥이 위의 상처가 은빛으로 환하게 변했다. 그것은 용의 피 색이었다.

"떠나! 셋까지 세겠다. 하나."

"내가 말했잖아, 다치게 하고 싶지 않아. 난 평화를 원해."

바질가라드는 싸움을 피하라는 멀린의 단호한 충고를 떠올리며 다시 말했다.

용 세 마리가 앞으로 나왔다.

"둘."

"솔직히 나는……."

"셋. 돌격!"

그 명령에 따라, 경호원 셋은 재빨리 앞으로 헤엄쳐 나왔다. 입을 쫙 벌리고, 눈을 이글이글 불태우며, 감히 떠나기를 거부하는 침입자를 향해 달려들었다.

하지만 바질가라드가 더 빨랐다. 물에 사는 용들에게서 보통 보이는 지느러미발보다 훨씬 큰 두 날개를, 한 쌍의 채찍처럼 재빠르게 바다 밖으로 끌어냈다. 그러고 나서 즉시 바깥쪽 용 두 마리의 머리를 세게 내리쳤다. 이들의 두개골이 가운데 용의 양 옆에 쿵쿵 부딪치는 소리가 요란하게 났다. 바깥쪽 용 두 마리는 사방으로 물보라를 일으키며 옆으로 쓰러져 의식을 잃었다.

얼굴에 상처가 난 용은 다른 녀석들보다는 강했기에(또는 두개골이 좀 더 두꺼웠기에), 가까스로 버티고 서 있을 수 있었다. 비록 현기증이 났지만 분노에 차 울어대며 공격할 태세를 갖추고는, 콧구멍에서 파란 얼음을 연속해서 뿜어댔다. 바질가라드는 이 공격을 강력한 꼬리로 차분하게 막아냈다. 꼬리에 달린 거대한 혹으로 녀석의 머리를 다시 한 번 내리치자, 녀석은 동료들처럼 기절해 버렸다.

이들이 물에 빠져 죽지 않도록 확실히 하기 위해, 바질가라드는 꼬리로 녀석들의 목을 감싸 머리를 물 위로 들어 올렸다. 그러고는 용 두 마리를 끌고 동굴 입구를 향해 헤엄쳐갔다. 마치 커다란 배가 작은 배 세 척을 항구로 끌고 오는 것 같았다. 바질가라드는 따개비가 덮인 바위 위에 이들을 안전하게 내려놓고는, 녀석들을 바라보며 생각에 잠겼다.

"음, 싸움을 안 하기가 참 쉽지 않군."

바질가라드가 중얼거렸다.

바질가라드는 의식을 잃은 경호원들에게서 돌아서서, 동굴 입구 안으로 헤엄쳐 들어갔다. 그 순간, 또 다른 용의 머리 꼭대기가 파도에서 튀어나온 것을 알아차리지 못했다. 눈동자가 코발트블루색으로 빛나는 그 녀석은 바질가라드의 움직임을 가까이서 지켜보았다. 바질가라드가 동굴 안으로 들어가자, 숨어 있다가 따라왔다.

놀랍게도 바질가라드가 깊이 들어갈수록 동굴은 더 어두워지지 않았다. 오히려 정반대였다. 터널로 헤엄쳐 들어가면 갈수록 점점 더 밝아졌다. 이윽고 폭이 넓고 천장이 높은 커다란 동굴이 모습을 드러냈다. 그곳은 진줏빛으로 물들었는데, 그 빛은 바위 벽에 나란히 매달린 횃불에서 흘러나왔다. 그런데 그 횃불은 지금껏 바질가라드가 본 것들과는 달랐다. 불꽃을 품고 있는 대신, 심해의 인광*을 내는 물로 채워진 바다 유리처럼 맑은 거품을 품고 있었다.

횃불에 빛나는 동굴 벽은 저 높은 곳에서 아치 모양을 이루었다. 보라색과 파란색으로 빛나는 무지개 빛깔 전복 껍데기가 아래쪽 표면에 매달려 있었다. 툭 튀어나온 껍데기 가장자리에는 아비, 제비갈매기, 백로 그리고 하늘을 나는 게가 앉아 있었다. 모두 구구 울어대고, 휘파람을 불고, 딱딱 소리를 냈다. 천장 위에는 모자이크로 황금색, 파란색, 초록색, 빨간색 불가사리의 풍경이 수없이 많았다. 바다로 용감하게 항해하는 용, 안개 자욱한 하늘을 선회하는 물새 떼, 물고기를 끌어당기는 해초를 엮어 만든 그물, 그리고 바다 속 산호와 보석이 박힌 왕관을 쓴 거대한 용 한 마리.

'벤데짓이로군.'

초록 용은 동굴 중앙으로 헤엄쳐 가며 생각했다. 콧구멍을 벌름거렸다. 물새, 바닷말, 소금, 해초, 따개비의 강렬한 냄새가 뒤섞인 또 하나의 냄새를 알아차렸다. 알쏭달쏭하지만 분명한 냄새. 그 냄새는 바다 그 자체만큼이나 풍부하고 깊은 것 같았다.

바질가라드는 침울하게 고개를 끄덕였다. 그것은 용의 냄새였다. 특히 한 마리 용. 이 바다 속 영토처럼, 이 동굴을 지배하는 용.

---

*복사 광선에 노출된 물질이 복사 에너지가 사라진 후에도 계속 내는 빛.

바로 앞의 물이 마구 출렁이더니, 갑자기 거대한 머리 하나가 수면 위로 솟아올랐다. 커다란 주둥이와 이마 밖으로 물줄기가 쏟아져 내렸다. 다이아몬드와 에메랄드가 박힌 황금색 산호의 왕관이 머리에 얹혀 있었다. 드러난 입에 나란히 늘어선 이빨에 붙은 따개비 안에는 더 많은 보석이 박혀 있었다. 대부분 루비였다. 하지만 이 보석 중 그 어떤 것도 용의 눈보다 밝게 빛나지는 않았다. 바질가라드를 뒤따라와 동굴 저 한쪽에서 연신 지켜보고 있는 용의 코발트블루색 눈동자와 달리, 이 용의 눈동자는 진홍색 반점이 있는 오렌지색으로 반짝반짝 빛났다. 마치 불타는 듯했다.

"네가 감히 최고 지도자의 동굴에 들어오다니?"

녀석이 요란하게 소리쳤다.

"그래. 하지만 난 멀린의 부탁을 받고 평화를 위해 왔어."

바질가라드가 고개를 빳빳이 치켜든 채 대답했다.

비록 바질가라드가 최고 지도자 용보다 덩치가 크기는 했지만, 그렇게 크게 차이가 나지는 않았다. 바질가라드는 자신 이외에 이렇게 큰 용을 지금껏 본 적이 없었다.

"네가 그 마법사를 안다고? 넌 멀린의 마법을 사용해 내 경호원들을 피한 게 분명하군."

파란색 비늘로 덮인 지느러미 같은 용의 귀가 왕관 가장자리에서 움직였다.

"꼭 그런 건 아니야. 네 경호원들은…… 약간 피곤해 보였어. 특히 얼굴에 상처 난 녀석이. 그래서 내가 녀석들한테 한낮에 잠깐 잠 좀 자두라고 설득했을 뿐이야."

바질가라드의 혀가 앞니 틈 사이에서 움직였다.

벤데짓의 눈이 새롭게 타올랐다. 분노 때문인지 또는 즐거움 때문인지 알 수는 없었다.

"대단한 잠을 불러왔군. 네 이름은 뭐고 목적은 뭐지? 그 다음에 내가 네 운명을 결정해줄 테니까."

동굴 저쪽에서, 숨어 있는 코발트블루색 눈동자의 머리가 물에서 살짝 올라왔다. 귀를 앞으로 기울여 엿들었다.

"내 이름은 바질가라드야. 그리고 나는 너한테 도움을 청하려고 여기 왔어, 위대한 최고 지도자. 아발론 전역에 문제가 번져 나가고 있어! 누가 꾸민 짓일까? 누구일까? 우리는 그걸 빨리 알아내야 해!"

바질가라드는 벤데짓의 얼굴에 얼굴을 가까이 가져다 댔다. 그래서 입이 닿을락 말락했다.

"난 네게 도움을 청하는 거야. 너의 언더사이트의 능력을. 나나 멀린을 위한 게 아니야. 아발론을 위해 부탁하는 거야."

벤데짓은 목구멍 깊은 곳에서 으르렁거렸다. 바질가라드는 뒤로 물러섰다. 이윽고 벤데짓의 콧구멍이 벌렁거렸다. 빙하의 파란 얼음 두 줄기가 콧구멍에서 나와 물에 부딪치자, 작은 빙산 한 쌍이 생겨났다. 빙산은 물 위에서 기우뚱 기울더니 근처 동굴 벽 쪽으로 떠내려갔다.

"여기 오느라고 괜히 시간 낭비만 했군. 더더군다나 넌 내 시간까지 낭비하게 했어! 난 워터루트를 지배하는 무적의 주인이야. 내가 왜 내 영토도 아닌 아발론을 걱정해야 하지?"

벤데짓이 큰 소리로 쩌렁쩌렁 말했다.

바질가라드의 초록색 눈동자가 빛났다.

"왜냐하면, 아발론의 한 영역에서 일어나는 일은 다른 영역에도 영향을 미치니까! 만약 물고기 꼬리에 상처를 입으면, 그 물고기가 계속해서 헤엄치고 뛰어오를 수 있을까? 만약 새의 날개가 망가지면, 그 새는 계속 하늘로 솟구치다가 아래로 급강하할 수 있을까? 이 악은 아직 너의 영토까지 이르지 않았을지 모르지만 만약 막지 못하면, 분명 이곳에도 영향을 미칠 거야."

바질가라드는 선언하듯 말했다. 목소리가 동굴 벽에 울렸다.

"우리는 물고기와 새에 대해 이야기하는 게 아니야! 우리는 내 영토에 대해 이야기하는 거라고. 자, 초록색 손님, 그만 가줘야겠다. 내가 나머지 경호원들을 부르기 전에."

초록색 바닷말로 줄무늬를 이루고 있는 벤데짓의 이빨이 횃불 속에서 번득였다.

"하지만……."

"당장 떠나!"

벤데짓이 너무 크게 소리치는 바람에 동굴 천장 모자이크에 붙어 있던 불가사리 수십 마리가 물속에 철퍼덕 떨어졌다.

메아리가 희미해지는 동안, 두 마리 용은 서로를 노려보았다. 하나는 떠날 생각이 없고 다른 하나는 마음을 바꿀 생각이 없었다.

그사이, 바질가라드의 마음은 자신이 어떤 선택을 할 수 있을지 분주히 움직였다. 그 어떤 것도 마음에 들지 않았다. 만약 벤데짓과 싸운다면 얻는 게 뭘까? 설령 이긴다 해도 벤데짓은 여전히 도움을 주지 않으려 할 수 있다. 그렇다면 만약 벤데짓의 명령대로 떠났을 때 얻는 게 뭘까? 자신이 완전히 실패했다고 멀린한테 어떻게 말할 수 있을까? 바질가라드의 두 날개가 물속에서 초조하게 움직였다. 왜냐하면 싸움이 임박했음을 알아차렸으니까.

긴장이 고조되었다. 거대한 용 두 마리의 목, 등, 꼬리 근육에 힘이

들어갔다. 벤데짓의 얼음 물보라가 더 강해졌다. 바질가라드의 꼬리가 더 높이 올라갔다. 마침내 수면을 박차고 나올 듯했다.

몇 초가 흘렀다. 동굴 안은 긴장으로 가득 찬 것처럼 보였다. 마치 터지기 일보 직전의 거품처럼.

"기다려요."

새로운 목소리가 동굴 안에서 울려 퍼졌다. 서로 맞서고 있는 용 두 마리의 목소리보다 더 높고 청명했다.

바질가라드와 벤데짓 모두 서로에게서 눈을 떼지 않은 채, 목소리가 들려오는 쪽을 향했다. 동굴 저쪽에서 또 하나의 머리가 재빨리 물 밖으로 올라오고 있었다. 그 얼굴의 이목구비가 좀 더 섬세했지만, 벤데짓의 머리만큼 컸다. 빛나는 코발트블루색 눈동자는 그 어떤 용 못지않게 강렬한 빛으로 타올랐다. 반짝이는 파란색 비늘에서 물이 쏟아져 내리며, 마침내 머리와 목 전체가 허공으로 솟아올랐다.

"만냐(Marnya), 넌 여기 있으면 안 돼."

벤데짓이 으르렁거렸다.

"여기 있어야 해요, 아버지. 왜냐하면 할 말이 있으니까요."

만냐는 또렷하게 대답했다.

"꼭 지금이냐, 딸?"

"네, 지금요."

만냐는 물결을 일으키지도 않고 부드럽게 가까이 다가왔다. 이윽고 코발트블루색 눈을 아버지에게 초점을 맞추며 간청했다.

"제발요, 아버지께 부탁이 있어요. 딱 하나요."

벤데짓의 이마에 주름이 잡히며, 왕관이 앞으로 기울었다.

"내 딸이 원하는 소원이 뭐지?"

136

대답 전, 바질가라드 또한 같은 게 궁금했다. 저 아이가 뭘 바랄까? 이 초록색 침입자의 머리를 달라고 할까? 직접 죽음의 공격을 할 기회를 달라고 할까?

"저 용이 하는 말을 들었어요. 난 아버지가 그 요구를 들어주면 좋겠어요."

만냐는 바질가라드를 향해 지느러미발을 흔들어 보이며 바닷물을 흩뿌렸다.

벤데짓은 깜짝 놀랐다. 초록 용 또한 깜짝 놀랐다.

"우리 딸, 왜 그런 부탁을 하는 거지? 이 치사한 침입자가 너한테 어떤 의미가 있는 거지?"

만냐는 코발트블루색 눈을 천천히 바질가라드에게 돌리더니 확신에 차 대답했다.

"이 용은 제가 기다리던 바로 그 용이에요. 하늘을 나는 법을 가르쳐 줄 용이라고요."

15

소용돌이

하늘 높이 나는 방법은 여러 가지가 있다. 어떤 건 좀 더 스릴이 넘치고, 어떤 건 좀 더 지루하다.

"하늘을 나는 법을?"

벤데짓과 바질가라드가 동시에 물었다. 한꺼번에 우레가 내리치는 것처럼, 이들의 굵은 목소리가 횃불을 밝힌 동굴에 쩌렁쩌렁 울려 퍼졌다. 천장에 매달린 불가사리들이 또 우수수 떨어져 내렸다.

만냐가 빛나는 코발트블루색 눈동자를 바질가라드에게 고정한 채, 단호하게 고개를 끄덕였다.

"딸, 너는 분명……."

벤데짓이 입을 열었다. 하지만 처음 듣는 딸의 생각을 곰곰 생각하며 말을 멈추었다. 억지웃음을 지으며, 지느러미발 하나를 물 밖으로 뻗어 보석 박힌 왕관을 똑바로 고쳐 쓰고는 선언하듯 말했다.

"네 간청을 들어주겠다. 만약 저 침입자가 네게 하늘을 나는 방법을 가르쳐줄 수 있다면, 난 저 녀석에게 이 문제의 진짜 원인을 알려줄 것이다."

"하지만…… 어떻게, 내가…… 하지만……."

초록 용이 깜짝 놀라 다급하게 말했다. 만냐와 벤데짓을 번갈아 보고는, 마침내 제대로 말할 수 있었다.

"하지만 나도 방법을 몰라! 저 아이는, 당신네들은 물에서 사는 용이라고."

"그럼에도 불구하고 그게 내 명령이다. 내 조건을 받아들이든가 아니면 이 영토를 지금 당장 떠나도록 해."

벤데짓이 그 커다란 입으로 싱글벙글 웃으며 큰 소리로 말했다.

바질가라드는 일이 이렇게 엉뚱하게 전개된 데에 좌절감으로 부글부글 끓으며 고개를 가로저었다. 시간을 낭비하고 있었다! 하지만 선택의 여지가 없었다.

"받아들이지."

바질가라드가 으르렁거렸다. 그러고는 만냐에게 돌아서서 덧붙였다.

"우리 지금 시작하자. 지금 당장."

"아주 좋아요. 난 늘 날고 싶었어요. 하지만 여기 있는 누구도 내게 가르쳐줄 수 없었어요. 내려앉는 당신 모습을 보았을 때, 당신이 내게 가르쳐줄 수 있을 거라는 걸 알았어요."

만냐가 방긋 웃으며 대답했다.

"정말 완벽하군. 정말 흥미진진할 거야."

벤데짓이 말했다. 눈은 밝게 빛났다.

"좋아, 날 따라와."

바질가라드가 투덜거렸다. 이윽고 고개를 절레절레 저으며 몸을 휙 돌려 넓은 바다를 향해 터널을 헤엄쳐 빠져나갔다. 최고 지도자와 그 딸이 그 뒤를 바짝 따라왔다.

진줏빛으로 물든 동굴을 지나며, 바질가라드의 마음은 성가신 질문들로 혼란스러웠다. 날개도 없는 용한테 어떻게 하늘을 나는 법을 가르쳐줄 수 있을까? 미끌미끌한 뱀장어 같은 벤데짓이 나를 이겼다니! 벤데짓의 도움을 받을 수 있는 다른 방법은 없을까?

터널에서 빠져나오자마자 하늘을 나는 수업이 진지하게 시작되었다. 잘되지는 않았다. 즐거워하는 최고 지도자와 의식을 잃은 경호원 셋(여전히 바위투성이 해안에서 자빠져 있었다)을 관중으로 두고, 바질가라드는 물에서 솟아오르는 법을 보여주려 최선을 다했다. 만냐는 미친 듯이 날갯짓을 했다. 그 순간에 바질가라드는 만냐를 뒤에서 밀고 꼬리로 잡아당기는 등, 만냐를 격려하기 위해 생각해낼 수 있는 모든 방법을 다 동원해봤다. 하지만 아무 소용이 없었다. 만냐는 물 밖으로 몸을 들어 올리려 했지만, 물 밖에 나오자마자 지느러미발은 깃털이 달린 날개로 마법처럼 바뀌지 않았다.

어느 한순간, 은빛 물총새 무리가 머리 위로 날아갔다. 새들이 물에서 아주 가까이 지나갔기에, 용들은 잠시 멈추어 파도 위를 유유히 날아가는 새의 모습을 지켜봤다. 새들의 넓은 날개에 바다의 풍부한 색이 그대로 비쳤다. 바질가라드는 획획 움직이는 날개의 리드미컬한 소리를 귀담아 들었다. 짭조름한 공기를 깊이 들이마시며 슬프게 고개를 가로저었다.

만냐 또한 낙담했다. 새들이 저렇게나 쉽게 하늘을 날아가는 모습을 지켜보며, 만냐의 눈은 빛을 잃었다. 벤데짓은 어땠을까? 그 얼굴은 다른 용과 달리 만족스럽게 빛났다.

"이제 포기할 준비가 됐니, 만냐?"

벤데짓이 딸에게 물었다.

"아직 아니에요, 아버지!"

만냐가 대답했다. 하지만 억지스러운 목소리는 자신의 생각을 속이고 있었다.

그 순간, 바질가라드는 방법을 바꿔 지느러미발을 어떻게 움직이는지에 초점을 맞춰보기로 했다.

"물속에서 움직이는 것과는 달라. 공기는 물처럼 우리 무게를 지탱해 줄 수 있어. 하지만 공기는 좀 달라. 훨씬 가볍고 희박해. 하늘을 날려면 그저 공기 사이로 노를 젓는 것처럼 해서는 안 돼. 먼저 네 자신을 공기 위에 놓아야 해. 그러고 나서 그 위에서 미끄러지듯 움직이는 거야."

바질가라드가 만냐의 지느러미발을 수면 위로 잡아당기며 설명했다.

"물 밖으로 나갈 수도 없는데 도대체 어떻게 공기 위에서 미끄러지듯 움직여요?"

만냐가 씩씩거리며 물었다.

"네 지느러미발을 날개처럼 펄럭거려봐!"

이 말을 수백 번도 더 말한 듯했다.

"그게 무슨 뜻인지 모르겠단 말이에요! 제게 보여줄 수 있는 방법은 없나요?"

만냐가 이의를 제기했다.

"내가 줄곧 그렇게 해 보였잖아!"

바질가라드가 화가 나 말했다.

"음, 그건 제대로 되지 않아요. 좀 더 분명하게 보여줄 수는 없나요?"

"내가……."

바질가라드가 말을 멈추었다.

"잠깐만! 좋은 수가 떠올랐어. 제대로 되지 않을지도 몰라. 하지만 만약 된다면……. 그러면 네가 제대로 볼 수 있을 거야. 그리고 만냐……."

바질가라드는 코로 얼음 줄기를 짜증스럽게 내뿜고 있는 벤데짓 쪽을 흘끗 쳐다보았다.

"우리는 시간이 별로 없어."

"나도 알아요. 방법이 뭐가 됐든 어서 해봐요."

만냐가 대답했다.

"좋아. 넌 날 믿어야 해. 날 믿니?"

만냐는 바질가라드를 한참 동안 뚫어지게 쳐다보았다. 푸른 눈동자가 바다 안개처럼 반짝였다.

"네."

"그럼 지금 그 자리에 가만히 있어. 내가 네 밑으로 다이빙해서……."

"날 하늘로 들어 올리려는 거예요? 그럴 수 있어요?"

만냐의 코발트블루색 눈동자가 커졌다.

"시도해봐야지! 왜냐하면 날개가 정말로 어떻게 움직이는지 네게 보여줄 수 있는 유일한 방법은 내가 날 때 어떻게 하는지 네가 가까이서 지켜보는 것뿐이니까. 어쩌면 네가 직접 해볼 수 있을 거야."

바질가라드가 눈살을 찌푸리며 이어 말했다.

"너처럼 큰 누군가를 내가 들어 올릴 수 있는지는 나도 잘 모르겠다."

"해봐요! 이번에는 정말 제대로 될 수 있을 것 같아요!"

만냐가 지느러미발로 물을 철퍼덕거리며 간청했다. 이윽고 목소리를 낮추며 덧붙였다.

"잊지 말아요. 당신은 날 위해 이렇게 하는 게 아니에요. 당신은 아빠론을 위해 하는 거라고요."

이 말에 불꽃이 불쏘시개에 점화하는 것처럼 힘이 났다. 바질가라드는 곧장 만냐 뒤로 헤엄쳐 가서, 폐에 짭조름한 공기를 가득 채우고, 물 밑으로 다이빙했다.

휙!

바질가라드는 만냐 바로 뒤에서 물 밖으로 솟아오르며, 꼬리를 힘차게 움직여 앞으로 움직이는 추진력을 얻었다. 힘차게 만냐를 등에 태웠다. 하지만 하늘로 끌어 올릴 수 있을까? 커다란 두 날개를 쫙 펴고 있는 힘껏 움직였다. 이 무거운 짐을 바다 수면 위로 들어 올리기 위해 힘을 냈다. 이렇게 온 힘을 다해 날갯짓을 하고, 날갯짓을 하고, 또 날갯짓을 해본 적은 없었다!

한편, 바질가라드의 등에 올라 탄 만냐는 발톱으로 바질가라드의 단단한 어깨를 꽉 쥐었다. 그러는 내내, 두 날개의 강력한 움직임을 지켜보았다. 어떻게 해서 미끄러지듯 움직이기에 충분할 만큼 공기를 휘어잡는지 이해하려 노력했다.

바질가라드는 물을 힘차게 차고 나갔다. 사방으로 물보라가 튀었다. 이륙하는 데 온 힘을 썼다. 날개를 퍼덕거리며, 꼬리를 흔들며, 목을 위로 쭉 뻗었다. 힘껏, 더 힘껏, 자신을 아래로 짓누르는 무게를 무시하면서, 등과 어깨와 꼬리가 점점 아파오는 것을 애써 무시하면서……

'저 아이를 들어 올려, 바질! 들어 올려!'

바질가라드가 명령했다.

마침내…….

물 밖으로 솟아올랐다. 하늘을 향해 천천히 올라갔다. 조금씩, 조금씩, 마침내 날개 끝과 꼬리가 더 이상 수면에 닿지 않았다. 마침내, 완전히 하늘 높이 떴다. 두 날개를 힘껏 저어, 승객을 더 높이 실어 날랐다. 곧 이들은 아주 높이까지 치솟았다. 앉아서 지켜보던 벤데짓은 깜짝 놀랐다.

"당신이 해냈어요!"

만냐가 의기양양하게 말했다.

"그래, 이제 잘 보도록 해."

바질가라드가 대답했다. 목소리에는 만족감이 묻어 있었다.

두 날개를 뒤로 둥글게 말고는 갑작스레 허공에서 멈추었다. 승객이 깜짝 놀랍게도, 바질가라드는 날개의 각도를 바꾸어 상승 기류를 품었다. 상승 기류를 타고 더 높이 날아올랐다. 이윽고 바질가라드는 몇 차례 획획 방향을 틀어, 무지개 빛깔 바다 위로 소용돌이처럼 빙글빙글 돌았다.

"정말 멋져요, 내가 할 수만 있다면…… 아니요! 기다려요!"

만냐가 바질가라드 귀에 대고 꿈꾸듯 말했다.

만냐는 잠시 긴장을 풀며 발톱 하나를 바질가라드의 어깨에서 뗐다. 빙글빙글 도는 힘 때문에 단단히 잡고 있던 걸 놓치고 말았다. 균형을 잃었다. 자신의 유일한 버팀목을 잃었다.

"도와줘요!"

만냐가 비명을 지르며 등에서 완전히 미끄러졌다.

바질가라드는 만냐 아래로 몸을 굴려 만냐를 붙잡으려 했다. 하지만 만냐는 제때 잡지 못했다. 만냐의 발톱은 바질가라드의 등 비늘을 할퀴며 허우적거렸다.

"도와줘요!"

만냐가 아래로 떨어지며 소리쳤다.

바질가라드는 방향을 바꾸어 전속력으로 만냐 뒤를 쫓아갔다. 하지만 이들 사이의 거리로 볼 때, 제때 따라잡을 수 없다는 것을 알았다. 만냐의 아버지도 똑같이 생각했다. 저 아래에서 벤데짓은 으르렁거리며 지느러미발을 세차게 흔들고 있었다.

아래로 곤두박질치는 만냐의 눈에 드넓은 파란 바다가 엄청난 속도로 다가오는 게 보였다. 전에 이런 경험을 해본 적은 없었지만, 만냐는 이런 속도로 물에 부딪히면 딱딱한 땅에 부딪히는 것만큼이나 충격이 엄청나리라는 걸 알아차렸다. 만냐는 살 수도 죽을 수도 있었다. 하지만 지느러미발, 등, 또는 목이 쉽게 부러질 수도 있었다.

만냐의 심장이 마구 날뛰었다. 새는 속도를 줄이기 위해 무엇을 하지? 어떻게 추락을 비행으로 바꾸지?

본능적으로 만냐는 등을 둥글게 구부리며, 물에 머리부터 부딪히지 않도록 머리를 들려고 했다. 동시에 날개보다 좁기는 했지만 길고 튼튼한 지느러미발을 쭉 뻗었다. 그 몸짓은 진짜 목표를 성취하려기보다는 뭐라도 부여잡으려는 자연스러운 충동이었다. 고개를 들자 자신의 배에 바람이 더 많이 불어대는 걸 알아차렸다. 그리고 몸이 더 수평이 되자 지느러미발에도 더 많은 바람이 닿았다. 지느러미발 가장자리를 따라 물갈퀴가 펼쳐지며, 불어오는 바람을 맞았다.

점차적으로 만냐의 추락은 대각선의 하강으로 변해갔다. 만냐는 지느러미발을 밖으로 넓게 유지하며 속도를 조금 줄였다. 몸 아래 공기의 본질이 느껴졌다. 지느러미발을 뒤쪽으로 기울여 좀 더 속도를 늦추고 약간 더 조절해보았다. 배를 위쪽으로 향하니 눈에 보이지 않는 담요에 지지받는 느낌이 살며시 들었다.

잠시 뒤, 만냐는 허공을 추락하는 물건에서…… 허공에 올라탄 존재로 변해갔다. 이제 바람에 떠내려갔다. 미끄러지듯 움직였다.

하늘을 날고 있었다!

만야는 지느러미발을 쭉 뻗어 바다 속으로 미끄러져 들어가며, 엄청난 물보라를 일으켰다. 그 물보라에 만냐의 아버지가 흠뻑 젖었다. 하지만 벤데짓은 물보라 따위는 신경 쓰지 않는 것 같았다. 헤엄쳐 딸을 만나러 가느라 너무 흥분한 나머지 왕관을 거의 잃어버릴 뻔했다. 만냐는 시선을 하늘로 향했다.

'고마워요, 초록 용. 이 선물⋯⋯ 이 비행.'

만냐는 바질가라드가 내려오는 모습을 지켜보며 생각했다.

16

그림자

우리가 보는 것은 유용하고, 자극적이고, 또는 감동적이다. 하지만 우리가 보지 못하는 것이 실로 본질적이다.

위풍당당한 벤데짓은 만나가 뼈가 부러지지 않은 것에 흡족해하며, 약속대로 바질가라드를 도와주기로 했다. 반짝이는 파도 위에서 사방으로 물을 튀기며 몸을 돌리더니, 기쁨에 넘친 딸과 영광스러운 새 손님을 자신의 숨겨진 동굴로 이끌고 갔다. 벤데짓은 자신의 마법이 가장 강력한 그곳에서 바질가라드의 간청을 들어줄 것이다.

이들이 동굴 입구에 다가가자, 의식을 잃고 바위 위에 뻗어 있던 경호원 용 세 마리가 꿈틀꿈틀 움직이기 시작했다. 바질가라드가 옆으로 지나갈 때, 주둥이에 상처가 난 용이 정신을 차리고는 화들짝 놀랐다. 자신을 깔아뭉갠 비열한 침입자를 보는 것만으로도 충분히 화가 치밀어 올랐다. 그런데 그 침입자가 최고 지도자와 그 딸 옆에서 만족스럽게 헤엄치는 모습을 보니, 도저히 참을 수가 없었다. 용은 바질가라드를 향해 분노에 차 으르렁거렸다. 이내, 파란색 고드름을 내뿜으며 적을 향해 공격하려 했다.

애석하게도 그 용은 자기 꼬리가 동료들 꼬리와 엮여 있다는 걸 미처 알아차리지 못했다. 바질가라드가 이들을 떠나기 전에 취해놓은 작은 예방 조치였다. 그 결과, 돌진해오던 용이 갑자기 멈칫하며 뒤로 끌려갔다. 경호원 셋은 서로 뒤엉켜 분노에 차 으르렁거렸다.

"야, 스카페이스! 잘 잤니?"

바질가라드가 지나가며 소리쳤다.

으르렁으르렁 포효하는 소리, 머리가 부딪치는 소리 말고는 아무 대답도 없었다.

잠시 뒤 최고 지도자와 그 딸, 그리고 바질가라드는 밝게 빛나는 동굴에 이르렀다. 바닷물 인광의 빛을 품은 횃불에 용 세 마리의 그림자가 벽에 비쳤다. 초록색, 파란색, 심홍색 전복껍데기는 바질가라드가 기억하는 것보다 훨씬 더 밝게 빛났다. 바질가라드는 기대감으로 몸이 떨렸다. 자신의, 그리고 아발론의 최대의 문제에 대한 답을 곧 들으리라는 걸 알았으니까.

불가사리가 만들어놓은 다채로운 모자이크의 저 높은 천장을 흘끗 올려다보며, 벤데짓에게 말했다.

"곧 새로운 모자이크가 더해질 것 같은 예감이 드네."

"뭘 보고 그렇게 말하는 거지?"

"그냥 추측이야. 역사적인 장면도 멋질 거야. 그러니까 최초로 하늘을 난 물 용 같은 것."

초록 용이 유쾌하게 말했다.

벤데짓의 눈이 즐거움으로 빛났다.

"네 말이 맞을지도."

만냐는 유쾌하게 웃었다. 코발트블루색 눈동자에 감사의 마음을 담아 바질가라드를 바라보았다.

벤데짓은 동굴 한가운데에서 둥둥 떠다니며 목청을 가다듬었다. 굵은 소리가 벽에 울려 퍼졌다. 벤데짓의 표정은 이제 진지했다. 바질가라드를 바라보며 명령했다.

"내 대답을 원하는 질문을 해봐."

초록 용의 눈썹이 올라갔다.

"무엇이, 또는 누가 아발론이 처한 문제의 배후에 있는 거지? 싸움을 일으키고, 평화를 해치고, 마름병을 퍼트리는 것. 누가 이런 짓을 하는 거지?"

벤데짓은 숨을 깊이 들이마셨다. 마치 질문 그 자체를 빨아들이는 것처럼 보였다. 이윽고, 지느러미발로 철썩 수면을 내리쳤다. 거대한 물보라가 분수처럼 허공으로 솟구쳤다. 수없이 많은 작은 물방울이 횃불빛에 반짝이며 천장으로 튀어 올랐다가 점점 속도가 줄더니 이내 비처럼 쏟아져 내렸다.

하나의 작은 물방울만 빼고.

왜냐하면 벤데짓은 자신의 목적을 위해 그 특별한 물방울을 선택했기 때문이다. 은빛 둥근 모양에 시선을 돌리며 자신의 마법을 불러내 물방울이 머리 위 높은 곳에 그대로 멈추어 서 있게 했다. 물방울은 고독한 별처럼 빛났다. 혼자서 독특하고, 사랑스럽게…….

벤데짓은 오렌지색 눈을 가늘게 뜨고 물방울에 집중했다. 물방울은 천천히, 아주 천천히 커지기 시작했다. 이윽고 은빛으로 둥글게 부풀었다. 동굴 벽의 조개껍데기와 불가사리의 환한 빛은 물론이고 횃불 빛까지 받아, 밝은 빛을 내뿜으며 이들 앞에서 빙글빙글 돌았다. 그런데 그 물체 또한 빛을 뿜어내고 있었다. 그 자체의 은밀하게 달라지는 빛을…….

"귀를 기울여라, 둥근 물체야!"

벤데짓이 큰 소리로 외쳤다. 이윽고, 목소리는 속삭이듯 으르렁거리며 노래하기 시작했다.

쓰여 있지 않은 것을 써라,
잃어버린 것을 찾아라,
말하지 않은 것을 말하라.
잊힌 것을 찾아라,
대가를 감내하라…….
접힌 것을 펼쳐라.

숨어 있는 것을 보여라,
눈에 어두운 것,
불가사의하거나 흐릿한 것.
초대받지 않은 것을 공유하라,
궁극적인 이유…….
나는 진실을 간절히 바란다.

둥근 물체 안에서 빛과 그림자가 움직이기 시작해, 빙글빙글 돌며 어른거렸다. 즉각 둥근 물체는 잠깐 동안 폭발하는 별처럼 밝게 빛났다. 그러더니, 빛이 가차 없이 침침해졌다. 그림자가 어두워지고, 그 어둠이 깊어지고, 모양이 뭉그러지며 빛이 완전히 빠져나간 듯 보였다.

'어둠보다 어둡다.'

바질가라드의 마음속에 이 문구가 불쑥 뛰어들었다. 이유는 몰랐지만 바질가라드는 몸서리쳤다.

둥근 물체 한가운데에서 어떤 형상 하나가 나타났다. 주변을 둘러싼 그림자보다 더 어두웠다. 길고 늠름한 수직의 뱀처럼, 그것은 왠지 고군분투하는 것처럼 보였다. 마시지도 않고, 먹지도 않고, 움직이지도 않았다. 저게 뭘 하는 걸까? 커다란 힘과 집중을 요구하는 뭔가를 하는 것 같았다. 어쩌면…… 출산?

그 형상의 모습에서 뭔가가 왠지 모르게 바질가라드에게 낯익게 느껴졌다. 하지만 그 이유를 설명할 수는 없었다. 왜냐하면 이 순간 그림자 거머리는 자신의 핏발 선 눈동자를 보여주지 않았으니까. 그것은 정체를 감추고 있었다. 바질가라드는 아른거리는 둥근 물체를 뚫어지게 쳐다봤지만, 자신의 예감이 맞는다는 것만 확신할 수 있었다. 즉, 아발론의 최근 문제는 모두 단 하나의 원천이 있었다. 똑같은 원인. 하지만 정확히 그 원인이 무엇인지, 아발론의 어디에서 그것을 찾을 수 있는지, 바질가라드는 알지 못했다.

둥근 물체 속 어두운 이미지가 희미해지더니, 겹겹의 그림자로 흐릿해졌다. 이미지가 완전히 사라지자마자, 둥근 물체가 줄어들기 시작하며, 물 한 방울 크기로 줄어들었다.

벤데깃은 고개를 끄덕였다. 보석이 박힌 얼굴에 웃음이 일더니, 바질가라드에게 물었다.

"저 사악한 생명체를 알아보겠나?"

멀린의 위대한 친구가 침울하게 고개를 저었다.

"말해봐, …… 전보다 더 잘 이해하게 되었는가?"

"분명한 건 오직 이것이야, 최고 지도자. 저 생명체는 어딘가에서 사악한 짓을 꾸미고 있어. 우리 온 세상을 위협할 정도로. 난 저 녀석의 계획, 저 녀석의 힘, 또는 저 녀석의 이름조차 몰라. 하지만 한 가지는 알아."

바질가라드의 목소리가 크게 울려 동굴이 진동했다.

"그게 뭔데요?"

만냐가 가까이 헤엄쳐 다가오며 물었다.

바질가라드는 고개를 높이 치켜들었다. 동굴 천장까지 닿을 정도였다. 인광의 횃불에서 나온 빛이 비늘과 이빨에 반짝였다.

"내가 어딘가에서 저 그림자 녀석을 찾아낼 거라는 것. 그것을 찾아내서 파괴하리라는 것."

그 말과 함께, 바질가라드는 벤데짓에게 고개를 숙였다.

"당신, 위대한 최고 지도자. 잘 다스리도록 해."

바질가라드는 만냐에게 돌아섰다. 눈이 반짝였다.

"그리고 너……, 잘 날도록 해."

바질가라드는 몸을 돌려 터널을 빠져나가 드넓은 바다로 헤엄쳐 나갔다. 최고 지도자와 만냐는 바질가라드가 떠나가는 모습을 아무 말 없이 지켜보았다. 둘 모두 이 생각지도 못한 손님이 자신들의 삶을 바꾸어 놓았다는 걸 알아차렸다. …… 그리고 보다 더 커다란 무언가를 바꿀지도 모른다는 사실을……

17

아득한 종소리

용의 귀는 예민하다. 너무 예민해서 아주 멀리서 나는 소리까지 들을 수 있다. 그래도 마음으로 들을 수 있는 것과 비교하면 아무것도 아니다.

관문의 초록 불꽃이 타닥타닥 일렁이더니 그곳을 경계 짓는 쌍둥이 돌기둥을 밀어내며 밖으로 튀어나왔다. 불거진 불꽃이 터지며, 마치 소중한 보물을 내놓고 싶지 않은 듯 관문을 뒤흔들고 움츠러들었다. 하지만 불꽃은 더 이상 버틸 수 없었다. 스파크가 크게 폭발하며 벽이 무너져 내렸다. 몰골이 엉망이 된 여행객 무리, 그러니까 멀린, 리아, 뉴익 그리고 류가 땅바닥을 데굴데굴 굴렀다.

뉴익의 둥그런 작은 몸은 먼지 자욱한 땅 저 멀리 데굴데굴 굴러가다 마침내 멈추었다. 뉴익이 이마를 찡그리며 일어섰다. 피부에 갈색과 회색 줄무늬가 생겼다. 먼지와 흙 때문인지 기분 때문인지, 누구도 알 수 없었다.

"흠, 두 번 다시는 관문을 지나 여행하지 말라고 누가 꼭 좀 말해줘."

뉴익이 투덜거렸다.

등을 대고서 구르던 리아가 타닥타닥 타오르는 불꽃을 흘끔 쳐다보았다.

"우리가 마름병이 번지는 걸 막지 못하면, 더 이상 관문을 지나다니지도 못할걸."

"하지만 우리한테는 해결책이 있잖아!"

류가 의기양양하게 소리치며 리아 옆에서 벌떡 일어섰다. 엉망이 된 사제의 수수한 갈색 옷을 매만지며 덧붙였다.

"당신 오빠가 엘라노의 순수한 수정을 손에 넣었어. 기억 나? 이제 마름병도 곧 끝나게 될 거야."

"꼭 그렇지는 않아, 류. 그래, 나한테 수정이 있어. 하지만 우리가 이 수정을 적당한 곳에 놓지 않으면 아무 소용이 없을 거야."

마법사의 목소리는 수정을 손에 넣느라 바짝 긴장한 나머지 여전히 지쳐 있는 데다가, 의구심으로 퍽 무겁게 들렸다.

다른 사람들의 시선이 일제히 멀린을 향했다. 멀린은 비틀거리며 천천히 일어섰다. 지팡이에 기대 주변의 황량한 광경을 살펴보았다. 돌기둥 사이 깜빡거리는 초록 불꽃을 제외하고는 아무런 움직임도, 아무런 생명의 흔적도 없었다. 눈에 보이는 풍경이라고는 잎사귀가 다 떨어져 나가 해골처럼 보이는 나무, 물이 흐르지 않는 계곡, 재로 변한 땅뿐이었다.

"적당한 곳이라는 게 무슨 뜻이야?"

리아가 물었다. 리아 또한 주춤주춤 몸을 일으켜 세웠다. 덩굴을 엮어 만든 옷은 이제 거의 다 갈색으로 변해, 리아가 일어서자 바스락 소리가 났다. 퍼석퍼석 메마른 잎사귀가 리아의 맨발 옆으로 우수수 떨어져 내렸다.

멀린은 몸을 돌려 리아를 바라보았다. 지팡이 끝을 생기 잃은 땅에 비틀어 꽂으며, 침울하게 말했다.

"마름병이 더 퍼졌어. 우리가 떠난 뒤로 더 커지고 더 강력해졌어. 주위를 둘러봐. 엄청나게 황폐해졌어."

멀린은 지친 한숨을 쉬었다.

"수정이 제 역할을 하기 위해서는, 우리가 마름병의 한가운데에 수정을 제대로 놓아야 해. 내 말은 물질적인 한가운데를 말하는 게 아니라, 마법의 한가운데를 말하는 거야. 마름병이 정말로 시작된 곳, 마름병의 진정한 근원. 거기가 이 어두운 마법이 완전히 멈출 수 있는 유일한 곳이야. 그런데 그곳은 이곳에서 멀어, 아주 멀어."

"그걸 어떻게 알아?"

리아가 따지듯 물었다.

"느낄 수 있어. 바로 여기."

멀린은 한 손을 자기 가슴에 얹었다.

"음, 우리가 그곳으로 갈 수는 없어요? 그 한가운데와 가까운 관문으로요?"

류가 가까이 다가오며 물었다. 류는 기둥 사이에서 희미하게 타오르는 불꽃을 흘끗 쳐다보았다.

"이것은 우리가 들어갔던 불꽃과 같은 불꽃은 아니에요. 우리를 그 하얀 호수로 데리고 간 관문 말이에요. 만약 그 관문으로 다시 들어간다면, 우리는……."

"난 싫어."

뉴익이 투덜거렸다. 작은 손이 주먹을 꽉 쥐었다.

"우리가 시도한다 해도, 그게 제대로 될는지 나도 잘 모르겠어. 우드루트 주변의 저 관문들은 모두 어두운 마법으로 고통받고 있어. 그 근원이 무엇이든, 그것이 이 땅을 괴롭히고 있어. 예전처럼 이곳에서 해내기가 힘들어! 난 다른 관문으로 들어가고 싶지 않아. 관문이 힘을 회복하기 전까지는. 안 그러면 밖으로 다시 나오지 못할 수도 있어."

멀린이 말하자 뉴익이 중얼거렸다.

"이번에는 똑똑하게 말하네."

리아가 오빠를 유심히 살펴보았다.

"오빠가 지닌 도약의 능력은 어때? 오빠가 수정을 들고 그곳으로 갈 수도 있지 않아?"

천천히, 멀린은 고개를 가로저었다. 검은 머리카락이 어깨에 쓸렸다.

"아니, 리아. 난 서 있기조차 힘들어. 도약은 엄두도 못 내! 호수에서의 그 모든 경험은…… 내 힘을 다 써 버렸어. 기회가 없어."

멀린은 주머니에 손을 넣어 수정을 꺼냈다. 밝게 빛나는 일곱 단면이 멀린의 손 안에서 순수하게 빛을 뿜어냈다. 멀린은 수정을 단단히 움켜쥐고 중얼거렸다.

"분명 방법이 있을 거야. 분명 있을 거야."

멀린은 숨을 골랐다.

"한 가지 방법이 있기는 해! 그러니까, 만약 바질이 문제에 빠지지 않았다면."

멀린의 머릿속에 어떤 생각이 떠올랐는지 알아채고, 리아가 고개를 끄덕였다.

"바질을 불러! 우리는 바질을 타고 마름병 한가운데로 곧장 갈 수 있잖아."

먼지 자욱한 땅바닥을 가로질러 발을 질질 끌며, 뉴익의 안색이 어두워졌다.

"어쩌면 관문을 다시 시도해봐야 할지도 모르겠네. 그 서툰 도마뱀을 타고 하늘을 나는 건 악몽에 올라타는 것과 같아."

"입 좀 다물어, 바질은 우리에게 최고의 기회라고."

리아가 요정을 안아 올리며 말했다.

"그럼 우린 죽은 목숨이네."

뉴익이 리아의 팔 위에 걸터앉으며 투덜거렸다.

멀린은 하늘을 올려다보았다. 집중하느라 텁수룩한 눈썹이 일그러지고, 이마에는 주름이 잡혔다.

"바질, 친구야……. 우드루트 근처에 있니? 그렇다면…… 난 타고 갈 수 있을 거야. 빨리. 아주 빨리."

멀린이 간청하듯 말했다.

"지금 당장은 어때요?"

천둥 같은 목소리가 남쪽 하늘에서 흘러나왔다.

일행이 몸을 휙 돌리니, 저 높은 나선형 먼지구름 속에서 그림자 하나가 다가오고 있었다. 그림자가 뚜렷해지더니, 이윽고 구름 밖으로 아발론의 가장 강력한 용 바질가라드가 나타났다. 거대한 날개 두 개는 허공에 떠 있는 두 개의 섬처럼 보였다. 하지만 그 어떤 섬도 이처럼 우아하고 유연하게 구부러지고 휠 수 없다. 바질가라드가 방향을 바꾸자 가슴에 달린 비늘이 초록색으로 반짝였다. 이윽고 등과 꼬리를 둥글게 말아 멀린 일행 옆 땅에 내려앉았다.

"흠, 왜 이리 오래 걸린 거야?"

뉴익이 투덜거렸다.

바질가라드는 멀린의 얼굴에서 긴급한 표정을 읽고, 대답하지 않았다. 잠시 뒤, 일행은 바질가라드의 거대한 이마에 올라타 북쪽으로 재빨리 날아갔다. 멀린은 용의 귀 하나를 단단히 잡은 채, 저 아래 생기 잃은 풍경을 훑어보았다. 바람이 스치고 지나갔다. 멀린은 안팎을 모두 훑어보았다. 죽음의 옷을 두껍게 입고 있는 듯했다.

"저기! 저기야."

멀린이 마침내 외쳤다.

멀린은 앞쪽을 가리켰다. 둥근 회색 땅덩어리. 뼈대만 남은 나무 한 그루 또는 잎사귀가 떨어져 나간 관목 하나조차도 없었다. 이들이 다른 곳에서 본 곳보다 훨씬 더 메말라 보였다. 영양분이 완전히 빠져나간 듯했다. 마치 피 한 방울 없는 시체처럼 퀴퀴하고 부패한 냄새가 훅 밀려왔다. 바질가라드는 얼굴을 찡그렸다.

그럼에도 불구하고 죽음과도 같은 땅덩어리 한가운데에 내려앉았다. 땅에 내려앉자마자 먼지구름이 사방에서 일어 부패한 공기를 차단해주었다. 하지만 누구도, 심지어 요정조차도 불평하지 않았다. 위험 부담이 너무 컸다. 바질가라드가 완전히 멈추기도 전에 마법사는 내려오기 시작했다.

멀린은 잿빛 장소로 걸어갔다. 얼굴이 수척해져서 나이보다 훨씬 늙어 보였다. 리아의 바스락거리는 덩굴처럼, 멀린은 한때 풍성했던 이 영토와 마찬가지로 고통받고 있었다. 조심스럽게 옷에서 빛나는 수정을 꺼냈다.

멀린은 지팡이에 의지해 무릎을 꿇고 수정을 땅에 내려놓았다. 그 빛나는 단면을 뚫어지게 바라보며 조용히 말했다.

"이 땅에 생명을 가져다줘…… 제발 부탁이야."

그러고는 천천히 일어섰다. 멀린은 리아를, 그리고 바질가라드를 흘 끗 바라보았다. 초조하게 지팡이를 죽은 땅에 비틀었다. 몇 초가 흘렀 다. 마치 몇 시간이 흐른 것 같았다. 아무 일도 일어나지 않았다.

바질가라드의 귀가 파르르 떨렸다. 뭔가 들은 것 같았다. 멀리서 울 리는 소리, 저 아득한 곳에서 울리는 종소리처럼.

그 소리는 점점 커지고, 점점 더 또렷해졌다. 마침내 모두가 그 울려 퍼지는 낭랑한 울림을 들을 수 있었다. 리아는 숨을 멈칫했다. 마치 부 드러운 산들바람이 살짝 불어오기라도 한 것처럼, 팔을 덮고 있는 말 라죽은 덩굴이 뒤틀리며 오그라들기 시작했다는 걸 깨달았다. 산들바 람은 불지 않았다. 적어도 공기를 흔드는 물질적인 종류의 그런 바람은 없었다. 아니, 이것은 생명을 깨우는 영혼의 떨림이었다.

불현듯, 수정이 떨리기 시작했다. 갑자기 수정 한가운데에서 흰색과 초록색 빛이 터져 나오더니, 파문이 일듯 반짝반짝 빛나는 원을 이루며 연못 위로 퍼져 나갔다. 물결은 점점 더 멀리, 멀리 퍼져가며 땅을 지나 지평선까지 이어졌다.

한편 리아의 옷 위 덩굴은 계속 움직이며, 마치 꽃이 빛을 향해 방향 을 트는 것처럼 수정을 향해 방향을 틀었다. 덩굴은 점점 더 유연하게 자랐다. 초록색 기운이 줄기와 잎사귀에 나타났다. 리아의 눈이 춤을 추었다. 덩굴의 생명이 돌아오고 있다는 걸 느낄 수 있었으니까. 리아의 한쪽 팔 안에 앉아 있던, 무뚝뚝하고 심술궂은 늙은 뉴익의 몸도 옅은 초록색으로 바뀌기 시작했다.

종소리는 점점 더 강해지며 사방에 울려 퍼졌다. 초록색 싹 하나가 땅을 가르며 하늘을 향해 밀고 나오며, 자유를 향해 가지를 뻗었다. 더 높이, 점점 더 높이 솟아올랐다. 주위로 더 많은 싹이 텄다. 점점 더 많이, 마침내 땅이 초록으로 물들며 신록이 들끓는 듯했다. 수백 그루 식물이, 이윽고 수천 그루 식물이 위로 밀고 나와, 활기와 새로운 삶을 축하하며 구불구불 몸을 뒤틀었다.

죽었던 나뭇가지와 잔가지에서 잎사귀가 피어났다. 새로운 소리가 허공을 가득 채웠다. 땅속 샘에서 물이 솟아나, 개울을 따라 졸졸졸 흘러갔다. 바람이 되살아나는 나뭇가지를 흔들어대며, 잎사귀를 바스락거리고 관목과 목초를 어루만졌다. 마침내 종소리, 물소리, 바람 소리, 이 모든 소리가 하나의 아름다운 선율로 어우러지며 노래했다.

"살아났어."

멀린이 속삭였다. 멀린의 목소리는 쉬었지만 새로운 에너지로 가득했다. 멀린은 사방 지평선으로 뻗어가는 삼림 지대의 깊어가는 장관을 향해 돌아섰다.

"살아났어."

리아도 팔을 감싸고 있는 살아 있는 덩굴을 손으로 쓰다듬으며 따라 말했다.

'우선은……'

바질가라드는 물 용의 동굴에서 보았던 몸부림치던 검은 형상의 이미지를 떠올리며 생각했다. 그 형상은 어둠보다 더 어두워 보였다. 그리고 지금, 새로운 생명이 가득한 한가운데에서, 그 형상이 바질가라드의 마음에 그림자를 드리웠다.

바질가라드는 다른 사람들처럼 생각에 푹 빠져 있어서, 수정 근처 땅바닥에서 기어가는 작고 검은 거머리를 알아차리지 못했다. 분노로 몸을 떨던 그 거머리는, 피처럼 붉은 눈 하나를 가까스로 번득이며 죽기 전 마지막 메시지를 보낼 수 있었다.

18

소름 돋는 오싹한 소리

묘목처럼, 계획이 자라기 위해서는 일종의 빛이 필요하다. 어둠 속에서 자라는 계획이 아니라면 그렇다는 말이다.

유령의 늪 깊숙한 곳, 구덩이의 썩어가는 시체 사이에서 갑작스레 울음소리가 터져 나왔다. 그 울음은 역겨운 밤공기 속에서 진동했다. 그 소리가 들리는 곳에 있는 생명체들은 모두 공포로 얼어붙어 몸을 벌벌 떨었다. 공포는 이들의 뼛속 골수로 천천히 흘러들었다. 늪지 유령처럼 뼈 없는 생명체들조차 두려움에 벌벌 떨었다.

그 울음소리를 낸 그 퉁퉁 부은 거머리 자신도 몸을 벌벌 떨었다. 하지만 두려워서 그런 건 아니었다. 주변의 그 모든 그림자보다 짙은 그 거대한 짐승은 분노로 몸을 떨었다. 절대적인 분노. 거머리의 모든 구멍에서 분노가 뿜어져 나와 피부를 타고 줄줄 흘러내렸다. 마치 독약이 뿜어져 나오는 것처럼······.

둠라가는 다시 울었다. 분노로······ 하지만 또 다른 무언가로. 그건 일종의 결심 같은 것이었다.

"저 비열한 초록 용과 그 녀석을 타고 온 마법사, 참견꾼들, 문제아들. 내 주인과 나는 그 녀석들을 파괴하겠어. 그래…… 우리가 녀석들의 세계를 산산조각 내주지."

둠라가는 오싹한 속삭임을 내뱉었다.

피처럼 시뻘건 괴물의 눈이 빛났다. 그 빛이 잠시 늪지를 밝혔다. 그 뒤로 몇 분, 근처의 썩어가는 몸과 부패해가는 존재들이 붉은빛을 내며 희미하게 빛났다. 이들은 마치 죽어가는 별처럼 맥박이 뛰며, 사악한 빛으로 고동쳤다.

둠라가는 온 힘을 다 모아, 제 할 일로 돌아왔다. 둠라가의 몸은 점점 커지고 기운이 끓어 넘쳤다. 곧 가장 놀라운 일을 해내리라는 사실을 알았다. 새로운 몸에서 커다란 힘이 새로 나올 것이다. 가장 강력한 무기, 아발론 구석구석 모두에 닿을 힘.

미래를 흘끗 내다보고는, 둠라가는 한 번 더 몸을 떨었다. 하지만 이번에는 분노가 아니었다. …… 분노가 아니라 웃음이었다. 뼛속까지 흔들리는 큰 웃음소리가 늪지 전체로 멀리 울려 퍼졌다.

19

안개 낀 듯 뿌연 관문

앞에 무엇이 놓여 있는지 모르거나 추측하지 않는 게 가장 좋을 때가 있다.

수천수만 송이 꽃이 흐릿하게 빛을 내며 산들바람에 몸을 떨었다. 짙은 심홍색, 짙은 초록색, 밝은 연분홍색, 이밖에 수많은 색이 환하게 산등성이를 수놓으며 지평선까지 쭉 이어졌다. 에어루트의 대부분의 꽃과 마찬가지로, 이 꽃들은 촘촘하고 탄탄한 좀 오래된 구름 언덕에서 자랐다. 그곳 공기는 꽃의 뿌리를 지탱해줄 수 있을 만큼 튼튼했다. 하지만 이 영토의 가장 오래된 구름 속에, 꽃은 오르락내리락하며 안개 낀 듯 뿌옇게 초원을 가로질러 저 멀리까지 퍼져 있었다. 구름이 찌그러진 무지개처럼 빛났다. 음유시인들이 이곳을 구름 정원이라고 부른 게 당연하다.

특히 에메랄드 초록색 꽃이 언덕을 수놓은 한쪽 산등성이가 유난히 빛났다. 이곳에서는 초록이 꽃뿐만 아니라 꽃 위의 허공에 스며들어, 피어오르는 꽃마다 훨씬 더 풍부하고 밝게 빛났다. 마치 초록 불꽃이 꽃과 안개와 마법의 공기에서 솟아오르는 것처럼 보였다.

그 관문은 안개 같기도 하고 빛 같기도 한 기이한 불꽃으로 어른거렸는데, 아발론에서 가장 독특했다. 다른 관문의 불꽃은 이곳의 불꽃과 상대가 되지 않았다. 구름 정원 근처에 사는, 산등성이 꽃밭 위에 둥둥 떠다니는 안개 요정과 공기 요정들만 이 관문의 존재를 안다. 안개 낀 듯 뿌연 관문은 외지인에게 그 모습을 드러내지 않고 비밀스럽게 남아 있었다. 누구도 이 관문을 드나든 적이 없었다.

지금까지는.

꿈결 같은 불꽃이 요란스레 타다타닥 타오르며 초록색 스파크를 토해내자, 그 스파크는 환하게 타오르다 에메랄드 꽃으로 넘실넘실 스며들었다. 거기에서 물기를 머금고 녹아들어 갔다. 한편, 관문의 불꽃에서는 전보다 더 강렬하게 탁탁 스파크가 일었다. 마치 불꽃이 끓어 넘치는 것 같았다.

안개 낀 듯 뿌연 관문이 갑자기 갈라지며, 진초록 구덩이 하나가 나타났다. 그 구덩이 밖으로 어떤 형상 하나가 나왔다. 길고 앙상한 손가락. 이윽고 또 다른 손가락, 손가락 관절 그리고 손바닥이 천천히 나왔다. 그 손이 더듬더듬 관문 밖의 공기를 느꼈다. 마치 공기가 정말로 존재하는지 확인하려는 것 같았다.

갑자기, 손이 앞으로 쭉 뻗어 나왔다. 팔, 어깨 그리고 머리가 안개 장막을 밀고 나왔다. 마침내 키 큰 남자 하나가 앞으로 걸어 나왔다. 남자는 꽃으로 출렁거리는 언덕 위에 서서 주변을 둘러보며 고개를 끄덕였다.

"그래, 에어루트로 들어오는 관문이 있는 게 맞았어."

크리스탈루스가 자신 있게 말했다.

그 다부진 얼굴에 미소가 번졌다.

"내가 이 관문을 먼저 찾은 사실을 알면 세렐라가 정말 크게 실망할 거야."

크리스탈루스는 희미하게 빛나는 관문을 유심히 살펴보았다. 뛰어난 보석 상인이 새로운 종류의 수정을 바라보듯 뚫어지게 응시했다.

"안개의 불꽃, 이래서 내가 계속 여행을 하는 거라고. 이런 장소를 찾아내려고 말이야."

크리스탈루스는 놀라워하며 말했다.

구름보다 더 하얀 머리를 옆으로 쓸어 넘기고 이마를 찡그리며 누군가를 곰곰 생각했다. 머리카락이 까마귀 날개처럼 검은 남자. 크리스탈루스는 자신이 끊임없이 여행하는 또 다른 이유를 잘 알고 있었다. 아버지로부터 벗어나기 위해서. 단지 그 사람이 아니라, 그 사람의 이미지, 그 사람의 명성으로부터 벗어나기 위해서.

그 사람의 그림자. 이 세계의 끝에서 끝까지 쭉 뻗어 있는 그림자. 항상 자신에게 닿고, 자신을 모호하게 하는 그림자. 억센 두 손으로 주먹을 꽉 움켜쥐었다. 그 그림자에서 완전히 빠져나올 수 있을까? 아니면 요정 여왕 세렐라가 말한 것처럼 '누군가 위대한 자의 아들'로 계속 남아 있을 것인가? 여행의 갈망은 탈출하려는 욕구와 다름 아닌 것일까?

크리스탈루스는 안개 낀 듯 뿌연 관문을 눈여겨보며, 저 관문이 어떤 비밀을 간직하고 있을지 궁금해했다. 그리고 자신이 어떤 비밀을 간직하고 있는지도.

'내가 멀린의 아들 크리스탈루스를 포기할 수 있을까? 아발론의 위대한 탐험가 크리스탈루스 에오피아가 될 수 있을까?'

불타는 초록색 장막이 탁탁 소리를 내며 물결치듯 움직였다. 마치 자신을 향해 손짓하는 것 같았다. 저 관문이 위대한 나무의 더 높은 곳으로 이끌어줄 수 있을까? 아직까지 그 누구도 가본 적 없는 곳으로? 누구도 발견하지 못한 영토로? 미지의 별로?

크리스탈루스의 눈동자에 관문의 초록색 빛이 반사되었다. 탄탄한 구름 위에 무릎을 꿇고 앉았다. 주머니에서 스케치북을 꺼내, 깃털 펜을 잉크에 적시고 지도를 그리기 시작했다. 이것은 지금까지 그린 그 어떤 지도와 달리 수많은 구름을 보여주었다. 땅이나 물이 아닌 구름 풍경. 눈앞에서 솟구쳤다가 떨어지고 뭉쳤다가 나타났다가, 끊임없이 증발하는 구름 풍경. 이 풍경은 너무나도 빨리, 너무나도 물 흐르듯 변했다. 그래서 하나가 아니라 두 개, 아니 세 개, 아니 일곱 개의 각기 다른 버전으로 그려야 한다는 걸 깨달았다. 그림 하나하나가 몇 분씩 걸렸다. 그림 하나하나가 움직이는 안개의 영토에 대한 독특한 풍경을 보여주었다.

'언젠가 난 이 영토에 대한 새로운 종류의 지도를 만들어낼 거야. 끊임없이 진화하는 지도. 그래, 저 구름처럼!'

크리스탈루스는 다짐했다.

재빨리 이 생각을 스케치북의 안쪽에 메모했다. (그곳에는 이미 새롭고도 훌륭한 지도에 대한 수많은 아이디어가 마구 휘갈겨 적혀 있었다.) 그러고는 만족스럽게 스케치북을 탁 덮고 주머니에 집어넣었다.

'음, 이제 어디로 가야 하나?'

크리스탈루스는 생각했다. 충동적으로 옆에 자라고 있는 에메랄드빛 초록 꽃에서 꽃잎 일곱 개를 땄다. 안개 같은 꽃잎을 손 위에 올려놓고 곰곰 생각했다.

'각각의 뿌리 영토를 대표해서 하나씩…… 어디로 갈까?'

두 눈을 감고, 다른 쪽 손가락으로 꽃잎을 더듬거렸다. 마침내, 왠지 딱 맞을 것 같다고 생각되는 꽃잎을 하나 집어 들었다. 두 눈을 떴을 때, 깜짝 놀라 숨을 헐떡였다.

섀도루트! 완전 예상 밖이었다. 그 어두운 영토는 지금까지 유일하게 한 번도 가본 적이 없는 곳이었다. 바질가라드만 제외하고, 지금껏 만나 본 누구도 실제로 그곳에 가서 돌아와, 그곳에 대해 이야기를 해준 사람이 없었다. 게다가 바질가라드는 바람을 타고 그곳으로 날아갔었다. 아, 섀도루트에는 분명 관문조차 없을 것이다. 관문을 찾아 그곳에 가려 노력한다 하더라도, 완전히 다른 곳으로 가기 십상이었다. 아니면 더 나쁠 수도……. 즉, 크리스탈루스의 해체된 몸이 다시는 원래대로 돌아올 수 없을지도 모른다.

크리스탈루스는 침울하게 입을 앙다물었다.

'난 섀도루트로 갈 거야. 할 수만 있다면.'

주변의 푸릇푸릇한 안개 자욱한 초원을 마지막으로 응시하고, 마음 속에서 초원의 빛나는 색을 밀어냈다. 단 한 가지 색에 초점을 맞추었다. 칠흑 같은 밤의 색.

얼마 후, 관문의 안개 자욱한 초록색 장막을 향해 곧장 성큼성큼 걸어갔다. 불꽃이 타닥타닥 타오르며 크리스탈루스를 탐욕스럽게 집어삼켰다. 크리스탈루스는 스파크와 함께 사라졌다.

20

하늘의 불꽃

용은 오랜 시간을 산다. 아주 오랜 시간을. 하지만 어떤 것들은, 기억보다 깊은 곳에서 더 오랫동안 산다.

크리스탈루스는 불타는 관문 밖으로 힘껏 굴러 나왔다. 딱딱한 땅위를 구르며, 즉각 기이한 향을 맡았다. 으깬 민트 향 같았지만, 그것보다 훨씬 톡 쏘는 듯했다. 똑바로 앉으며 눈을 끔뻑거렸다. 깜빡거리는 초록 불꽃에 비쳐 환하게 빛나는 땅 너머로는 아무것도 보이지 않았다.

어둠 말고는 아무것도 보이지 않았다.

어두운 하늘과 그보다 훨씬 더 어두운 언덕의 윤곽이 주변을 에워싸고 있었다. 하지만 뒤쪽의 관문을 제외하고는 그 어디에도 빛은 없었다. 저 멀리 모닥불이나 집 또는 어떤 종류든 생명의 흔적조차 없었다.

"섀도루트에 온 걸 환영한다."

크리스탈루스는 민트 향 나는 땅바닥에 앉아 무릎을 끌어안으며 혼잣말처럼 속삭였다. 목소리에는 승리감이 분명 묻어 있었다. 하지만 두려움 같은 것도 배어 나왔다.

왜냐하면, 사실 그곳에는 생명체가 있으니까. 만약 크리스탈루스가 무세오(museos)가 해준 말을 믿는다면(무세오는 눈물 모양의 투명한 생명체로, 무척이나 슬프고 경이로운 노래를 불렀다), 저들이 도망쳐 온 영토에는 상상할 수 없는 두려움이 존재했다. 어떤 사악한 존재가 수년 전에 무세오로 하여금 섀도루트를 탈출하게 만들었든, 그것은 여전히 오늘날에도 따라다니며 이들의 노래를 무시무시하게 만들었다. 그리고 의심의 여지 없이 그 사악한 존재는 여전히 이 영토 어딘가에 남아 있었다. 불빛이 희미하게 어른거리는 관문 너머 어딘가에……

'어쩌면 지금은 내가 기다려야 할 때일지도 몰라. 나중에 지도를 그릴 때까지! 어쨌든 지금은 잘 보이지 않으니까. 아니면, 보이지 않는 것을 드러낼 수 있는 새로운 지도를 내가 발명해낼 수 있을지도 모르지.'

크리스탈루스는 생각에 잠겼다. 그것이 매혹적인 아이디어라는 걸 깨닫고 환하게 웃었다. 이 아이디어를 자신의 목록에 덧붙여야겠다고 마음속으로 메모했다.

천천히 자리에서 일어나며 주변의 어둠을 뚫어져라 바라보았다. 뭐든 분간할 수 있는 것, 뭐든 살아 있는 것을 보려고 노력했다. 하지만 눈에 보이는 거라고는 겹겹이 깔린 어둠뿐이었다.

'끝없는 밤의 영토.'

무세오의 탈출에 관한 음유시인의 노래를 떠올렸다. 가사가 어떻게 되더라? 한 구절이 떠올랐다.

완전한 어둠이 이들의 꿈에 나타난다,

도망쳐 나올 때의 흥분.

이들의 귀에는 언제나 비명이 들려온다.

끝없는 밤의 영토.

문득, 손목에 뭔가 스치는 느낌에 크리스탈루스는 화들짝 놀랐다. 관문의 너울거리는 초록색 빛을 받으며, 자그마한 삼각형 얼룩이 피부 위에 있는 게 보였다. 주변의 영토처럼 검었다. 팔을 흔들어 그 얼룩을 털어내려 했다. 그리고 그게 무엇이든, 그것이 가져온 사악함을 털어내려 했다.

깜짝 놀랍게도 그 시커먼 얼룩은 손목에서 떨어져 나가 허공으로 나풀나풀 날아오르더니, 얼굴을 스쳐 지나 어둠 속으로 사라졌다. 나방! 크리스탈루스는 나방이 사라지는 모습을 지켜보았다. 그러고는 다시 한 번 그 으깬 민트 향을 맡았다.

손목을 코에 가져다 대고 냄새를 맡아봤다. 민트 향이 넘쳐났다. 시큼했지만 또한 무척 달콤했다. 크리스탈루스는 자신의 어리석음에 대해, 또한 자신이 발견한 것에 대해 환하게 웃었다.

'그러니까 이 영토는 온갖 어둠과 위험으로 가득 차 있으면서도, 또한 향기 나는 작은 나방 한 마리도 있군.'

섀도루트를 좀 더 탐험하고 싶은 호기심에, 어깨 너머 타오르는 관문을 슬쩍 쳐다보았다. 분명 크리스탈루스 에오피아가 최초로 발견한 통로였다. 그리고 아무 탈 없이 그곳을 통과한 최초의 인간. 잘난 척 웃어대는 세렐라에 대한 또 하나의 승리! 잠시 후 앞을 똑바로 바라보며, 딱딱한 땅을 가로질러 관문의 빛이 미치지 않는 곳을 향해 나아갔다.

빛 하나 없는 하늘과 거의 구별하기 어려운 시커먼 언덕이 저 멀리까지 뻗어 있었다. 이곳 풍경은 너무 어두워서 무엇이 눈앞에 펼쳐져 있는지, 무엇이 그 너머에 있는지 알아차릴 수도 없었다. 모든 게 어둠의 짙은 안개 속으로 녹아들었다. 의심의 여지없이 이 짙은 안개는 유별난 향신료나 치명적인 독 이상의 것을 품고 있을 것이다.

하지만 조금 전과 달리, 이 풍경은 크리스탈루스의 마음을 두려움으로 뛰게 하지는 못했다.

"저기 어딘가에 민트 향이 나는 작은 나방이 있어."

크리스탈루스는 조용히 말했다.

갑자기 하늘이 변했다. 오렌지색과 황금색의 불화살이 머리 위 높이 줄무늬를 이루며 어둠의 장막을 찢었다. 번개? 별똥별? 크리스탈루스는 숨을 멈추고 둥글게 원을 그리며 타오르는 것을 경이롭게 응시했다.

'아니야! 저건 번개가 아니야. 저건……'

크리스탈루스는 깨달았다.

부모님의 결혼식에 온 생명체를 묘사하던 어머니의 단어를 기억해내려 했다. 거대한 날개가 달린, 인간을 닮은 생명체. 밝은 오렌지색 불꽃으로 불타는 날개.

불꽃 천사들(fire angels).

불꽃 인간들이 하늘에 이글거리는 오렌지색 자취를 남기며 머리 위로 솟아오르는 모습을 넋을 잃고 쳐다보았다. 불의 천사 수십 명이 저 위로 날며, 이 어두운 영토를 빛내고 있었다.

'어디를 가는 걸까? 왜 이곳에 있는 걸까?'

크리스탈루스는 궁금했다.

마침내 어둠에서 빛나는 생명체가 모두 날아가자, 고개를 숙여 순식간에 터진 빛이 주변 땅에서 무엇을 드러냈는지 살펴보았다. 주변의 울퉁불퉁 바위투성이 언덕이 이제는 훨씬 더 선명하게 보였다. 언덕은 산맥으로 솟구쳐, 하늘을 찌를 듯 보였다.

'에버나이트 봉우리'(Evernight Peaks)

크리스탈루스는 이 영토의 지도에 추가할 이름을 떠올리며 혼잣말을 했다.

언덕 아래에는 어두운 호수가 있었다. 수면은 거울처럼 잔잔했다. 오렌지색 화염 줄기가 물에 반사되었지만, 호수는 시커먼 물웅덩이처럼 보였다. 수면 아래 불길한 그림자 형상이 움직였다. 그 형상은 무척이나 어두웠다.

'그림자 호수.'

크리스탈루스는 생각했다.

마지막 오렌지빛이 하늘에서 희미해져 가는 동안, 눈에 뭔가 다른 게 보였다. 전에 그리워했던 무엇. 몸! 요정의 몸! 정말 요정의 몸일까?

요정들은 관문의 둥근 빛에서 약간 떨어진 곳에 꼼짝 않고 누워 있었다. 몸부림이라도 치는 듯 몸이 비틀려 있고, 얼굴에는 최후의 고통이 뚜렷이 드러나 있었다. 그중 몇몇은 관문을 향해 두 팔을 쭉 뻗은 채 죽어 있었다. 탈출할 기회를 찾으려 했던 걸까? 무엇으로부터?

짙어지는 어둠을 무시한 채, 이들을 향해 뛰어갔다. 다섯, 여섯, 일곱 명. 그리고 이들 모두 분명 죽었다. 크리스탈루스는 입을 앙다물었다. 알 수 없는 이유로 끔찍한 죽음을 당한 동정이기도 했지만, 다른 사람들이 이 관문을 먼저 발견했다는 사실에 실망했기 때문이란 걸 인정했다.

불꽃 천사들이 내뿜은 마지막 불꽃 속에서 자그마한 움직임이 일었다. 요정 중 하나, 은빛이 도는 금발의 여인이 아주 희미하게 움찔 움직였다. 손가락으로 허공을 움켜잡았는데, 목에서는 죽어가는 숨소리가 희미하게 흘러나왔다.

크리스탈루스는 그 요정을 뚫어지게 쳐다보았다. 요정의 몸은 어둠

속으로 희미해져 갔다. 그 요정이 누군지 알았다. 그 요정의 머리카락과 목소리와 거만한 태도를 잘 알고 있었다. 그 요정은 때때로 꿈에 나타나 자신을 괴롭혔었다.

"세렐라."

크리스탈루스는 소리쳤다. 질투와 분노가 크리스탈루스의 마음에 가득 찼다. 끊임없이 돌아오는 밤의 어둠처럼.

하지만…… 마음 속 어딘가에서, 가장 깊숙한 자아에서, 또 다른 감정이 일었다. 세렐라를 위해서 느끼리라고 전혀 기대하지 않았던 감정…… 연민! 동료 탐험가로서의 세렐라가 아닌, 동료 생명체로서의 세렐라에 대한 연민이었다.

더 이상 주저하지 않고 세렐라 옆으로 달려갔다. 시커먼 시체에 걸리는 바람에, 가까스로 균형을 유지한 채 가까이 갔다. 완전한 어둠이 내려앉았다. 무릎을 꿇고 세렐라의 등에 손을 댔다. 숨결이 희미하게 느껴졌다. 곧바로 두 팔을 세렐라의 몸 아래로 넣어, 축 늘어진 몸을 들어 올리며 일어섰다.

관문의 불꽃을 향해 비틀비틀 걸어가며, 다음 목적지에 집중했다. 워터루트. 세렐라 종족의 고향. 만약 세렐라를 그 영토로 데리고 갈 수만 있다면, 그곳 요정 치유자들이 세렐라를 살려낼지도 몰랐다.

'워터루트.'

크리스탈루스는 생각했다. 그곳의 무지개 빛깔 파도, 시원한 물살, 짭조름한 공기의 기억을 떠올렸다.

하지만 초록색 둥근 빛 속으로 다가가며, 자신이 떠나고 있는 기이한 곳에 대한 생각을 떨쳐 버릴 수는 없었다. 자신이 두 팔로 품에 안고 가는 기이한 인물에 대한 생각도…….

21

기이한 생각

그 모든 세월이 흐른 뒤, 나는 내가 확실하게 아는 게 아무것도 없다는 걸 확실하게 알게 되었다.

크리스탈루스는 관문 밖으로 비틀비틀 걸어 나왔다. 하지만 바닷물의 짭조름한 강렬한 냄새도, 자신의 얼굴을 때리는 파삭파삭 메마른 산들바람도 알아차리지 못했다. 여행으로 지친 크리스탈루스는 관문 주변의 따개비로 뒤덮인 축축한 바위 위에 무릎을 꿇었다. 그러고는 세렐라를 조심스럽게 내려놓았다. 몇 걸음 앞 해안가에 파도가 찰랑거렸다. 신발과 각반에 물보라가 튀었다.

세렐라는 죽은 듯 보였다. 핏기 없는 잿빛 얼굴에, 눈은 뜨고 있었지만 아무것도 보지 못했다. 목과 이마에 시커먼 자국이 나 있었다. 크리스탈루스는 세렐라를 물끄러미 내려다보다, 눈동자가 짙은 숲과 같은 초록색임을 처음으로 알아차렸다.

목 바로 아래 찢어진 파란색 옷에 손을 얹고, 숨을 쉬는지 확인해봤다. 아무런 움직임도 없었다. 세렐라의 얼굴 위로 몸을 내밀어 코나 입에서 미세한 숨을 느껴보려 했다. 그러나 아무것도 느낄 수 없었다. 목 옆으로 손을 얹어 맥박을 확인해봐도 마찬가지였다.

세렐라는 살아 있다는 기적을 전혀 보이지 않고 바위 위에 꼼짝 않고 누워 있었다. 은빛이 도는 금발 머리카락은 마치 광선처럼 사방으로 흩어졌다.

놀랍게도 크리스탈루스는 실망스러움에 가슴이 아팠다.

'내가 세렐라를 이곳에 데려오기 위해 너무 힘을 뺀 게 분명해. 찾았던 곳에 그대로 놔뒀어야 하는 건지도 몰라.'

사실 크리스탈루스는 관문을 통과하는 내내 세렐라의 본질을 자신의 것과 묶으려 노력했다. 때로는 관문의 불꽃이 세렐라를 집어삼켜 다른 목적지로 데리고 가려는 것처럼 보였다. 이 요정의 생명 에너지를 빨아들여 '위대한 나무'의 그것과 영원히 합치려는 것처럼 보이기도 했다. 그런 순간들마다 크리스탈루스는 세렐라를 지키려 최선을 다했다. 지금 설명할 수 있는 것보다 훨씬 더 열심히. 자신이 세렐라를 좋아하는 사람이 아니라는 점을 놓고 볼 때 그랬다는 말이다. 결국 세렐라는 자신의 가증스러운 적이었다. 크리스탈루스에게 모욕을 줄 수 있는 기회를 절대 놓치지 않던 그런 사람이었다.

하지만 지금 죽음의 흔적으로 꼼짝 않고 있는 그 얼굴을 내려다보니, 세렐라를 향한 오래된 분노가 조금도 느껴지지 않았다. 세렐라는 분명 섀도루트에서 누군가로부터 공격을 받아 죽음의 문턱에 놓였다. 사실 이 요정은 훌륭한 경쟁자였다. 그랬다. 적이지만 완전히 사악하지는 않았다. 단지…….

크리스탈루스가 적합한 표현을 떠올리려 할 때, 갈매기 한 마리가 이들 위로 미끄러지듯 날아가며 깩깩 울어댔다.

'더 뛰어났어. 세렐라는 탐험에 있어서는 항상 나보다 더 뛰어났어.'

크리스탈루스는 진실을 깨닫고 목이 메었다. 세렐라는 최초로 브린칠라(워터루트)를 발견했다. 플레임론과 최초로 접촉했다. 그리고 이제 섀도루트의 위험에 최초로 직면했다.

'세렐라에게는 언제나 탐험가의 마음이 있지.'

그러니 결국 세렐라는 크리스탈루스의 적이 아니었다. 그저 단순히 경쟁자가 아니었다. 진정 그 이상이었다. 크리스탈루스가 뭐라고 이름 지을 수 없는 무엇이었다.

슬퍼하며, 세렐라의 목에 다시 손을 뻗었다. 어쩌면 이번에는 맥박의 흔적을 느낄 수 있을까? 목의 부드러운 피부에 손이 닿는 순간…….

"저 녀석 잡아!"

걸걸한 목소리가 들려왔다. 휙 돌아보니 요정 셋이 바위투성이 해안에서 달려와 자신에게 뛰어들려는 모습이 보였다. 허둥지둥 일어서려 하자 이들은 긴 칼과 창을 내밀었다. 분노에 가득 찬 사나운 눈동자가 얼굴에 분명히 드러났다.

"저 녀석 막아! 저 관문으로 도망치기 전에."

요정 하나가 소리쳤다.

"여왕을 목 졸라 죽이려 했어요, 분명해요."

"네놈이 우리 여왕을 죽이다니!"

크리스탈루스는 가까스로 발을 딛고 일어섰다. 하지만 그때 관문 뒤쪽에서 다른 요정이 달려 나와 크리스탈루스의 등으로 뛰어들었다. 쿵, 크리스탈루스를 쓰러뜨리며, 적은 미끄러운 바위에서 굴러 얕은 물속으로 나가떨어졌다. 크리스탈루스는 주먹질을 피하며 요정의 가슴에 발길질을 했다. 세게 발길질을 했기에 적은 파도 속으로 철퍼덕 날아갔다.

획 몸을 돌려 다른 공격자들을 마주했다.

꽝!

창이 크리스탈루스의 관자놀이를 힘껏 내리쳤다.

크리스탈루스는 어지러워 비틀비틀 움직였다. 이윽고 머리로 날아드는 다른 날카로운 공격에 쓰러지고 말았다. 물속에 첨벙 얼굴을 처박은 채 드러누웠다.

22

선택

나는 정말 도박을 좋아한다! 주사위를 굴리고, 위험을 감수하고, 행운을 믿는다. 다른 누군가에게 속한 무언가가 걸려 있을 때 특히.

크리스탈루스가 깨어났을 때, 기분이 썩 유쾌하지 않았다. 커다란 바위가 두개골을 끊임없이 때리는 듯 머리가 지근거렸다. 삼킨 바닷물로 뱃속이 울렁거렸다. 입에서는 고약한 구토 냄새가 났다. 게다가 새로운 주변 환경은 징조가 좋지 않았다.

크리스탈루스는 작은 방처럼 보이는 곳의 돌바닥에 누워 있었다. 힘겹게 끙끙거리며 자세히 들여다보니, 찢어진 옷과 각반이 보였다. 얼른 소중한 스케치북을 확인해봤다. 스케치북은 다행히 주머니 안에 그대로 있었다. 주변은 온통 돌벽, 돌바닥, 돌천장뿐이었다. 벽에는 걸쇠가 걸린 문이, 머리 위 지붕에는 빗장을 댄 채광창이 있었다. 바닥에는 가구 두 점이 있었는데, 흔들리는 스툴 하나와 커다란 조개로 만든 양동이 하나였다. 양동이 안에는 물이 담겨 있었다.

머리가 어질어질하고 속이 메슥거렸지만, 후들거리는 팔다리로 양동이를 향해 기어갔다. 물속에 머리를 처박고는 구토 냄새를 없애려 했다. 하지만 그런 작은 움직임만으로도 커다란 바위가 두개골을 다시 내리치는 고통이 뒤따랐다.

머리가 지근거리고 현기증이 심해져, 결국 돌바닥에 다시 쓰러지고 말았다. 결국 어쩔 수 없이 다시 토하고 말았다. 입에서 바닷물과 해초 줄기가 마구 쏟아져 나와 바닥에 고약한 웅덩이가 생겼다. 어두운 그림자가 마음속에 기어들어 와 생각을 모조리 덮어 버렸다. 그림자가 깊어지며 의식을 잃었다.

다시 깨어났을 때, 방은 전보다 더 어두워진 것처럼 보였다. 처음에는 다시 의식을 잃을 것 같다는 생각이 들었다. 혹시 새도루트의 끝없는 밤으로 다시 돌아간 걸까? 점차 깨달았다. 아니다. 어둠이 밖에 내려앉아 있었지만, 그 어둠은 위험한 영토의 지속적이고 압박적인 어둠이 아니었다. 이 방 너머 어딘가에서 들려오는 파도 소리로 판단해볼 때, 이곳은 워터루트였다.

머리가 연신 지근거리는 걸 애써 무시하면서, 등을 대고 누웠다. 그렇게 눕는 것만으로도 온 힘을 다 써야 했다. 천장에 낸 채광창 너머 흐린 하늘에 별이 희미하게 깜빡이고 있었다. 크리스탈루스는 돌바닥에 누워 숨을 헐떡였다.

근처 복도에서 뚜벅뚜벅 발자국 소리가 들려왔다. 문의 묵직한 철 걸쇠가 삐거덕 열렸다. 크리스탈루스는 눈을 감고 정신을 잃은 체했다.

신발을 신은 발이 방 안으로 들어왔다. 누군가 몸 위에 발을 얹고 어깨를 거칠게 밀었다. 크리스탈루스는 온 힘을 다해 두 눈을 계속 감고 있었다. 너무 화가 났기에 벌떡 일어나 침입자에게 예의범절을 가르쳐주고 싶었지만, 저항하지 않는 게 낫다는 걸 잘 알고 있었다. 지금의 상태로는 누군가와 맞서 싸우는 건 고사하고 일어서기조차 버거울 것이다. 두근거리는 심장을 안고 바닥에 꼼짝 않고 누워 있었다.

"저 죄수 녀석 반쯤 죽은 것처럼 보이는데."

누군가 강바닥 자갈이 부딪치는 것 같은 거친 목소리로 말했다.

"저 녀석이 깨어나면 차라리 죽고 싶을 거야."

다른 누군가 커다랗게 깔깔 웃으며 대답했다.

"네 말이 맞아, 친구! 여왕이 저 녀석이 깨어나는 대로 보고 싶다고 하던데."

'여왕이라고? 그럼 여왕이 살아 있다는 말인가?'

크리스탈루스는 생각했다.

"정신 차리게 하느라 시간이 좀 걸렸지만, 치유자가 여왕은 정말 일찍 깨어난 거라고 말하더군. 여왕이 저 녀석이 자신을 목 졸라 죽이려는 걸 붙잡았다는 말을 듣고 처음 내린 명령이 '그 녀석을 내게 데리고 와라.'였어."

또 한차례 낄낄 웃더니 말을 이었다.

"그리고 장담하는데, 여왕이 저 녀석에게 여유롭게 차를 대접할 계획은 아니야."

"여왕은 낚싯바늘에 걸린 상어처럼 엄청 화가 나 보였어! 내가 여왕의 방에 치유자의 물건을 가지고 갔을 때 직접 봤다니까."

누군가 크리스탈루스의 넓적다리를 걷어찼다. 크리스탈루스는 계속 눈을 감은 채, 꿈쩍하지 않으려 애썼다.

"일단 그대로 놔둬. 또 걷어찰 기회가 있을 거야, 내가 장담하지."

"알았어. 세렐라 여왕이 쏘고, 찌르고, 물에 빠트리고, 호되게 벌주고 나서."

낄낄 웃는 소리가 들렸다.

요정 둘은 시끄럽게 킥킥 웃으며 방을 빠져나갔다. 문이 쾅 닫히고 철 걸쇠가 철커덩 채워졌다.

크리스탈루스는 요정 둘이 걸어가는 신발 소리를 들으며 눈을 떴다. 마음속에 떠오르는 수많은 질문 너머, 단 하나의 질문에 모든 관심을 집중하려 노력했다. 여기서 어떻게 탈출할 수 있을까?

사방이 돌벽으로 막혀 있었다. 나무 스툴 하나와 그릇 모양의 커다란 조개껍데기 말고는 아무것도 없었다. 세렐라가 자신을 죽이기 전에 이곳에서 빠져나갈 기회를 얻을 수 있을까?

'가망 없어. 제아무리 유령이라 하더라도 여기서 빠져나가지는 못해.'

우울하게 혼잣말을 했다. 그러다 문득 숨을 헐떡였다.

'만약⋯⋯.'

천장에 낸 채광창으로 눈길을 돌려, 그 틈을 자세히 노려보았다. 뛰어오르기에는 너무 높았다. 하지만 어쩌면 뭔가 좋은 수가 있을지도 몰랐다!

옆으로 몸을 굴려 천천히 무릎을 꿇고, 이내 두 발로 일어섰다. 머리가 깨질 것처럼 어지러웠지만, 가까스로 균형을 잡을 수 있었다. 조개껍데기까지 터벅터벅 걸어갔다. 조개껍데기를 방 한가운데로 가지고 와서 남은 물을 쏟아냈다. 스툴을 움켜잡은 다음, 엎어놓은 조개껍데기 위에 올려놓았다. 이 물건의 강도를 시험도 해보지 않고 스툴 위에 올라섰다. 아슬아슬했지만 가까스로 그 위에 올라설 수 있었다.

스툴은 버텨냈다. 휘청휘청 흔들리고 머리가 쿵쾅거렸지만, 두 팔을 위로 뻗어 채광창을 꽉 잡았다. 먼저 한 손으로, 그리고 나서 다른 손으로도 철 빗장을 꽉 잡았다.

다리를 스툴에서 들어 올려, 있는 힘껏 빗장을 잡아당기면서 힘차게 뛰었다. 빗장이 갈라지는 소리가 나면서 돌조각 몇 개가 머리 위로 떨어졌다. 돌을 털어내고, 두개골에서 들리는 망치로 두드리는 것 같은 소리를 애써 무시했다. 다시 한 번 껑충 뛰었다. 이번에는 있는 힘껏 빗장을 비틀었다.

마침내 빗장이 떨어져 나갔다. 크리스탈루스는 철 빗장을 움켜쥔 채작은 돌조각과 함께 아래로 곤두박질쳤다. 바닥에 쿵 떨어져 내렸지만머리는 가까스로 스툴을 빗겨났다. 신경 쓰지 않고 위를 응시하며 끙, 앓는 소리를 냈다. 천장 구멍 사이로 별이 좀 더 많이 빛났다.

자신이 떨어지는 소리를 아무도 듣지 못했기를 바라며, 임시로 만든사다리를 서둘러 다시 조립했다. 첫 번째 빗장을 떼어냈기에 나머지 빗장 세 개를 없애는 건 훨씬 쉬웠다. 그러고 나서 마지막 남은 빗장 하나에 매달려, 팔에 있는 힘을 다해 몸을 들어 올렸다. 빗장이 견뎌내기를바라며 다리를 몇 차례 찬 뒤, 구멍 밖으로 빠져나왔다.

기진맥진해 숨을 헉헉거리며 무릎을 꿇고 앉아 차가운 밤공기를 들이마셨다. 잠시 뒤, 주변을 살펴보았다. 크리스탈루스는 낮고 평평한 지붕 꼭대기에 있었다. 바다처럼 파란색 돌조각을 덮어놓은 지붕은 큼지막한 돌덩어리로 지은 커다란 건물로 이어져 있었다. 그 건물은 별빛을 받아 청록색으로 보였다. 크리스탈루스가 서 있는 지붕 꼭대기와 건물을 이어주는 지붕 위로 아치 모양으로 장식한 넓은 발코니가 있었다. 그 발코니는 환하게 밝힌 커다란 방과 경계를 이루었다. 여왕의 대연회장일 거라고 추측했다.

시선을 좀 더 위로 돌려 건물의 윤곽을 훑어보았다. 어두운 밤이었지만 다른 것들보다 높이 솟아 있는, 방 하나가 들어갈 정도 크기의 작은 탑 하나를 알아볼 수 있었다. 그곳에서는 바다와 하늘의 전망 좋은 경치를 감상할 수 있을 듯했다.

'세렐라의 방이야. 확실해.'

크리스탈루스는 작은 탑을 유심히 살펴보며, 나무 발코니 뒤의 크고 좁은 창문 안을 들여다보려 했다. 방 안 어디쯤엔가 있을 벽난로에서 타오르는 듯한 모닥불 빛만 보일 뿐이었다.

건물에서 시선을 돌려 망망대해를 훑어보았다. 저 멀리 눈에 보이는 곳까지 일렁이는 파도 위에 별빛이 비추었다. 밤하늘을 반사하는 바다는 잔잔해 보였다. 지붕 끝자락 아래, 파도가 해안에 찰싹거렸다. 그리고 그 해안에서 몇 백 발자국 아래에, 관문의 타닥타닥 타오르는 초록 불꽃을 알아볼 수 있었다.

'내가 도착한 곳이네. 이런, 정말 감명적인 항해였군! 세렐라의 고향으로 곧장 나오다니.'

퉁퉁 부은 관자놀이를 꾹꾹 누르며, 얼굴을 찡그리며 덧붙였다.

'게다가 세렐라 여왕의 경비들 손안으로 곧장.'

크리스탈루스는 전망 좋은 아늑하고 소박한 탑을 다시 흘끗 바라보고는 고개를 가로저었다.

'미리 짐작했어야 했는데⋯⋯.'

세렐라는 분명 이곳을 자신의 탐험처럼 잔인하게 다스렸다. 그 어떤 실수도 용납하지 않을 것이다. 그리고 절대 용서하지 않을 것이다. 그 규칙은 방문객은 물론이고 자신의 백성들에게도 적용될 것이다.

'구하기 전에 정말 구하고 싶은 사람인지 확인할 것.'

크리스탈루스는 싱글싱글 웃으며 고개를 가로저었다. 그러고 나서 세렐라가 죽었다고 생각했을 당시, 자신의 놀라운 감정을 되새겼다. ⋯⋯

저 먼 바다의 산들바람처럼 여전히 자신의 마음 한구석을 휩쓸며 맴도는 감정. 세렐라는 구할 가치가 있는 사람이었다. 어쩌면 무척이나 특별한 사람일지도 모른다.

관문의 초록 불꽃 쪽 해안선을 내려다보았다. 재빨리 아무도 모르게 움직인다면 저곳을 통해 탈출할 수 있다. 요정들이 자신이 없어진 사실을 알아차리기 전에 지금 당장 출발해야 했다. 안 그러면 꼬챙이에 꿰어 여왕에게 데리고 갈 것이다.

몇 초 동안 관문을 응시했다. 그러고는 천천히 저 높이 솟은 작은 탑과 빛이 새어 나오는 벽난로 쪽으로 돌아섰다. 숨을 크게 들이쉬고 몸을 일으켜 오르기 시작했다. 아래쪽의 안전한 곳이 아니라, 위쪽의 작은 탑을 향해서……

저 위에는 크리스탈루스가 보고 싶어 하는 누군가가 있었다.

23

뜻밖의 선물

나는 내가 잘 모르는 게 제일 두렵다.

잠시 뒤, 크리스탈루스는 세렐라 여왕의 발코니 난간을 조용히 넘어
갔다. 잠시 동작을 멈추고, 저 아래에서 쉼 없이 찰싹거리는 파도 소리
에 귀를 기울였다. 그러고는 아무도 모르게 여왕의 방으로 살금살금 다
가갔다. 열린 창문 옆에서 들키지 않게 몸을 숙여, 안쪽을 배꼼 들여다
볼 수 있었다.

물건을 보니 희망이 부풀어 올랐다. 벽마다 광을 낸 나무 선반이 나
란히 있는데, 거기에는 세렐라가 여행에서 가져온 셀 수 없이 많은 보물
수십 개가 놓여 있었다. 파이어루트의 화산에서 가져온 귀중한 부싯돌
세 개가 용암처럼 반짝반짝 빛났다. 우드루트의 작은 숲에서 가져온 노
래하는 나무판자 하나. 그리고 분홍색으로 빛나는 공기처럼 보이는 꽃
한 송이. 그 꽃은 에어루트의 구름 정원에서 가져온 게 분명했다.

거기에다가…… 정교한 조각, 화려하게 칠한 가면, 빛나는 진주 목걸
이, 적어도 세 개의 보석이 박힌 검, 바람이 없어도 저절로 하늘에 둥둥

떠다니는 마법의 연, 유니콘 갈기와 옥으로 만든 하프, 표지에 황금색 룬 문자가 박힌 커다란 책 일곱 권, 커다란 활과 하늘을 나는 매의 오렌지색 깃털 달린 화살이 든 화살통, 열매즙으로 거품이 이는 작은 병, 맬록(머드루트)의 고원에서 가져온 무지개 빛깔 진흙이 든 병 몇 개, 도깨비의 눈알 하나(깨끗한 가스 거품 속에서 둥둥 떠다녔다), 누군지 모를 생명체에서 빼낸 아이보리색 나선형 엄니, 한 번도 본 적 없는 매우 정교한 나침반 하나, 거칠어 보이지만 무척 호화로운 초록색 스카프 하나. 그 스카프는 거미 요정들이 짠 게 분명했다.

이게 전부가 아니다. 진귀한 적갈색 앰버도 하나 있었다. 그 앰버는 크리스탈루스가 듣기로는, 운명의 변화에 따라 색을 자유자재로 바꿀 수 있다고 했다. 아름답게 장식한 은화 한 묶음, 지금껏 본 것 중에서 가장 큰 고둥 껍데기 하나. 라벤더 향이 나는 물이 든 수정 술잔 하나, 꾸깃꾸깃한 지도 뭉치, 그 밖에도 수많은 물건이 놓여 있었다.

'나쁘지 않군.'

크리스탈루스는 어쩔 수 없이 감탄하며 생각했다.

한쪽 벽을 따라, 고래수염 벽난로 안에 작은 모닥불이 자리 잡고 있었다. 황금색 스크린 뒤에서 불이 활활 타오르며 이리저리 흔들리는 빛을 드리웠다. 맞은편 벽으로 커다란 침대가 하나 놓여 있었는데, 침대 프레임과 기둥은 다채로운 불가사리로 장식되어 있었다. 벽난로 옆, 침대 기둥 위에는 은빛 날개 올빼미 새끼 한 마리가 자리 잡고 있었다. 그리고 심해의 해초 줄기로 엮어 만든 파란색과 초록색 담요 아래에는 세렐라가 누워 있었다.

세렐라는 베개 몇 개를 포개 몸을 기대 있었다. 은빛이 도는 금발 머리카락은 뾰족한 귀를 지나 어깨까지 찰랑거렸다. 옆에 놓인 탁자 위

음식과 음료가 담긴 쟁반으로 보건대, 방금 식사를 끝낸 모양이다. 얼굴의 언짢은 표정으로 보건대, 전혀 행복하지 않은 듯했다. 크리스탈루스는 확실히 알 수 있었다. 왜냐하면 세렐라가 자신을 똑바로 쳐다보고 있다는 걸 불현듯 깨달았으니까.

크리스탈루스는 깜짝 놀라, 하마터면 발코니에서 뒤로 자빠질 뻔했다. 세렐라는 그저 빤히 바라보고 있었다. 진초록 눈동자 안에서 불빛이 춤을 추듯 너울거렸다.

"음, 들어올 거야 말 거야?"

세렐라가 갈라진 목소리로 물었다.

크리스탈루스는 서서 멋지게 조각된 문으로 발을 디뎠다. 그러고 나서 은색 손잡이를 돌렸다. 시선을 여왕에 고정한 채 여왕의 방으로 들어갔다. 세렐라는 꼼짝하지 않았다. 하지만 크리스탈루스가 안으로 들어서자마자, 침대 기둥 위 올빼미 새끼가 부리를 요란스레 딱딱거렸다.

"조용히 해."

세렐라는 올빼미 새끼를 흘끗 보며 말했다. 그러고는 평상시의 목소리로 덧붙였다.

"저 녀석은 날 죽이러 이리로 들어온 것뿐이야."

크리스탈루스는 얼굴을 찌푸렸다.

"만약 내가 당신을 죽이고 싶었다면, 섀도루트에서 이곳으로 데리고 오는 수고를 기꺼이 하지 않았을걸. 내가 당신을 발견했을 때, 당신은 죽기 직전이었어."

세렐라의 얼굴을 뚫어지게 쳐다보았다. 시커먼 줄은 거의 사라지고 없었다.

"당신 치유자들이 일을 잘한 것 같아 보이네."

세렐라는 오만하게 콧방귀를 뀌었다.

"그럴싸한 이야기로군! 내 경호원들이 그러더군. 자기들이 도착했을 때, 네가 나를 목 졸라 죽이려 했다고."

크리스탈루스는 고개를 절레절레 저으며, 둥둥 떠 있는 연 옆을 지나 걸어가며 손가락으로 연을 튕겼다. 바람이 없었음에도 연은 더 높이 솟아오르더니, 방 안을 우아하게 빙빙 돌았다. 그러고는 선반 위 자리로 돌아가 다시 떠 있었다.

"사실 난 당신의 맥박을 확인하고 있었어. 당신이 아직 살아 있는지 보려고."

크리스탈루스가 마침내 대답했다. 그러고는 세렐라를 노려보았다.

"난 당신이 죽었다고 생각했어. 내 두 번째 실수였지."

세렐라는 눈썹을 치켜떴다.

"첫 번째 실수는 뭐였는데?"

"당신을 살리려고 노력했던 것."

크리스탈루스가 쌀쌀맞게 대답했다. 그러고는 이마를 찌푸리며 물어보았다.

"내가 당신 발코니에 있는 건 어떻게 알았지?"

세렐라는 입꼬리를 들어 살짝 웃어 보였다.

"적갈색 앰버! 앰버가 색을 바꾸었거든."

크리스탈루스는 주변을 둘러보고 알아차렸다. 선반 위에 놓인 앰버는 더 이상 좀 전의 적갈색이 아니었다. 그 대신 불길한 검정색 기운이 감돌았다. 섀도루트의 풍경과 상당히 흡사한 색이었다.

"인상적이군. 당신을 실망시키고 싶지 않지만, 난 당신을 죽이러 여기 온 게 아니야. 당신은 무례하고, 잔인한 폭군인 데다가 믿을 수 없는 경쟁자일지는 몰라도…… 당신을 멀리 떨어진 영토의 땅바닥에서 죽게 내버려 둘 수는 없었어. 그리고 당신은 오늘 밤에 죽어서도 안 되고."

크리스탈루스는 몸을 돌려 세렐라를 마주보며 말했다.

방에 들어오고 나서 처음으로 세렐라는 눈을 깜빡거렸다. 벽난로 불빛을 받아 얼굴에 그림자가 어른거렸다.

"그렇다면 왜 여기 온 거지? 분명 지금 도망칠 수도 있었을 텐데. 그리고 내 경호원들이……."

"날 죽이고 싶어 하겠지, 나도 알아."

크리스탈루스는 조용히 세렐라의 침대 옆으로 걸어갔다. 빈틈없이 지켜보고 있는 올빼미 새끼를 무시하고, 세렐라 가까이 몸을 숙였다.

"내가 여기 왜 왔는지 정말 알고 싶어?"

"그래. 왜지?"

세렐라가 도도하게 말했다. 하지만 평상시의 고압적인 태도는 아니었다. 두 눈을 부릅뜨고, 크리스탈루스를 올려다보았다.

크리스탈루스는 몸을 좀 더 숙여 세렐라의 입술에 입을 맞추었다. 세렐라는 깜짝 놀라 움찔했지만, 몸을 뒤로 빼지는 않았다. 대신에, 두 손으로 크리스탈루스의 머리를 가까이 잡아당기더니 열정적으로 입을 맞추었다.

마침내, 둘은 물러났다. 잠시 뒤 크리스탈루스가 말했다.

"이게 이유야."

"넌…… 너는……."

세렐라는 머리카락을 뒤로 쓸어 넘기며 목청을 가다듬었다.

"이런 건방진 행동 때문에 네가 죽을 수도 있다는 걸 잘 알 텐데?"

"그걸 내 범죄 목록에 추가해."

크리스탈루스는 활짝 웃으며 말했다. 좀 더 세렐라를 지켜보고 나서, 몸을 돌려 방을 빠져나가려 했다. 그러다 잠시 멈추어 앰버를 흘끗 쳐다보았다. 앰버는 이제 황금색을 띠었다.

"기다려, 당신한테 줄 게 있어."

세렐라가 말했다. 명령의 목소리가 아니라 사랑하는 사람의 달뜬 목소리였다. 세렐라는 거의 웃는 것처럼 보였다.

크리스탈루스는 몸을 돌려 궁금한 듯 고개를 갸우뚱했다.

"저기, 저 나침반. 당신이 저걸 가져갔으면 해."

세렐라가 선반 위의 물건 하나를 가리키며 말했다.

크리스탈루스는 하얀 머리를 가로저었다.

"하지만 저건 당신한테 필요해. 당신의 탐험을 위해서."

"아니, 당신한테 더 필요할 거야. 어쨌든, 그게 더 가치 있어."

세렐라가 약간 침울하게 말하고는 입술을 깨물었다. 이윽고 말을 이었다.

"내가 그동안 당신을 왜 비웃었는지 이해하지 못하겠어? 내가 기회 있을 때마다 당신을 왜 모욕했는지 모르겠어?"

크리스탈루스는 아무 말도 하지 않았다. 그저 눈길을 떼지 않고 있었다.

"당신 자신이 되도록 당신을 자극했던 거라고! 당신 아버지의 그림자에서 벗어나라고."

한참이 지난 뒤, 세렐라는 속삭이듯 덧붙였다.

"당신은 그렇게 하기 시작했어. 그리고 이제…… 당신은 아발론에서 가장 위대한 탐험가가 될 거야."

세렐라는 방긋 웃어 보였다.

"물론, 나를 제외하고."

"물론이지, 하지만 나침반은……."

크리스탈루스가 방긋 웃어 보이며 대답했다.

"당신 거야. 당신이 내 목숨을 구해줬어. 게다가 난 당신이 나침반을 가졌으면 해. 당신이 그 나침반이 쓸모 있다는 걸 알게 될 거라는 걸 내가 장담해."

세렐라의 눈이 다 알고 있다는 듯 빛났다.

크리스탈루스는 침을 꿀꺽 삼켰다. 성큼성큼 걸어가 다시 입 맞추고 싶었다. 하지만 꾹 참고, 선반으로 걸어가 조심스럽게 나침반을 꺼냈다. 정교하게 만든 나침반은 유리 공처럼 생겼다. 가죽 끈으로 감싼 공 안에는 머리카락처럼 얇은 철사가 놓여 있었다. 은빛 화살 한 쌍이었다. 크리스탈루스는 공을 살짝 기울이다 숨을 헐떡였다. 왜냐하면 이 도구가 정말로 무엇을 할 수 있는지 깨달았으니까.

"화살 하나는 다른 나침반처럼 서쪽을 가리켜. 요정의 최초의 고향, 엘 우리엔의 심장을."

크리스탈루스는 나침반을 자세히 들여다봤다. 그러고는 세렐라를 흘끗 쳐다보며 말했다.

"제법인데."

다시 공을 바라보며 말을 이어갔다.

"하지만 다른 화살 하나는 수직 축 위에서 빙빙 도는군. 그러니 이것은 언제나 별이 있는 방향을 가리키겠군."

세렐라는 고개를 끄덕였다.

"그러니까 당신이 뿌리 영토에 있든, 위대한 나무의 몸통 안에 있든, 또는 그 밖의 어디에 있든, 언제나 길을 찾을 수 있을 거야."

크리스탈루스는 고마운 마음이 가득 찼지만, 어떻게 표현할지 알지 못했다.

"이제 당신은 별이 있는 곳에 오르는 최초의 탐험가가 될 수 있어."

세렐라가 말을 하다가 문득 짓궂은 표정으로 덧붙였다.

"내가 그곳에 먼저 가지 않는 한 말이야."

"당신의 도전을 기꺼이 받아들이지."

크리스탈루스가 목소리를 낮춰 덧붙였다.

"그리고 당신의 선물도 기꺼이 받아들일게."

"좋아. 난 당신에게 나쁜 일이 일어나지 않았으면 해. 당신은 내가…… 좋아하는 경쟁자니까."

자신이 섀도루트에서 세렐라를 어떻게 발견했는지를 떠올린 크리스탈루스는 갑자기 진지해졌다.

"당신은 섀도루트에 다시는 가면 안 돼. 그곳은 뭔가 단단히 잘못되었어. 당신과 당신 요정들에게 무슨 일이 있었는지 모르지만…… 그런 건 처음 봤어."

세렐라의 표정이 어두워졌다.

"나도 알아. 뭔가가 우리를 불시에 공격했어. 최고의 치유자가 내게 말했어. 그것이 일종의 전염병 같은 거였다고. 치유자는 그것을 죽음의 어둠이라고 불렀어."

"죽음의 어둠이라고?"

"그래. 하지만 만약 그게 사실이라면, 그것은 대답이 되기보다는 더 많은 질문을 하게 만들어. 어떻게 이 전염병이 퍼지지? 누가 감염되기 쉽지? 요정들만 감염이 되는 건가? 아니면 모두가? 어떻게 막을 수 있지? 그걸 알아내기 위해 그곳으로 돌아가야 해."

"아니. 위험을 감수하지 마. 그곳에 두 번 다시는 가지 마."

크리스탈루스가 팔을 내저으며 부탁했다.

도발적으로 세렐라가 되받아쳤다.

"왜? 그래야 당신이 직접 그 영토의 그 모든 경이로움을 발견할 수 있으니까?"

"아니. 그래야 그 어떤 것도 해치지 못하니까, 내가……."

크리스탈루스가 대답했다. 목소리는 부드러웠다. 잠시 멈추어 적절한 단어를 골랐다.

"좋아하는 경쟁자를."

세렐라가 크리스탈루스를 향해 환하게 웃었다.

"좋아, 그렇다면 가지 않도록 할게. 그러니까…… 내 마음이 바뀔 때까지는."

"그거야 여왕의 권리지."

크리스탈루스는 세렐라에게 짐짓 놀리듯 허리를 굽혔다.

"하지만 먼저, 나는……."

발소리가 점점 커지며 이들의 대화를 방해했다. 발소리는 작은 탑 꼭대기로 이어진 계단을 쿵쾅거리며 올라오고 있었다.

"경호원들이야. 당신이 탈출했다는 사실을 보고하기 위해 오고 있을 거야."

세렐라가 한숨을 쉬며 말했다.

"내가 여기 당신과 함께 있는 모습을 보면 당신 부하들이 좋아하지 않겠지. 당신을 죽이기 위해 여기 온 거라 생각할 테니까."

앰버로 시선을 돌려 보니, 황금색이 재빨리 어두워지고 있었다.

"아니면 입맞춤을 훔치기 위해서."

크리스탈루스는 하마터면 웃을 뻔했다. 하지만 발소리는 점점 커져만 갔다. 이제 경호원들은 아주 가까이 와 있었다. 크리스탈루스는 발코니를 향해 걸어가다 잠시 멈추고는 세렐라를 돌아보았다.

"내가 당신을 죽이지 않아서 기뻐."

세렐라가 속삭이듯 대답했다.

"나도 마찬가지야."

크리스탈루스는 문으로 달려가 발코니 난간을 뛰어넘었다. 바로 그 순간, 무장한 경호원 세 명이 여왕의 방으로 뛰어 들어왔다. 비록 이들이 숨 가쁘게 하는 말을 제대로 들을 수는 없었지만, 크리스탈루스는 세렐라의 거친 질책을 듣고는 어쩔 수 없이 킬킬 웃음을 터뜨릴 수밖에 없었다.

"뭐가 어째? 도망치게 내버려 뒀단 말이야?"

크리스탈루스는 건물 벽 아래로 살며시 기어내려 가, 발가락을 돌 사이 틈에 넣었다. 앞자락 주머니에 안전하게 넣어둔 나침반이 심장에 닿는 것 같았다.

24

약속

때로 승리에는 패배와 같은 모양과 냄새가 있다.

바질가라드는 재빨리 날아올라 봉곳한 구름 위를 뚫었다. 활짝 편 두 날개의 초록색 비늘 수천 개에 구름 조각이 뒤덮여 반짝거리고, 강력한 근육에는 강물처럼 이슬이 흘러내렸다. 날갯짓에 박자를 맞추어 쏟아지는 물방울이 길게 장막을 이루며 무지갯빛으로 빛났다.

하지만 용은 우드루트로 돌아가는 이번 비행을 즐기지 못했다. 전혀 즐기지 못했다. 멀린이 바람에 몸을 기대고 귀를 잡고 머리 위에 앉아 있는 게 느껴졌지만, 바질가라드에게 아무런 위안도 되지 못했다.

마름병의 모습을 뒤로 한 채 리아와 류 그리고 뉴익이 '모두를 위한 공동체'로 돌아간 후에, 불길함이 몸속에서 점점 부풀어 오르는 듯했다. 모든 생각이 묵직하게 짓누르는 것처럼 두 날개가 무겁게 느껴졌고, 마음속의 마름병처럼 희망을 뭉개고 있었다.

'그놈의 그림자 짐승!'

바질가라드가 조용히 분노했다. 벤데깃의 둥근 물체 안에서 꿈틀거

195

리는 형상을 본 뒤로, 그 그림자 짐승이 하루가 다르게 자라고 있다는 느낌을 떨쳐 버릴 수 없었다. 그 녀석이 아발론의 모든 문제의 배후라는 느낌, 그리고 그 녀석이 자신의 계획을 막지 못한 자신을 맘껏 비웃고 있다는 느낌을…….

난 그 녀석의 정체를 몰라. 어디 있는지도 몰라. 내가 벤데짓의 동굴로 가기 전과 달라진 게 없어!

바질가라드가 투덜거렸다.

"그렇지 않아. 네 덕분에 이 모든 사악함에 핵심적인 근원이 하나라는 것을 우리는 이제 알게 되었어. 그 녀석이 누군지, 어디에 있는지 모르는 건 사실이야. 하지만 우리는 그 녀석을 찾아낼 거야! 그건 확실해."

바질가라드의 생각을 엿들은 멀린이 용의 귀에 대고 말했다.

하지만 마법사의 격려의 말조차도 기분을 나아지게 하지는 못했다. 어둠에서 빛나는 안개를 흐트러트리며 또 다른 구름 언덕을 뚫고 날아가는 동안, 바질가라드는 커다란 이빨 수백 개를 빠드득 갈았다.

내가 아는 거라고는 그 녀석이 사악하다는 거야. 철저하게 사악해.'

그놈이 돌아온 것을 보았을 때 떠올랐던 문장이 마음속에 울려 퍼졌다.

어둠보다 어둡다.

바질가라드는 방향을 돌려 특별히 어두운 구름 하나를 피했다. 구름 안에서는 번개가 지글지글 불꽃을 일으켰다. 우르릉 쾅쾅 천둥이 그림자 짐승의 웃음처럼 울려 퍼지며 허공을 가득 채웠다.

그 짐승을 전에 만난 것 같은 느낌을 왜 떨쳐 버릴 수 없는 거지?

"다른 것 좀 생각하려 해봐, 친구. 좀 더 유쾌한 것으로. 네가 워터루트에서 만났던 그 감당하기 어려운 용 아가씨는 어때? 하늘을 날려고 하던 그 용 말이야?"

멀린이 바질가라드의 귀에 대고 조언했다.

바질가라드가 고개를 가로젓는 바람에, 하마터면 멀린이 떨어져 나갈 뻔했다. 만냐에 대한 기억조차 지금 당장은 걱정에서 마음을 돌릴 수가 없었다. 그 걱정이 자신보다 훨씬 큰 무언가와 관련되기 때문이다. 그 걱정은 이 독특하면서도 나약한 아발론과 관련된 것이기 때문이다.

멀린은 한숨을 쉬었다. 용의 귀에 침울한 공기가 가득 찼다.

"나도 이해해, 친구. 걱정돼서 그러는 거야! 리아의 덩굴 옷이 예전의 그 생기를 되찾은 모습을 보았을 때, 나도 힘이 솟았어. 내가 리아한테 엘라노의 수정을 보관해달라고 부탁했을 때, 기쁨에 넘치던 리아의 환호처럼. 하지만 그 짧은 순간은 오래가지 못했어. 내 기분은 정말 이루 말할 수 없을 정도로 어두워. 네가 본 그 녀석처럼 어둡다고."

멀린 아래에서 용은 몸서리쳤다. 멀린은 놀라웠다.

"할리아와의 이번 방문이 도움이 될 거야! 네가 좋아하는 숲을 보면 도움이 될 거야."

우드루트의 작은 숲이 어렴풋이 보이기 시작했다. 안개로 짠 초록색 퀼트*처럼 보였다. 구름 밖으로 나오니, 계곡의 심홍빛 나무에서 라일락 향기가 났다. 바질가라드는 무심결에 라일락 향기를 직접 뿜어내, 저 아래에서 풍겨오는 향기를 더욱 부풀렸다. 하지만 이런 시도조차도 마음 속에 아른거리는 그림자를 떨쳐 버릴 수는 없었다.

"저기! 저 아래 초원."

멀린이 소리쳤다.

---

*천 사이에 심이나 솜을 넣고 바느질하여 무늬를 두드러지게 한 것.

마법사가 무엇을 봤는지 알아차리고는 초록 용은 즉각 왼쪽으로 방향을 틀었다. 사슴 떼가 탁 트인 초원의 풀밭을 우아하게 뛰어다녔다. 바질가라드는 계속해서 아래로 미끄러지듯 스르르 나아갔다. 초원의 끝자락에 착륙하기도 전에, 유난히 큰 눈에 팔다리가 긴 암사슴 한 마리가 무리에서 벗어나 이들을 향해 달려오기 시작했다. 암사슴의 발굽은 초원 위를 나는 듯 경쾌하게 움직였다.

멀린은 바질의 귀를 사다리처럼 이용해 앉아 있던 자리에서 재빨리 아래로 내려갔다. 한편, 암사슴은 더 가까이 뛰어와 이들이 지켜보는 가운데 변신하기 시작했다. 우아한 앞다리는 팔로 짧아지고, 뒷다리가 똑바로 펴지면서 몸통이 꼿꼿하게 섰다. 동시에, 목과 턱이 줄어들고 나서 귀가 줄어들었다. 머리에서는 고동색 땋은 머리가 삐죽 나오고, 갈색 털은 갈색 옷으로 녹아들었다. 이제는 완전히 할리아로 변신을 끝마친 암사슴이 이들을 향해 사뿐사뿐 걸어왔다. 둥그런 갈색 눈만 아직 변하지 않았다.

마법사는 두 팔을 벌려 할리아를 포옹했다. 바질가라드는 놀라워하며 범상치 않은 관심으로 이들을 지켜보았다. 심장이 더 빨리 뛰었다. 긴 목이 이들을 향해 휘어졌다. 자신도 이유를 설명할 수 없었다. 분명 그 물에 사는 용, 만냐와는 아무 관련이 없었다! 이유가 뭐든 다시 만난 커플이 포옹하고 입 맞추는 모습을 지켜보고는, 초원을 가로질러 거품을 일으키며 졸졸졸 흐르는 개울을 향해 걸어갔다.

축하의 분위기는 재빨리 사라졌다. 멀린이 할리아에게 자신들의 고군분투에 대해 모두 들려주었기 때문이다. 파이어루트에서 있었던 문제들……. 탐욕스러운 용들, 자신의 흑요석 화살을 부러트린 고집 센 소인 조르갓, 구름다리 위에서 있었던 새들의 사나운 불화, 엘라노의 비밀스러운 호수로의 끔찍한 여정, 그리고 일시적이기는 하지만 마름병에 대한 자신들의 승리와 바질가라드가 조르갓의 동굴에서 발견한 불길한 존재까지.

"이 모든 게 다 무슨 뜻이지? 우리가 어떻게 그 문제를 다 완전하게 해결할 수 있지?"

할리아가 두 손을 자기 뺨에 가져다 대고 물었다.

멀린은 한동안 흐르는 시냇물을 바라보더니, 고개를 가로저었다.

"나도 정말 모르겠어."

그러고는 바질을 향해 손을 흔들었다.

"바질도 모르는 것 같고."

'하지만 난 대답을 찾아내고 말 거야.'

용은 조용히 약속했다.

'네가 찾아낼 거라는 거 나도 알아, 친구.'

멀린이 대답했다. 하지만 텔레파시에서조차, 멀린의 말에는 확신이 없었다.

갑자기, 할리아의 등이 곧추섰다. 입을 암사슴처럼 앙다물었다. 마치 암사슴이 자신의 새끼를 보호하기 위해 결심한 것처럼.

"다음에 당신이 어디에 가든, 그 어떤 곳에 가든, 나 역시도 따라 가고 싶어."

멀린은 할리아의 손을 잡았다.

"안 돼, 할리아, 안 돼. 위험이…… 위험 부담이 너무 커. 안전하지 않아, 안 돼."

할리아는 손을 빼며 단호하게 말했다.

"당신은 위험한 여행에 당신 여동생 리아를 데리고 갔어. 관문을 통과해서 저 깊숙한 지하까지! 그런데 왜 나는 안 되는데?"

"음, 나는……."

멀린이 입을 열었다.

"뭐? 내가 리아보다 못하다는 거야? 내가 당신한테 덜 중요하다는 뜻이야?"

할리아가 눈썹을 치켜뜨고 물었다.

바질가라드는 깊은 인상을 받고 귀를 쫑긋 세웠다.

'똑똑한 생명체들이야, 저 여성들이란.'

'너무 똑똑해서 탈이지. 할리아는 나를 꼼짝달싹 못 하게 해! 내가 뭘 어떻게 할 수 있겠어?'

멀린이 쏘아붙였다.

'포기해.'

용이 조언했다.

'아니!'

멀린은 용의 제안을 거부했다. 이윽고 할리아에게 말했다.

"하지만……."

"이야기할 게 뭐 있어. 내가 당신한테 중요하거나 중요하지 않거나, 둘 중 하나지."

할리아가 퉁명스럽게 말했다.

멀린은 이마를 찌푸리며, 할리아를 뚫어져라 쳐다보았다.

"좋아, 다음 여행에는…… 그 여행이 완전히 무모하지 않는 이상, 당신을 데리고 갈게."

멀린이 동의했다.

'그건 우리 여행의 대부분을 제외하는 거라고.'

용이 텔레파시로 말했다. 멀린은 그 말을 못 들은 체 했다.

하지만 할리아는 기쁜 듯했다. 다시 멀린의 손을 잡으며 말했다.

"내가 원하는 건 그게 전부야."

"내가 원하는 전부는, 당신이 안전하게 있는 거야."

멀린이 대답했다. 그러고는 얼굴을 찡그렸다.

"난 견딜 수 없어……."

"쉿. 그런 일은 없을 거야."

할리아가 멀린의 입술에 손가락 하나를 가져다 댔다. 그러고는 앞으로 몸을 숙였다.

"우리 둘 중 누구에게도! 내 사랑."

할리아는 멀린을 향해 웃어 보였다. 그건 진정한 헌신의 미소였다.

'잘했어, 위대한 마법사. 당신은 언제 항복해야 하는지 잘 알고 있어.'

바질은 귀 하나를 구부려, 절하는 체했다.

멀린은 바질가라드를 흘끗 보고는 한쪽 눈을 찡긋해 보였다.

'할리아는 지금 당신을 정복했어.'

마법사는 좀 더 밝게 웃었다.

'이미 오래전에 날 정복했지.'

불현듯, 거친 울음소리가 허공을 가득 채웠다. 이들은 모두 돌아섰다. 털이 덥수룩한 검은 새 한 마리가 초원 위를 기이하게 날아왔다. 발톱에는 가느다란 물건이 하나 들려 있었다. 멀린, 할리아 그리고 바질가라드는 이들 옆 풀밭에 지쳐서 쿵 내려앉는 새를 지켜보았다.

"조르갓의 소인 까마귀야!"

멀린이 놀라 펄쩍 뛰며 소리쳤다.

한편, 할리아는 두 손으로 시내의 차가운 물을 떠서 새에게 마시라고 가져다주었다. 까마귀는 작은 물웅덩이에 부리를 처박고는 허겁지겁 물을 들이켰다.

바질가라드의 콧구멍이 벌름거렸다.

"뭘 가지고 왔는지 봐봐."

멀린의 눈은 까마귀가 파이어루트에서 이곳까지 가져온 가느다란 물건에 초점이 맞추어졌다.

"조르갓의 화살이야! 화살대를 붙였어!"

멀린은 바질과 시선을 주고받았다.

"조르갓이 용과 협상할 준비가 된 게 분명해. 파이어루트에는 아직 희망이 남아 있어."

바질가라드가 단언하며 커다란 꼬리로 초원을 쿵쿵 내리쳤다. 그 바람에 강둑 위로 물이 마구 튀었다.

소인 까마귀는 까악까악 요란스레 울어댔다.

멀린은 허리를 숙여 시내 옆에 놓아둔 지팡이를 집어 들었다. 몸을 똑바로 세우고, 할리아의 시선을 마주했다.

"여행할 준비됐어?"

할리아는 고개를 열정적으로 끄덕였다.

멀린은 할리아의 어깨에 손을 얹었다.

"이번이 우리가 흐름을 바꿀 수 있는 기회가 될 거야. 적어도 파이어루트에서. 우리가 그곳에서 평화를 회복할 수 있다면, 어쩌면 다른 곳에서도 그렇게 할 수 있을지도 몰라. 아발론 전역에서!"

멀린이 뻣뻣한 눈썹에 힘을 주었다. 눈 위에 짙은 덤불이 생겨났다.

"하지만 어떤 위험의 표시라도 나타나면, 당신은 떠나야 해."

"그렇게 할게."

할리아가 대답했다.

"그건 쉬워. 어떤 위험의 징후가 있으면 나도 떠나고 싶어."

바질가라드가 맞장구쳤다.

멀린은 바질가라드에게 눈을 흘기며 놀렸다.

"대단한 용 납셨네."

바질가라드의 목소리가 진지하게 바뀌었다.

"전쟁보다는 평화를 좋아하는 용은 그렇지."

멀린은 친구의 거대한 초록색 눈동자를 들여다보았다.

"우리 모두 마찬가지야. 우리 모두 마찬가지라고."

멀린은 진지하게 말했다.

25

횃불

위험은 불꽃과 같다. 인간의 손을 따뜻하게 해주거나 화로에서 음식을 요리해줄 수 있다. 그러다 마침내 훨훨 타올라 집을 홀라당 태운다.

바질가라드는 터널 안으로 머리를 밀어 넣었다. 커다란 귀가 일그러졌다. 엄청 날카로운 자수정에 귀가 닿는 바람에 움찔했다.

"미치광이 조르갓에게, 그리고 비밀로 하려는 녀석의 열망에 저주를! 이런 지하에서 만나자고 하는 게 제정신이야?"

바질가라드는 흥분해 혼잣말을 했다.

목구멍 깊은 곳으로부터 분노를 뱉어냈다.

'모욕적이야! 난 모두를 이곳으로 데리고 왔어. 그 고마워할 줄 모르는 까마귀도 포함해서 말이야. 그런데 내가 뭘 얻었지? 내 코도 들어가지 않을 만큼 자리가 좁아. 만약 내가 불을 뿜어낼 수만 있었다면……
조르갓의 턱수염을 홀라당 태워 버렸을 거야.'

바질가라드가 눈을 가늘게 떴다.

보석 박힌 동굴의 한가운데에서 몇 걸음 떨어진 곳에 할리아와 함께

서 있던 멀린은 친구의 커다란 얼굴 너머를 흘끗 바라보았다. 잠시 용을 유심히 살펴보았다. 벽에 줄지어 타오르는 횃불 빛을 받아 용의 눈동자와 비늘이 밝게 빛났다. 그 얼굴은 터널 안에 꽉 끼어 있었지만, 바질가라드의 위대한 지력, 감각 그리고 좌절이 분명하게 드러나 보였다.

마법사는 한숨을 쉬었다.

'나도 이해해, 친구. 그래도 다행이야. 네가 조르갓의 턱수염을 태울 수 없어서. 조르갓이 평생 기른 턱수염이라고. 너도 잘 알잖아.'

'당신 말이 맞는 것 같아요. 하지만 여전히 유혹적이에요!'

바질가라드는 비참하게 생각했다. 바질가라드가 머리를 살짝 움직이자, 벽에 붙은 자수정 수십 개가 심홍색 우박처럼 바닥에 우수수 떨어져 내렸다.

바로 그때 조르갓이 횃불을 밝힌 동굴 바닥에 발을 쿵쿵 구르며 나타났다. 서른 또는 마흔 명 정도의 호위를 받으며 등장한 조르갓은 두 팔을 뻣뻣한 턱수염 위로 접어, 멀린과 할리아에게 고개를 숙여 인사했다. 조르갓의 어깨 위에 앉은 작은 까마귀는 균형을 잡으려 끝이 갈라진 검은 날개를 퍼드덕거렸지만, 조르갓은 알아차리지 못하는 듯했다. 주름이 깊이 파인 얼굴이 몹시 심각해 보였다. 조르갓은 다시 똑바로 서며, 할리아에게 먼저 말했다.

"당신을 만나게 되어 정말 영광이오, 사슴 종족의 존경받는 여인이여. 난 수많은 이야기를 들었어요. 하지만 당신 종족을 지금껏 만나본 적은 없어요."

조르갓의 눈은 동굴 벽을 장식한 보석들처럼 반짝반짝 빛났다.

할리아는 우아하게 무릎을 굽히며 인사했다.

"나야말로 영광이에요, 최고 연장자님."

할리아는 멀린을 흘끗 보고는 미소 지었다.

"하지만 당신은 내 남편에게 칭찬을 돌려야 해요. 왜냐하면 나를 이곳에 데리고 온 건 남편의 생각이었으니까요."

멀린은 눈썹을 치켜떴지만 아무 말도 하지 않았다. 멀린의 생각은 이 소인 지도자에게 초점이 맞추어져 있었다. 조르갓이 자신의 약속을 지킬까? 어떤 조건을 내세울까? 불을 뿜는 용들이 그 조건에 동의할까?

조르갓은 멀린에게 돌아섰다.

"당신이 지난번에 이곳에 왔을 때, 당신은 내게 부러진 화살을 남겼소. 이 화살대만큼이나 이어 붙일 수 없는 아이디어와 함께."

조르갓은 진붉은 루비로 장식한 넓적한 가죽 허리띠에서 고친 화살을 꺼냈다. 화살을 천천히 돌리자, 흑요석 화살촉이 횃불에 반짝였다.

"이제 화살은 고쳤소. 이 화살이 얼마나 쓸모가 있는지 어디 봅시다."

조르갓 뒤에 줄지어 선 소인 하나가 성난 듯 투덜거렸다. 조르갓은 몸을 돌려 자기 백성을 노려보고는 준엄한 목소리로 고함쳤다.

"마지막으로, 내 말 잘 들어! 이 결정은 흔들리지 않는다. 불을 내뿜는 용들과 함께 일하는 건 위험할 것이다. 하지만 그 녀석들과 끊임없이 싸우는 게 훨씬 더 위험하다. 이것이 내 결정이다! 감히 내 결정에 반대할 사람 있나?"

아무도 입을 열지 않았다. 그중 일부는 턱수염 달린 머리를 흔들었다. 다른 소인들은 정중히 고개를 숙였다. 하지만 몇몇이 허리춤에 찬 양날 도끼 또는 어깨에 멘 활과 화살을 만지작거리는 것을 바질가라드는 걱정스레 알아차렸다.

"지난주에 광산 붕괴로 얼마나 많은 백성이 목숨을 잃었는지 너희는 상기해야 한다. 용의 넓은 등짝으로 충분히 막을 수 있었던 사고였다.

우리 소인들이 새로운 아이디어를 시도하는 것조차 거부할 정도로 꽉 막혔나?"

조르갓은 압박했다.

다시 아무도 입을 열지 않았다.

멀린은 희망에 찬 표정으로, 초록 용과 눈길을 주고받았다.

'어쩌면, 바질, 이 불타는 영토에서 우리가 했던 그 모든 노력이 마침내 결실을 맺을지도 몰라.'

조르갓은 골똘히 마법사를 바라보았다.

"이렇게 하지. 당신이 불 용을 설득해 이 조약을 채택하도록 할 수 있다면, 우리는 불타는 보석의 신성한 동굴을 제외한 우리 광산 안에서 용들과 함께 일할 것이다. 물론 그 어떤 배신의 행위가 없어야 하지. 불 용들이 광산을 안전히 지켜주고 광석을 녹여주는 노력의 대가로, 우리는 용들에게 광산에서 나오는 보석의 1/3을 보상으로 주겠다."

조르갓은 당당하게 말했다.

멀린은 얼굴을 찡그렸다.

"용은 2/3를 요구할 거야, 당신도 알잖아."

조르갓은 턱수염을 쓰다듬었다. 두 눈은 약삭빠르게 빛났다.

"그렇게 나오면 우리는 크게 반발할 거고, 녀석들의 탐욕을 비난할 거야. 그러다가 마지못해 각자 반반씩 나누는 것으로 해결할 거야."

멀린이 고개를 끄덕였다.

"아주 훌륭한 계획이야."

"그리고 배신을 예방하기 위해, 우리는……."

조르갓이 덧붙였다.

"난 그 문제를 이미 바질가라드와 상의했어. 약속을 깨는 불 용에 대해서는 개인적으로 복수하기로.”

마법사가 지팡이 끝으로 터널에 꽉 끼어 있는 거대한 얼굴을 가리키며 말을 마무리했다.

바질가라드가 머리를 살짝 끄덕였다. 그 바람에 자수정이 또 우수수 떨어져 내렸다.

“기꺼이.”

바질가라드가 말했다. 목소리가 동굴 안에 쩌렁쩌렁 울렸다.

“그럼 적어도 우리끼리는 합의된 거야. 이제는 불을 내뿜는 용들을 설득해야 해.”

조르갓이 선언하듯 말했다.

멀린이 지팡이 끝을 바닥에 툭툭 쳤다.

“내가 최선을 다해서 도와줄게, 최고 연장자.”

“나 혼자 할 수 있어.”

조르갓이 대답했다. 모진 풍파를 겪은 쭈글쭈글한 얼굴에서는 적어도 약간의 희망이 드러났다.

이렇게 협상이 이어지는 동안, 할리아는 동굴 주변을 유심히 살펴보았다. 남편이자 소중한 친구, 멀린이 이처럼 역사적인 진보를 이루는 모습을 보며 할리아의 마음이 부풀어 올랐다. 이것은 완전히 새로운 시대의 출발점이 될 수도 있다! 적어도 하나의 영토 안에서는. 할리아는 이곳에서 그 모습을 직접 보고 있었다.

할리아는 그 장면을 음미했다. 소인들이 단호하지만 기대에 찬 표정으로 줄지어 서 있고, 횃불은 이글거렸다. 횃불이 맑고 투명한 수정 벽에 반사되었다. 멀린과 조르갓은 서로 존중하는 마음으로 서로를 마주 보고 있었다.

'그래, 그래. 내가 여기 와서 정말 기뻐.'

할리아는 생각했다.

불현듯, 눈가에 어떤 움직임이 흘끗 보였다. 위험을 감지하는 사슴의 예리한 감각을 지녔기에, 할리아는 재빨리 몸을 돌렸다. 그러고는 깜짝 놀랐다. 줄 끄트머리에서, 검은 턱수염의 소인 하나가 화살을 메긴 활을 들어 올려 쏠 준비를 하고 있었다. 그 목표를 할리아는 분명히 봤다. 멀 린이었다!

할리아가 숨을 몰아쉴 때, 소인은 흑요석이 달린 화살을 쏘았다. 활 시위에서 팅 소리가 나고 화살이 날아갔다. 멀린의 가슴을 향해 곧장. 멀린에게 경고할 시간이 없었다. 멀린의 이름을 소리칠 시간이 없었다. 그 어떤 시간도 없었다.

단…….

할리아는 순식간에 사슴으로 변신했다. 발굽이 동굴 바닥을 쿵쿵 차 고 나갔다. 강력한 뒷다리로 필사적으로 도약했다. 화살이 의도한 목표 물에 닿기 바로 직전, 할리아의 몸이 그 앞을 지나갔다. 화살이 할리아 의 갈빗대에 깊이 박혔다. 할리아는 고통스러워 울부짖으며 바닥에 쓰 러졌다. 피가 상처에서 쏟아져 나왔다.

일순간에 아수라장이 되었다. 근처의 소인들이 공격을 가한 자에게 달려들어 호되게 내리쳤다. 멀린이 소리치고, 소인들이 저주를 퍼붓고, 바질가라드가 분노에 굉음을 질러대자 동굴이 터져 나갈 듯했다.

"배신자!"

조르갓이 활과 화살을 꺼내며 고함쳤다. 조르갓의 어깨 위에 앉아 있던 소인 까마귀는 허공을 날아올라 이 대혼란 위에서 미친 듯 찍찍 울어대며 빙글빙글 돌았다.

조르갓이 그 공격자에 이르렀을 때, 공격자는 의식을 잃고 바닥에 드러누워 있었다. 배신자의 활이 그 옆에 부서져 놓여 있었다. 턱수염에는 피가 흥건했다. 누구도, 심지어 조르갓도, 소인의 목을 탐욕스럽게 빨고 있는 시커먼 거머리를 눈치채지 못했다.

한편, 멀린은 딱딱한 돌바닥에 앉아, 할리아를 부드럽게 안고 있었다. 할리아는 여인의 몸으로 변신했다. 멀린은 미친 듯 주문을 외우며, 할리아의 갈빗대에 박힌 화살을 완전히 사라지게 만들었다. 허공에 희미한 먼지 자국만 남았다. 그 먼지는 잠시 반짝이더니 사라져갔다. 멀린은 자신의 힘을 불러내, 투시력으로 할리아의 상처를 살펴보기 시작했다. 할리아의 찢어진 조직을 다시 붙일 수 있기를 바랐다. 동굴의 불빛이 흐릿해졌다. 마치 마법사가 자신의 에너지는 물론이고 횃불의 에너지를 뽑아내기라도 하는 것처럼.

멀린은 고통에 몸부림치며 울부짖었다. 제대로 되지 않았다! 충분히 그 깊은 곳까지 볼 수 없었다. 상처가 너무 깊었다. 피를 너무 많이 흘렸다. 멀린은 알았다. 의심의 여지없이, 화살이 할리아의 심장을 관통했다는 것을.

"아니…… 내 사랑, 너무…… 늦었어."

할리아가 쉰 목소리로 말했다.

"아니, 할리아! 내가 당신을 도와줄 수조차 없는데 마법사가 무슨 소용이야?"

숨을 들이쉴 때 멀린의 온몸이 떨렸다.

할리아는 따뜻하고 깊은 갈색 사슴 눈동자로 멀린을 올려다보았다.

"난 언제나…… 당신을 사랑했어."

할리아가 숨을 가쁘게 쉬었다. 고통에 몸이 마구 떨렸다. 눈동자가 살짝 감기더니, 이내 다시 떴다.

"언젠가…… 우리는 함께 달릴 거야…… 다시. 사슴 두 마리…… 나란히…… 초원에서…… 다른 세상의."

멀린은 얼굴을 일그러뜨리며, 천천히 고개를 끄덕였다. 멀린이 입을 열어 말을 하려 했지만 아무 말도 나오지 않았다.

동굴의 횃불이 희미하게 물결칠 때, 할리아는 멀린의 팔에 안겨 축 늘어졌다.

26
아발론의 초록 심장

말은 옷이나 무기보다 더 신중하게 선택해야 한다. 말은 옷이나 무기보다 더 오래 지속될 수 있기 때문이다. 게다가 옷이나 무기보다 더 깊은 상처를 줄 수 있다.

모든 영토에서 조문객들이 혼자 또는 단체로 날개, 발 또는 발굽으로 와서 흐느끼거나 침묵을 지켰다. 이들은 사슴 종족이 '아발론의 초록 심장'이라 부르는 섬머랜드의 가장 깊숙한 초원에 모여 있었다. 하지만 이날은 가을의 첫 냉기에 닿아 풀이 초록이라기보다는 갈색에 가까웠다.

바람이 세차게 불어와 단풍나무, 참나무 그리고 자작나무 잎이 초원에 흩날렸다. 바질가라드는 나무 옆에 앉아, 바람의 무게에 척척 나무가 휘는 모습을 침울하게 지켜보았다. 자신의 옛 친구, '바람 누이' 아일라가 조문을 하러 왔는지 문득 궁금했다.

'아니, 아일라가 오늘 어디에 있든 여기에는 없어.'

바질가라드는 결론을 내렸다.

온갖 종류의 생명체가 멀린 가까이 다가가는 모습을 지켜보았다. 마법사는 수수한 검은색 옷을 입고 이끼 낀 강둑 옆의 샘에 서 있었다. 샘물은 땅 밖으로 보글보글 흘러 나와, 초록 테두리 물웅덩이를 이루었다. 여기가 할리아가 좋아했던 장소라는 걸 잘 알았다. 멀린 부부가 별 아래에서 많은 밤을 함께 했던 곳이었다.

손에는 각각 일곱 개의 손가락이 있고 절뚝절뚝 걸어 다니는, 일렁이는 바다에서 온 '꿈을 찾는 요정'처럼, 조문객 중 일부는 바질가라드에게는 낯설었다. 키 큰 머드메이커 엘로니아와 초원 위를 떠다니는 구름 같은 공기 요정은 멀린과 할리아의 결혼식에서 본 적이 있었다. 그리고 아주 낯익은 종족들도 있었다. 적어도 이들의 슬픔을 느낄 수 있을 정도로 잘 알았다. 거기에는 리아가 있었다. 리아는 눈물을 흘리며 자기 오빠를 껴안았다. 그리고 뉴익은…… 생기 없는 몸은 그 어떤 말 이상을 보여주었다. 거인 심도 있었다. 천둥 같은 발걸음이 초원을 뒤흔들었다. 소인 조르갓도 왔다. 슬픔에 잠겨 훨씬 더 나이 들어 보였다. 그리고 귀니아! 귀니아는 어릴 때 할리아의 도움으로 건강을 되찾았다.

귀니아는 느릿느릿 터벅터벅 초원을 가로질러 걸어가며 납작한 발자국을 남겼다. 땅바닥은 용이 흘린 은빛 눈물로 반짝였다. 바질가라드보다는 한참 작았지만, 두 날개를 등에 바짝 붙여 움직이는 귀니아에게서는 용의 위엄과 힘이 뿜어 나왔다. 거의 수직에 가까운 몸집 때문에 꼬리로 누군가를 짓뭉개지 않도록 조심해야 했다. 귀니아의 아들 간타가 그 뒤를 바짝 따라왔다. 바질가라드와 시선이 마주치자, 작은 용의 오렌지색 눈동자가 빛났다. 갑자기 두려움을 느꼈을지도 몰랐다. 크다는 것의 진정한 의미에 대해서 삼촌의 기이한 말을 아직도 곰곰 생각하고 있는 건지도 몰랐다. 무슨 생각을 하는지 알아차릴 수는 없었다.

손님 중 오직 한 종족만 멀린에게 다가오지 않았다. 할리아의 사슴 종족! 바질가라드와 마찬가지로 이들은 멀린만큼이나 슬펐다. 그래서 지금은 함께 모여 있는 것으로 만족했다. 사슴 떼처럼 초원 귀퉁이에서 조용히 지켜보았다.

이들 중 일부가 사슴의 모습으로 서 있다는 걸 바질가라드는 알아차렸다. 적어도 넓은 가슴의 수사슴 한 마리와 우아한 새끼 사슴 몇 마리. 아니, 어쩌면 저들은 이 숲속 빈터에 살고 있는 사슴 종족의 사촌…… 그러니까 진짜 사슴일지도 몰랐다. 몇몇 사슴 종족은 안개처럼 흐릿한, 반투명의 외모를 지닌 것처럼 보였다. 마치 '잃어버린 핀카이라'에 있는 이들의 옛 고향, 사슴 종족의 가장 소중한 이야기가 탄생한 전설적인 '카펫 카에로츨란'(Carpet Caerlochlann)에서 이곳까지 오기라도 한 듯했다.

가장 마지막으로 크리스탈루스가 도착했다. 아버지를 쳐다보지도, 누구와도 말을 하려 하지도 않았다. 자작나무 옆에 홀로 서 있었다. 고개를 푹 숙였기에 흰 머리카락이 얼굴을 가렸다. 마치 다른 영토에 서 있기라도 한 것처럼 따로 떨어져 있는 것 같았다.

마침내 모두가 멀린에게 위로를 마치고 나자, 마법사는 허리를 숙이고 풀밭에서 뭔가를 들어 올렸다. 사슴 발굽과 뿔로 특별하게 조각한 그릇은 할리아 종족의 섬세하고 신비한 마법으로 빛을 냈다. 그 안에는 사슴 종족의 전통적인 방식으로 화장하고 남은 할리아의 은빛 재가 들어 있었다.

멀린은 그릇의 무게를 몸으로 온전히 느낄 수 있도록, 가슴에 안고 말했다. 최근 며칠 동안 말을 너무 많이 했기에 거칠게 들렸지만, 멀린의 말은 초원을 가로질러 울려 퍼졌다.

"우리는 당신을 그리워할 거요, 할리아, 언제나 그리고 영원히."

잠시 멈추어 침을 삼켰다.

"당신의 영혼이 어디를 떠돌든…… 초록의 초원, 깊숙한 숲속 빈터를 찾기를 바라오. 그리고 사랑하는 마음을."

그 말과 함께, 멀린은 그릇을 높이 들어 은빛 재를 허공에 뿌렸다. 재는 바람에 실려 높이 솟아올랐다. 마치 도약하는 암사슴처럼. 그러나 그 발굽은 다시는 땅에 닿지 않을 것이다. 이윽고, 재는 살며시 내리는 비처럼 우아하게 깨끗한 물웅덩이, 흔들리는 나무, 갈색 초원 위에 내려앉았다.

할리아를 애도하려 모인 사람들 위에도 재가 내려앉았다. 은빛 재 하나가 바질가라드의 눈꺼풀 위에 내려앉았다. 바질가라드가 눈을 껌뻑이자, 재는 거대한 코끝 위로 둥둥 떠갔다. 재가 내려앉는 바로 그 순간, 감동적인 느낌이 따뜻하게 전해졌다. 마치 할리아가 직접 손을 바질가라드에게 놓고 잘 지내라고 말해주는 것 같았다.

조문객들이 휘몰아치는 산들바람을 받으며 느릿느릿 뿔뿔이 흩어졌다. 한 명씩 조용히 떠나고 침묵이 내려앉았다. 결국, 멀린을 제외하고는 아무도 남지 않았다. 멀린은 여전히 샘물 옆에 서 있었다. 바질가라드는 여전히 멀린을 지켜보며 최대한 침묵을 지켰다. 거기에…… 한 사람 더 있었다.

마침내, 크리스탈루스가 고개를 들어 초원을 가로질러 아버지를 쳐다보았다. 그 표정은 슬픔도 동정도 아니었다. 바질가라드가 곧장 알아차릴 수 있을 정도로, 그건 완전히 다른 종류의 표정이었다. 분노.

크리스탈루스는 분노로 치를 떨며, 마법사를 향해 성큼성큼 걸어갔다. 발바닥 아래 풀이 신발에 뭉개졌다. 크리스탈루스는 마치 한 대 치기라도 할 기세로 두 주먹을 꽉 쥐었다. 하지만 주먹 대신 말로 아버지를 내리쳤다.

"당신은 내가 엄마를 파이어루트로 데려가는 게 잘못되었다고, 끔찍하게 위험하다고 말했어요. 그런데 위대한 마법사, 당신이 하는 건 괜찮은 건가요?"

"크리스탈루스, 나는……."

"저한테 그 어떤 변명도 하지 마세요! 평생 충분히 들었으니까요."

젊은이가 큰 소리로 울부짖었다.

멀린은 괴로운 표정으로 다시 시도했다.

"하지만 네 엄마가 부탁했어. 나한테 간청했다고……."

"상관 안 해요. 사실 위험하다고 한 당신 말은 옳았어요. 그래요, 맞아요! 하지만 당신은 그 위험을 못 본 체하기로 했어요. 당신 자신의 이기적인 이유로요."

크리스탈루스가 말을 뚝 자르며 날카롭게 쏘아붙였다. 바람 한 점이 크리스탈루스의 하얀 머리에 불어와 어깨 한쪽 너머로 날렸다. 그 목소리는 이제 으르렁거리고 있었다.

"그래서 결국 당신이 어머니를 죽였어요. 누군가의 화살이 아니라 당신이 죽인 거라고요."

멀린은 망치로 얻어맞기라도 한 것처럼 비틀거렸다.

"아들아……."

"아들이라고 부르지 마세요! 다시는 그 말 듣고 싶지 않아요. 오늘부터 우리를……."

"그러지 마, 크리스탈루스,"

용이 거대한 머리를 흔들면서 큰 소리로 외쳤다. 하지만 젊은이는 그 말을 무시했다.

"서로 모르는 사람으로 생각하세요."

크리스탈루스는 휙 돌아서 초원을 가로질러 성큼성큼 걸어갔다. 이윽고 숲속으로 사라졌다. 그곳에 있었다는 흔적을 아무것도 남기지 않은 채. 하지만 크리스탈루스의 마지막 말은 떠나지 않고 허공에 매달려 있는 듯했다.

바질가라드는 친구의 고통스러운 얼굴을 보며, 그 말이 절대 떠나지 않을 것이라는 사실을 알았다.

27
준비

멀린과 함께 했던 그날들을 생각해보면, 멀린의 가장 예측 가능한 자질은, 맙소사…… 예측 가능하지 않다는 것이라는 사실을 나는 깨닫는다.

섬머랜드에서의 그 잔인한 경험 이후, 멀린이 한동안 혼자 지내기로 했을 때 바질가라드는 놀라지 않았다. 친구가 추억이 많은 장소 할리아의 산봉우리에 오르겠다고 했을 때에도 놀라지 않았다. 하지만 마법사가 그곳 눈 덮인 산비탈 위에서 7주 내내 머무른 것은 정말이지 놀라운 일이었다.

그 시간 동안, 바질가라드는 최선을 다해 자신과 멀린이 팀을 이루어서 했던 그 일을 계속해 나갔다. 영토에서 영토로 돌아다니며 종족간의 분쟁을 해결했다. 또한 마을을 파괴하려는 곱스켄을 막고, 복수심에 불타는 로 발디어그가 소인들을 또다시 공격하지 못하게 했다. 이 모든 개입은 성공을 거두었다. 그러나 아무리 아발론 전역에 '평화의 날개'로 알려진 생명체라 하더라도, 정말 힘겹고 고독한 일이었다. 특히 벤데짓의 동굴에서 보았던 사악한 그림자의 오싹한 한기를 밤낮으로 느꼈기에 더했다. 그 정체가 무엇인지 아직도 모르는 그림자.

어느 바스락거리는 서늘한 가을날, 마침내 바질가라드는 그 익숙한 목소리가 자신의 마음속에서 말하는 소리를 들었다. 마름병이 자신이 사랑하는 숲에 다시 번진 흔적이 있나 확인하러 우드루트의 숲 위를 날고 있을 때 그 소리가 들려왔다. 세찬 맞바람을 뚫으며 날고 있던 중이었다. 공기가 귀를 밀고 날개 위를 세차게 지나가며, 엄청난 폭풍 같은 소리를 냈다. 저 아래 나뭇가지들은 사나운 비바람에 이리저리 흔들리며, 요란하게 휙휙 탁탁 소리를 냈다. 그렇다 해도 멀린의 생각을 듣는 데 별 다른 문제는 없었다.

'안녕, 바질. 할리아의 산봉우리로 오지 않을래? 난 서쪽 편에 있어, '스타게이징 스톤' 위에.'

바질가라드가 방향을 급하게 틀자, 새로운 바람이 귀에 휘몰아쳤다.

'지금 갈게요.'

마법사의 목소리를 다시 듣게 된 기쁨으로 심장이 뛰는 한편, 뭔가 잘못되었다는 느낌을 떨쳐 버릴 수 없었다. 아주 잘못되었다. 어쩌면, 이것은 그 뭔지 모를 그림자의 또 다른 예감에 불과했을까?

잠시 뒤, 바질가라드는 높이 솟은 스톤우드의 산봉우리 위에 겹겹이 쌓인 구름을 뚫고 급강하했다. 산비탈을 가로질러 뻗은 용의 날개에, 저 아래 큰 바위들이 상대적으로 작아 보였다. 그래도 그 특별히 평평한 돌을 금방 알아차렸다. 돌 위에는 키가 크고, 턱수염이 수북한 남자가 서 있었다. 돌만큼이나 견고해 보였다.

멀린은 용이 다가오는 모습을 지켜보며, 환영의 뜻으로 지팡이를 들어 올렸다. 바질가라드가 내려앉자, 그 무게 때문에 이끼가 덮인 바위 수십 개가 부서져 내렸다. 마법사는 뒤로 발걸음을 옮겨, 마구 튀는 조약돌과 이끼를 피했다. 거대한 몸이 멈추고 삐걱거리는 돌이 자리를 잡자, 멀린은 쓴 웃음을 지으며 말했다.

"넌 언제나 입장하는 법을 잘 안단 말이야."

"당신한테서 배웠죠."

용이 놀렸다.

하지만 멀린은 웃지 않았다. 따뜻하지만 슬픈 목소리로 말했다.

"널 다시 보니 반갑다, 바질."

멀린은 지팡이에 몸을 의지한 상태로, 친구를 유심히 살펴보고는 덧붙였다.

"내가 떠나기 전에."

"떠난다고요? 당신은 이제 막 돌아왔잖아요!"

용이 큰 소리로 말했다. 너무 커서 바위 몇 개가 흔들리더니 산비탈 아래로 쿵쿵 떨어져 내렸다.

"그래, 나도 알아."

멀린이 부드럽게 말했다. 두 눈으로는 '스타게이징 스톤'을 내려다봤다. 시선이 바위 표면에 새겨진 별자리를 더듬었다. 별자리 하나가 다른 것보다 더 오래 멀린의 시선을 붙잡았다. 밝게 빛나며 늘어선 별은 아발론 어디서나 볼 수 있었다. 사람들은 그 별자리를 '마법사의 지팡이'라고 불렀다.

"많은 생각을 하고 나서 결심했어. 난 떠나야 해."

"어디로요? 왜요?"

"음……."

마법사는 잠시 말을 멈추며, 텁수룩한 거친 턱수염을 만지작거렸다.

"내가 아발론을 떠날 때가 왔어."

"아발론을 떠난다고요?"

바질가라드가 크게 소리쳤다. 그 엄청난 소리에, 머리 위를 날던 기러기 떼가 갑자기 혼비백산 사방으로 흩어지며 대열이 흐트러졌다.

"그럴 수는 없어요. 지금은 아니에요. 너무 많은 게 잘못돼가고 있다고요! 우리의 세계가, 우리의 고향이 분열되고 있다고요!"

"그렇지는 않아, 바질."

마법사는 큰 바위 위에서 한 발 가까이 다가와, 용의 거대한 눈동자를 올려다보았다.

"난 할리아를 추모하고 있는 중에도 네가 잘해 나가고 있다는 이야기들을 듣고 있었어. 새들이, 산봉우리 요정들이 그리고 나를 보러 여기 왔던 리아가 소식을 전해줬어. 모두들 '평화의 날개'라 불리는 용의 놀라운 업적에 대해 말해줬어."

바질가라드는 그 커다란 머리를 가로저었다.

"가까스로 할 수 있었어요, 정말이에요. 당신과 함께했으면 훨씬 더 잘했을 거예요."

바질가라드의 이마에는 주름살이, 비늘 사이에 깊은 균열이 생겼다.

"게다가 그게 중요한 게 아니에요. 아발론의 문제는 그 어느 때보다 심각해요! 폭력은 끊임없이 일어나고 있어요. 그런데 나는 여전히 그 사악한 그림자 짐승을 찾아내지도 못했어요. 멀린, 당신은 지금 떠나서는 안 돼요!"

"바질, 폭력이 끊임없이 일어나는 게 새로운 세상에서 늘 있는 일이라면? 사실, 그것이 아발론이 성장하는 데 필요한 일부라면? 이 세상 사람들이 함께 단결하고, 증오, 불관용, 탐욕 등 자신의 나쁜 자질을 상대로 승리하는 법을 배울 수 있는 기회 말이야. 그걸 생각해봐, 바질!
그 승리는 아발론의 실험을 훨씬 더 눈에 띄게 만들 거야. 훨씬 더 성공
적으로 만들 거라고."

마법사가 지팡이로 큰 바위를 툭툭 치면서 말했다.

용은 이빨을 드러내며 투덜거렸다. 수백 개의 칼처럼 날카로운 이빨
이 빛났다. 목구멍에서 깊은 울림이 솟아나자, 주변 바위들이 흔들렸다.

"이 세상에 대한 당신의 비전에 무슨 일이 있었던 거지요? 아발론의
이데아는 어떻게 된 거죠?"

"그 이데아는 여느 때처럼 강력해! 만약 우리의 이전 세상이 이 문제
들을 극복할 방법을 찾을 수 있다면 더더욱. 모르겠어? 아발론 최고의
이데아, 그러니까 진정한 평화는 평화를 강요하는 마법사가 아니라 평
화를 포용하는 세상으로부터 온다는 걸, 나는 예전에 미처 깨닫지 못했
어."

바질가라드의 덜컹거리는 소리가 더 커졌다.

"그러는 사이에 너무 많은 사람들이 고통받고 죽을 거예요. 그리고
멀린, 그 그림자 짐승은 여전히 저기 어딘가에 있다고요."

"어쩌면 그럴지도."

마법사가 동의했다.

"하지만 넌 그것이 여기 아발론에 있지 않을 가능성에 대해 생각한
적 없니?"

"여기 없다고요?"

"그래! 만약 이 모든 게 우리 둘이 이 영토에서 계속해서 찾도록 계
획된 잘 짜인 음모라면?"

멀린의 짙은 눈동자가 새로운 생각으로 번득였다.

"만약 그 사악한 짐승이 결국 아발론에 있지 않다면? 그렇다면, 너도, 나도, 누구도, 그것을 직접 보지 못한 이유가 설명이 될 수도 있지."

"말도 안 되는 소리예요! 그럼 도대체 어디에 있을 수 있다고요?"

용이 천둥처럼 큰 소리로 물었다.

멀린은 앞으로 몸을 기울여 속삭이듯 목소리를 낮추었다.

"지구. 녀석은 지구에 있어."

"뭐라고요? 설마! 그럴 리가요!"

"아, 그럴 리 있어. 아주 오래전에 다그다가 내게 말했어. 이 두 세계의 운명은, 아발론과 지구 말이야, 서로 긴밀하게 연결되어 있다고. 이제 그 유한한 세계, 지구는 여러 측면에서 아발론과 달라. 그곳의 풍경, 그곳에 사는 사람들 그리고 심지어 그곳의 시간까지도. 그곳은 다른 속도로 움직여. 하지만 지구는 아발론처럼 자유로운 의지의 세계야. 수많은 경이로움의 세상이라고. 또한…… 장군 리타 고르가 탐욕스럽게 호시탐탐 노리는 세계이기도 하지."

마법사는 의심스러워하는 친구의 표정을 무시하며 설명했다.

바질가라드는 여전히 믿지 못한 채, 두 귀를 마법사를 향해 쫑긋 세웠다.

"그래서 지구로 가기로 결심한 건가요?"

멀린은 고개를 끄덕였다. 산에 불어오는 산들바람에 머리카락이 헝클어졌다.

"거리로는 아주 멀지도 몰라. 하지만 운명으로는 그리 멀지 않아. 어쩌면 그 그림자 짐승이 그곳에 있을지도 몰라. 우리를 상대로 음모를 꾸미면서!"

멀린은 잠시 말을 멈추더니 이내 덧붙였다.

"게다가 내가 예전에 했던 약속을 지킬 시간이야. 아서라는 이름의 새로운 왕이 전쟁으로 찢긴 브리타니아 섬에 평화의 땅 카멜롯을 짓도록 돕기로 한 약속을. 놀랍고도 고무적인 아이디어야."

"아발론도 마찬가지예요!"

용은 거대한 꼬리를 들어, 산허리를 있는 힘껏 쿵 내리쳤다. 눈 덮인 돌덩이들이 산등성이 너머로 떨어져 나가 산사태를 일으키며, 큰 바위들이 저 아래 숲으로 우당탕 떨어져 내렸다. 새들이 하늘로 솟아오르며, 꽥꽥 깍깍 사납게 울어댔다.

바질가라드는 그 요란한 소리와 진동이 멎기를 기다렸다. 이윽고, 오랜 친구를 뚫어져라 바라보며, 좀 더 차분하게 물었다.

"떠나고 싶은 이유가 정말 그게 확실해요? 저 먼 세상에서 해야 할 중요한 일이 있다는 게 정말 그 이유인가요?"

바질가라드의 에메랄드 눈동자가 반짝였다.

"아니면…… 이곳에서의 고통이 너무 커서 그런 건 아니고요?"

허점을 찔린 마법사는 '스타게이징 스톤'을 내려다보았다. 잠시 동안, 멀린은 새겨진 별자리를 물끄러미 응시했다. 마침내, 고개를 들고 간결하게 대답했다.

"둘 다."

멀린은 침을 삼키더니 떨리는 목소리로 말했다.

"난 여기 있는 걸 견딜 수 없어, 바질. 지금은 아니야. 난 잃었어,"

목소리가 거친 속삭임으로 줄어들었다.

"너무 많은 걸."

용은 멀린의 마음속 고통을 느끼며 초록색 눈을 가늘게 떴다.

"하지만 아발론에는 당신이 필요해요. 그 어느 때보다 더! 당신은 아발론의 수호자라고요.”

“아니. 아발론에는 수호자가 이미 있어. 바로 너.”

마법사가 고개를 절레절레 저으며 대답했다.

“나요?”

바질가라드가 갑자기 움직였다. 그 바람에 바위들이 또 산비탈 아래로 굴러떨어졌다.

“그래, 너!”

한참 동안, 용은 멀린을 빤히 쳐다보았다. 그러고는 그처럼 거대한 생명체에게는 너무나도 작아 보이는 목소리로 말했다.

“하지만…… 난 준비가 안 됐어요.”

“아니, 넌 준비가 됐어!”

멀린은 바위 위에서 좀 더 가까이 다가갔다.

“넌 처음 알에서 부화할 때부터 준비가 되었어. 네가 내 새끼손가락보다 훨씬 작고, 네 자신의 정체성을 전혀 몰랐다 하더라도 말이야.”

멀린은 용의 얼굴 비늘에 드러난 의심의 표정을 읽으며 말을 이었다.

“그래서 다그다는 네가 얼마나 특별한지 즉시 알아봤던 거야. 그래서 아일라를 보내 널 지켜보게 했던 것이고. 다그다가 널 선택해 크리릭스로부터 나를 지키도록 했던 이유이지.”

바질가라드의 커다란 이마에 주름이 잡혔다.

“다그다가 아발론의 그 모든 생명체 중에서 왜 나를 선택했는지 난 여전히 이해가 안 돼요. 다그다가 왜 내게 모든 영토의 모래 알갱이 하나씩을 삼키라고 말했는지, 정말 미스터리라고요.”

멀린은 바질가라드를 올려다보았다. 그사이 서늘한 산들바람이 불어와 멀린의 옷소매에 잔물결이 일었다.

"다그다가 네게 왜 그런 명령을 했는지, 나도 그 이유를 몰라. 하지만 이건 확실히 알아. 다그다는 이유가 있어서 그렇게 했던 거야. 그럴 만한 이유! 넌 그걸 믿어야 돼."

멀린은 손을 크게 저으며 덧붙였다.

"어쩌면 그건, 그 어떤 살아 있는 생명체 이상으로, 네가 아발론이기 때문일 거야. 이 세상의 살아 있는 화신. 이 세상의 희망, 이 세상의 경이로움, 이 세상의……"

"두려움."

용은 우울하게 멀린의 말을 끝마쳤다.

"그렇기도 해. 하지만 내 말 잘 들어, 바질. 넌 준비가 되어 있어."

용은 한숨을 푹 내쉬었다. 그 바람에 공기 돌풍이 일어 마법사가 뒤로 나가떨어질 뻔했다. 멀린이 지팡이로 가까스로 몸을 지탱하자, 바질가라드가 물었다.

"돌아올 건가요? 아니면 우리를 영원히 떠날 건가요?"

"나도 잘 모르겠어. 십중팔구 돌아오지 않겠지. 그러니까 내가 여기에서 몇 주 동안 이렇게 있었던 거야. 아발론에 작별 인사를 하기 위해서."

멀린은 할리아의 산봉우리 정상을 흘끗 올려다보았다.

멀린의 얼굴에 드러난 그 모든 부담, 특히 눈가의 주름을 보며, 바질가라드는 침울하게 고개를 끄덕였다. 바질가라드는 처음으로, 마법사의 진짜 이름 올로 에오피아(Olo Eopia)가 지닌 엄청난 무게와 견인력을 이해했다. *수많은 세계, 수많은 시간을 살아가는 인간*이 되는 건 쉽지 않았다. 어떤 세상 또는 시간에서, 슬픔과 상실에 이처럼 고통받는 것 또한 쉽지 않았다.

멀린은 뭔가 힘든 말을 할 때 종종 그러는 것처럼, 헝클어진 눈썹을 치켜떴다.

"그리고 이제, 오랜 친구, 난 너한테 작별 인사를 해야 해."

멀린은 바위 끝으로 걸어와 용의 아랫입술에 손을 가져다 댔다.

"내가 이 세상을 떠나는 게, 너도 알다시피 널 떠난다는 뜻은 아니야. 우리에게는 소중한 게 있어. 그 어떤 마법이나 보석보다도 소중한 것. 그리고 그건 절대 변하지 않을 거야. 내가 약속할게! 비록 내가 멀리 떠나가 있을 테지만, 난 너랑 함께 있을 거야. 아발론 위에 별이 밝게 빛나는 한."

바질가라드는 마법사의 얼굴을 뚫어지게 쳐다보았다. 이마를 찡그리니 비늘 덮인 이마에 깊은 홈이 드러났다. 용이 되고 나서 처음으로, 자신이 정말 아주 작게 느껴졌다.

28

별빛

아, 밤에 잠을 잘 자기 위해서! 나는 그중 하나를 떠올린다, …… 아주 오래전. 그것은 지금 내가 말하는, 이따금 꾸는 악몽이 아니다. 그것은 나를 깨워 그 어떤 꿈보다 더 나쁜 것을 보여준다.

"잘 있어, 친구."

멀린은 그 말을 남기고 떠나 버렸다. 도약의 능력을 소환해 다른 세상으로 가 버렸다. 바질가라드는 불꽃이 이는 허공 속으로 녹아들며 희미해져가는 멀린의 모습을 슬프게 지켜보았다. 한순간, 마법사가 '스타게이징 스톤' 위에서 용을 응시하며 지팡이를 들고 서 있었다. 다음 순간, 그 넓은 돌은 텅 비었다.

멀린이 거의 사라지고 나서도, 그 지팡이가 잠시 동안 남아 있었다. 지팡이는 마법의 불꽃 한가운데 흔들리며 똑바로 서 있었다. 바질가라드는 지팡이를 지켜보며, 지팡이가 일종의 지능 혹은 자체적인 신비한 의지를 지니고 있다는 멀린의 믿음을 떠올렸다. 용이 지켜보는 가운데 지팡이는 천천히 사라지기 시작했다. 그러고 나서, 마지막 순간, 지팡이

자루에 새겨진 룬 문자 중 하나가 초록색 불빛을 일으키며 반짝였다. 이윽고 지팡이도 완전히 사라졌다.

'이상하네, 저건 도약의 상징이 아니잖아?'

바질가라드는 당혹스러워 두 귀를 쫑긋 세우며 생각했다. 그 룬 문자를 잘 알고 있었다. 원 안의 별 이미지. 그건 멀린이 아주 오래전에 일곱 노래를 찾으며 얻은 것이었다. 그런데 깜짝 놀랍게도, 좀 전에 반짝였던 룬 문자는 용의 꼬리처럼 생겼다.

슬프긴 했어도 바질가라드는 살며시 미소 지었다. 분명 지팡이가 자신에게 작별 인사를 했다는 것을 알아차렸으니까.

바질가라드는 '스타게이징 스톤' 옆의 이 언덕에서 그날 밤을 보내기로 했다. 산허리에 자리를 잡다가 산봉우리에 부딪히는 바람에 큰 바위 수십 개가 아래로 굴러떨어졌다. 비록 가장 편안한 자리는 아니었지만, 이곳에 남아 있고 싶었다. 할리아의 산봉우리 바위투성이 산등성이 높은 곳에, 오직 자신의 생각을 동반자 삼아서…….

몇 시간 뒤, 바질가라드는 깜짝 놀라 잠에서 깼다. 아발론의 별들이 하늘에서 반짝이며, 주변 산봉우리들을 영묘한 빛으로 사랑스럽게 색칠하고 있었다. 하지만 뭔가가 잘못된 느낌이었다. 용의 심장이 가슴 속에서 뛰게 만들 정도로, 아래쪽의 화강암 바위들이 흔들릴 정도로…….
멀린이 떠나서 느낀 슬픔이었을까? 혼자서는 아발론을 구할 수 없다는 불안과 걱정 때문일까? 아니면 저기 어딘가에서 스멀스멀 피어오르는 두려움, 그림자의 존재가 점점 더 강력해지기 때문일까?

마음을 진정하기 위해 용은 '스타게이징 스톤'으로 몸을 돌렸다. 마법사의 손길 덕분에 별자리 조각은 바위 위에서 빛나, 저 하늘 높은 곳의 진짜 별자리의 이미지를 반사했다. 생각에 잠긴 채 별자리의 모양을 훑어보았다. 처음에는 돌 위의 별자리를, 그 다음에는 하늘의 별자리를. 저건 페가수스! 지평선을 지나 달리고 있었다. 그 위에, 잔물결을 일으키며 밝게 빛나는 '개울 같은 빛줄기'(Stream of Light)가 보였다. 그리고 서쪽에는 트위스티드 트리(Twisted Tree)를 보듬은 별이 빛나는 초원이 있었다.

용은 아발론에서 가장 유명한 별자리이자 멀린이 특별히 좋아하는 별자리, '마법사의 지팡이'로 눈길을 돌렸다. 용의 콧구멍이 벌름거렸다. 바질가라드는 깜짝 놀라 으르렁거렸다. 그 굉음은 산봉우리를 가로질러 울려 퍼졌다. 수많은 생명체가 잠에서 깨어나 그 끔찍한 사실을 발견했다.

'마법사의 지팡이' 별들이 사라져 버렸다! 아발론이 탄생한 바로 그 순간부터 빛나던 그 자리에는 아무것도 남아 있지 않았다. 끝없는 시커먼 구멍 말고는 아무것도 없었다.

다시 한번 용은 포효했다. 사납지만 비참한 그 소리에 산이 마구 뒤흔들렸다. 마침내 울음소리는 어둠 속으로 희미해져갔다.

그 뒤로 몇 주, 몇 달 동안, 재앙이 연이어 이어지며 새로운 종류의 마름병처럼 일곱 영토에 퍼져 나갔다. 바질가라드는 문제가 생긴 곳마다 달려갔지만, 그 넓은 날개조차 사납게 퍼지는 폭력을 막을 수는 없었다. 파이어루트에서는 용들이 오랫동안 찾아다니던 불타는 보석의 위치를 발견하자, 소인과 용의 긴장이 마침내 싸움으로 폭발했다. 그 공격이 곧 또 다른 공격으로 이어지다가 대규모의 전쟁으로, 마침내 광란으로 이어졌다.

바질가라드의 영웅적인 노력에도 불구하고, 평화라는 목표는 점점 더 이룰 수 없는 환각처럼 보였다. 파이어루트에서의 충돌은 재빨리 다른 종족까지도 휩쓸었다. 죽음이 쌓이고, 반감이 커지고, 분노가 사방에서 터져 나왔다. 동맹이 형성되었다. 소인, 대부분의 요정과 인간, 높은 산봉우리에 사는 거인, 독수리 종족이 불을 뿜는 동맹군에 대항했다. 용의 동맹군으로는 부지런하지만 전쟁을 좋아하는 플레임론, 어둠의 요정, 땅의 요정, 탐욕스러운 인간들 그리고 곱스켄 무리가 한 팀을 이루었다. 심지어 아발론에서 가장 평화로운 생명체라 할 수 있는 몇몇 요정 종족도 용들이 자신들의 숲속 집에 불을 놓자 이 싸움에 끼어들었다. 싸움이 커져가며 파이어루트 너머로 번져갔다. 어슬렁거리며 돌아다니는 오거 무리와 성난 산악 트롤이 이 혼돈을 틈타 마을과 농경지를 제멋대로 약탈했다.

이 싸움은 '폭풍의 전쟁'(War of Storms)이라 불리게 되었다. 이 싸움이 모든 영토로 퍼져 나갔기에, 바질가라드는 끊임없이 날아다닐 수밖에 없었다. 주변에 점점 공포가 퍼졌지만 바질가라드는 최선을 다했다. 아름다운 계곡을 파괴하기 전에 싸움을 끝내고, 오거 무리를 뿔뿔이 해산시키고, 플레임론의 무기를 박살내고, 용의 공격에 불타는 마을을 구해주었다. 하지만 이 모든 성공에도 불구하고, 수많은 실패가 뒤따랐다. 더 많은 싸움, 더 많은 오거, 더 많은 무기, 더 많은 화염…… 혼자 힘으로는 도저히 통제할 수 없었다. 몇몇 용감한 영혼들이 때로는 자신의 목숨을 내놓으면서까지 바질가라드를 도와주었다. 다른 영혼들은 자기 역할을 다했다. 물속에 사는 용들의 최고지도자 벤데짓으로 말할 것 같으면, 불을 뿜어대는 용들이 동맹을 결성하려는 시도를 모두 거부했다. 하지만 대부분의 경우, 평화를 이뤄야 하는 부담을 바질가라드 혼자 두 어깨 위에 떠안을 수밖에 없었다.

넓은 어깨였다. 엄청나게 넓었다. 이 용은 누가 뭐래도 아발론에서 가장 강력한 존재였다. 하지만 이 미쳐 날뛰는 혼돈의 한가운데에서, 이따금 자신이 이제 막 태어난 요정처럼 연약하다는 느낌이 들었다.

"멀린!"

어느 날 밤, 바질가라드는 하늘과 별을 향해 큰 소리로 외쳤다. 머드루트의 평원에 지쳐 누워 있었다. 오랫동안 계속해서 싸움을 한 뒤, 좀 쉬려고 이곳에 내려앉았다. 주변의 땅은 여느 때와 달리 평온해 보이기는 했다. 그러나 용의 마음은 이 끔찍한 전쟁에 대한 생각과 이것이 아발론에 어떤 의미가 있는지에 대한 생각으로 차올랐다. 그러다가 결국 그 어느 때보다 보고 싶은 특별한 한 사람에 대한 생각으로 폭발했다.

"이렇게 재앙이 한창인데 당신은 어디 있어요? 이 세상은 당신이 필요해요. 사람들은 당신이 필요해요. 그리고 멀린…… 난 당신이 필요하다고요."

바질가라드는 울부짖었다. 커다란 꼬리로 진흙 바닥을 탁 치자 주변 땅이 마구 뒤흔들렸다.

아무 대답이 없었다. 들었으면 하고 바라는 말은 들려오지 않았다. 그래도 여전히 듣고 싶었다. 사악한 그림자 짐승이 아발론에서 멀리 떨어진 곳에 있을지도 모른다는 멀린의 말이 옳을까? 아니면 그건 멀린이 떠나려는 변명에 불과했을까? 자신에게 그처럼 많은 고통을 안겨준 이 세상을 떠나기 위한 이유일까?

바질가라드는 어두운 하늘을 훑어보았다. 한때 빛나는 '마법사의 지팡이'였던, 지금은 텅 빈 검은 틈에 시선이 머물렀다. 용은 얼굴을 찡그리며 이빨을 뿌드득 갈았다. 그리고 마법사가 떠나가며 했던 말을 떠올렸다.

"난 너랑 함께 있을 거야. 아발론 위에 별이 밝게 빛나는 한."

침울해진 바질가라드는 그 거대한 고개를 숙였다. 마침내 머리가 진흙 속에 철벅 닿았다.

'그 짐승은 이곳 아발론 어딘가에 있어. 난 느낄 수 있어! 그런데 그 녀석은 정말 뭐지? 그놈의 능력은 뭐지? 뭔 꿍꿍이가 있는 걸까?'

용은 이런 질문으로 뒤척이다 마침내 가까스로 힘겹게 잠에 빠져들었다. 바질가라드는 우드루트의 숲에서 살던 젊은 시절을 꿈꾸었다. 그래도 이 꿈은 고통에서 탈출할 시간을 약간 제공해주었다. 당시 걱정은 누군가에게 잡아먹히지 않고 하루를 또 어떻게 살아남는가 하는 것뿐이었다.

29

웃음소리

삶에 대해 내가 눈치챈 게 하나 있다. 일단 살아가기 시작했으면 습관이 생기고, 그러면 습관을 멈추기가 몹시 힘들다는 것이다.

유령의 늪에 사는 생명체들은 죽음의 구덩이를 계속 빠져나왔다. 이들은 그 어두운 곳에서 탈출하려 끊임없이 버둥거렸다. 구더기나 애벌레처럼 스르르 미끄러지든, 썩어가는 살점을 먹어치우는 눈에 보이지 않는 짐승들처럼 기어가든, 또는 늪지 유령들처럼 둥둥 떠다니든, 구덩이에서 가능한 한 빨리 벗어나려 버둥거렸다. 마침내, 이제 오랫 동안 그곳에 있던 썩어가는 시체만 남았다. …… 그리고 모두가 필사적으로 피하려고 하는 짐승뿐이었다.

둠라가는 이미 거대했는데도 계속 커지고 있었다. 그리고 또 커졌다. 또 커졌다. 이제 꿈틀거리는 거대한 몸이 터지기 일보 직전이었다. 벽에 닿는 것은 모조리 짜부라졌다.

하지만 짐승은 계속 부풀어갔다. 그림자 거머리는 조금씩, 조금씩, 시간이 지날수록 끊임없이 커져갔다. 부풀어 오르는 피부 밑으로 기이한 잔물결이 일렁이기 시작했다. 마치 시커먼 바다 속에서 불길한 조류가 흐르는 것 같았다. 이 잔물결과 더불어 나지막하게 콸콸 흐르는 소리가 흘러나왔다. 마치 뭔가 유독한 것이 표면 아래에서 뽀글뽀글 끓어오르는 것 같았다.

이보다 훨씬 더 끔찍한 또 다른 소리가 이따금 그 소리와 어우러졌다. 귀에 거슬리는, 뼈를 오싹하게 하는 웃음소리가 늪지의 어둠을 뚫고 울려 퍼졌다. 점점 자주! 그 어두운 심장 깊숙이 거머리는 쾌감을 새로이 느꼈다. 진정한 행복이 아니라 점점 커져가는 기대감.

리타 고르의 골치 아픈 적에 대한 승리의 기대감. 정복의 기대감. 그리고 사후 세계 주인과 함께 아발론을 정복할 기대감.

두 가지 변화가 이런 기대감을 품게 했다. 첫째, 둠라가가 계획한 대로 혼돈과 공포와 증오가 이 세상의 모든 영토에 재빨리 퍼지고 있었다. 이 그림자 짐승은 그 모든 부정적인 에너지를 모두 느꼈다. 공기에서 그 냄새를 맡았다. 아직 살아 있는 대여섯 마리 부하들이 전하는 메시지가 아니더라도 둠라가는 이제 공포가 이 땅을 지배한다는 걸 알고 있었다. 시간이 지날수록 점점 더!

둘째, 그 참견쟁이 마법사 멀린이 마침내 떠났다. 어디로 갔는지, 왜 갔는지, 둠라가는 알지 못했다. 하지만 아발론의 마법사가 가 버렸다는 사실은 분명했다. 이제 방해가 되는 유한한 생명체는 딱 하나 밖에 없었다. 그 증오스러운 초록 용.

둠라가의 웃음소리가 늪지를 뒤흔들며 죽음의 바람처럼 모든 것에 닿았다. 둠라가는 용의 부단한 노력이 이제 거의 다해가고 있다는 사실을 알았다. 아발론은 이제 둠라가의 결정적인 무기를 경험할 때가 거의 되었다. 마침내! 그 어떤 것도 이 새로운 힘을 막을 수는 없었다. 멍청한 용 한 마리가 절대로 막을 수 없었다.

　무시무시한 웃음소리가 다시 터져 나와 그 어느 때보다 멀리 뻗어 나갔다. 유령의 늪 너머로 새어 나갔다. 늪지 밖의 바위투성이 땅에서 자라는 늙은 느릅나무 한 그루가 갑자기 몸을 떨었다. 잎사귀가 움츠러들고, 뿌리가 오그라들고, 굵고 튼튼한 나뭇가지가 시들기 시작했다.

　그렇다 하더라도 늙은 느릅나무는 쓰러지지 않았다. 둠라가의 웃음소리가 희미해져가자, 느릅나무의 뿌리가 땅속으로 더 깊숙이 밀고 파고들었다. 나뭇가지가 다시 하늘로 뻗어나갔다. 잎사귀는 제 색을 되찾았고, 나무의 심장은 새로운 생명으로 진동했다. 이런 회복력은 이미 승리를 맛보고 있던 둠라가를 분명 놀라게 했을 것이다. 하지만 둠라가가 완전히 이해하지 못한 중요한 것이 있었다.

　거머리의 그 모든 계획에도 불구하고, 그리고 아발론의 그 모든 문제에도 불구하고…… 그 나무는 그 세계와 마찬가지로 아직 죽을 준비가 되어 있지 않았다.

30

위에서 내려오는 불

봄날의 아름다움과 비극은 같은 단순한 사실에서 비롯된다. 언제나 무척 단순하다.

불을 뿜는 용들은 아무런 경고도 하지 않았다.

어느 따뜻한 봄날, 사과 꽃이 이제 막 피기 시작할 즈음, 용들이 하늘에서 마치 불타는 공처럼 스톤루트의 '모두를 위한 공동체'의 신성한 주거지에 뚝뚝 떨어졌다. 잠시 뒤, 건물이 모두 불타며 연기가 하늘 높이 치솟고, 종보다 더 큰 소리는 거의 들리지도 않던 근처 고요한 농장에 비명이 터져 나왔다.

여자와 남자 사제들은 이들의 충성스러운 신도와 함께, 평생을 약속하고 이곳에 합류한 온갖 생명체들의 도움을 받아 부상자와 당황한 사람들을 안전하게 끌어내려 힘썼다. 하지만 안전한 곳은 어디에도 없었다. 하늘에서 안개 요정, 비둘기, 제비들이 허둥대며 움직였다. 놀란 염소, 말, 닭이 주거지 주변을 뛰어다니며, 도망가는 사람들과 부딪히고 온갖 비명을 쏟아내며 꽥꽥 힝힝거렸다. 아이들은 너무 두려워 사방으로 뛰어다니며 헛간이나 축사 또는 열매 덤불에 몸을 숨겼다.

리아는 어깨에 뉴익을 얹고 커다란 버클 종(Buckle Bell)으로 달려갔다. 밧줄을 끌어당겨 커다란 종소리를 일곱 번 내고는 멈추었다. 이윽고 일곱 번 또 종을 울렸다. 그건 '모두를 위한 공동체'의 위급 신호였다. 마지막 종소리가 가라앉기 전, 리아는 주위를 에워싼 용들이 내뿜는 불꽃을 피하며 사람들을 돕기 위해 달려갔다. 소맷자락의 덩굴 하나를 찢어 어린 염소의 화상을 입은 다리에 묶었다. 그러고는 류의 옆으로 달려가 불타는 나무가 위대한 신전(great Temple)의 기둥에 쓰러지지 않도록 밧줄을 함께 묶었다. 잠시 뒤, 도서관 지붕의 무섭게 타오르는 불꽃을 향해 양동이 가득 물을 퍼부었다.

하지만 이 모든 건 역부족이었다. 뉴익의 시커먼 회색 피부색이 나타내듯, 주거지와 이웃 농장은 불꽃과 두려움에 사로잡혀 곧 무너져 내릴 거다.

멀리 떨어진 곳에서, 산에 사는 거인 가족이 평원을 건너가고 있었다. 그 거인 가족은 무시무시한 주볼다(Jubolda)가 이끌었는데, 주볼다는 언덕을 번쩍 들어 약탈을 일삼는 트롤의 동굴을 노출시키는 것으로 유명하다. 거인의 보폭 하나는 농부의 밭 하나 크기였다. 갑자기 이들은 위급을 알리는 버클 종이 울리는 소리를 들었다. 즉시 주볼다와 거대한 딸 세 명은 발걸음을 돌려 주거지가 있는 방향으로 성큼성큼 걸어갔다. 가는 길에 종소리를 들은 또 다른 거인이 이들에게 합류했다. 바로 심이었다.

"우리가 제때 도착해 저 착한 사람들을 구해주면 좋겠네."

심은 거대한 발로 땅을 쿵쿵 밟으며 중얼거렸다.

"난 아니야. 난 제때 도착해 감히 '모두를 위한 공동체'를 공격한 녀석들을 확 잡아먹고 싶어! 불을 뿜는 용들이 분명해. 공기 중의 연기 냄새로 알 수 있어."

주볼다가 대답했다. 버려진 곡창 지대에서 구해 온 물레바퀴로 만든 귀걸이가 발걸음을 옮길 때마다 이리저리 마구 날뛰었다.

심은 주볼다 어깨 너머를 흘끗 바라보았다. 불룩한 코를 쓱 문지르며 심이 말했다.

"조심하는 게 좋아, 주볼다. 넌 거인이시만 그래도 죽음을 피할 수는 없어. 네가 저 용들한테 다치는 건 싫다."

주볼다는 심의 걱정을 내쳤다. 주볼다의 딸, 본로그는 거대한 입술에서 침을 줄줄 흘리며 심을 고마운 듯 쳐다보았다.

거인들은 하마터면 늦을 뻔했다. 불을 내뿜는 용들은 주거지의 가장 큰 건물을 공격하고 있었다. 겨울 폭풍 때 부러진 나뭇가지로 지은 건물이었기에, 이보다 더 불에 잘 타는 건물은 없었다. 또는 이보다 더 소중한 건물도 없었다. 뾰족한 아치 지붕이 산봉우리처럼 높이 솟아 있고, 스테인드 글라스 창문은 환한 날개의 나비들이 내뿜는 빛으로 빛났다. 장인 공동체(Crafts Community)라 부르는 건물 안에서, 사제들이 수세대에 걸쳐 도기 제조, 직조, 바구니 세공, 유리 세공, 목공을 배워왔다. 장인 요정의 가장 유명한 조각가는 이 건물에 자신의 재능을 쏟아부었다. 그 오랜 건물이 불에 타는 모습은 그 건물을 아는 모든 이들의 가슴을 찢어지게 만들었다.

용 세 마리가 하늘에서 휙 내려왔다. 이들의 진홍색 날개는 불꽃처럼 환했다. 이들은 동시에 울부짖으며, 건물 지붕에 맹렬한 바람을 곧장 불어댔다. 바로 그 순간, 거인 세 명이 손을 쭉 내밀어 불꽃이 목표물에 닿지 못하게 했다. 바로 주볼다, 심 그리고 본로그의 손이었다. 거인들은 즉각 거대한 주먹으로 공격해오는 용들을 있는 힘껏 내리쳤다.

거인의 손가락 관절이 비늘 덮인 용의 가슴을 내리치자 그 터지는 소리가 허공을 뒤흔들고, 용들은 하늘에서 고꾸라졌다. 용들은 갈빗대와 꼬리가 부러진 채 근처 목초지에 쿵 떨어졌다. 싸움은 싱겁게 끝났다. 거인들한테서 도망가는 것이 이제 이들의 유일한 목표가 되었다.

남아 있는 불 용들은, 그 수가 여덟에서 아홉 마리 정도 되었는데, 재빨리 전략을 바꾸었다. 화난 장수말벌처럼 맹렬하게 거인들을 공격하며, 무시무시한 발로 거인들을 잡아 뜯고 불꽃을 뿜어댔다. 그런다 하더라도 거인들한테는 상대가 될 수 없었다. 거인들의 딱딱하고 두꺼운 피부가 갑옷보다 더 든든하게 공격을 막아주었다. 주볼다는 귀걸이 하나를 잃어버렸다. (그래서 더 화가 났다.) 하지만 거인 중 누구도 살짝 긁힌 것 이상으로 고생하지는 않았다. 반면, 불을 뿜어대는 용들은 큰 대가를 치렀다. 이 중 몇몇은 거인이 휘두른 주먹에 나가떨어지고, 주볼다의 딸 본로그의 이빨에 물려 죽임을 당했다.

장인 공동체 건물 지붕에 붙은 불을 끄던 리아는, 행운이 돌아온 걸 보고 환호했다. 이처럼 향기로운 봄날 아침에 시작된 이날의 공포가 곧 끝나리라는 희망이 마음속에 부풀어 올랐다. 그 순간, 동쪽을 바라보다가 깜짝 놀라 물 양동이를 떨어트리고 말았다.

플레임론 전사들! 파이어루트에서 온 군인들이 촘촘하게 대열을 갖추어 행진하며 주거지를 에워싸기 시작했다. 자신들의 화산 대장간에서 만든 묵직한 철 투석기를 굴려, 거인들을 향해 일제 사격을 개시했다. 거대한 바위가 거인들의 가슴과 팔을 마구 맞혔다. 끓는 기름통이 거인들의 등에서 폭발했다. 튼튼한 다리가 단단한 밧줄로 만든 그물에 걸려, 거인들은 비틀거렸다.

자신들에게 기회가 찾아왔다는 걸 알아차리고, 불 용들은 다시 공격을 시작했다. 주거지 주변에 연기가 탑처럼 허공에 솟아오르며 하늘을 물들였다. 용들은 꼬리로 건물과 벽과 기념물들을 요란하게 내리쳤다. 부상당한 남자와 여자와 아이들이 비명을 지르고 울고 불며 사방으로 뿔뿔이 도망쳤다.

　심이 큰 소리로 울부짖는 신음 소리를 듣고 돌아보니, 땅에 거인 하나가 쓰러져 있었다. 본로그였다! 다리가 그물에 걸리는 바람에 본로그가 힘없이 마구 버둥거렸다. 한편, 플레임론 군대는 날이 넓은 칼과 창을 끔찍하게 휘두르며 재빨리 본로그를 향해 돌진했다.

　"멈춰!"

　어떻게 도와야 할지 잘 몰랐지만, 심은 본로그를 향해 달리기 시작했다. 하지만 심의 커다란 발가락 하나가 주거지의 외벽에 걸리는 바람에 거목처럼 앞으로 고꾸라지고 말았다.

　심은 고함을 지르며, 두 팔을 마구 휘저으며 균형을 잡으려 버둥거렸지만 소용이 없었다. 심은 두 눈을 질끈 감고 땅에 쿵 부딪쳤다. 거대한 몸이 엄청난 힘으로 부딪쳐, 근처 투석기가 그 충격으로 흔들흔들거리다 쓰러졌다. 심은 자신이 본로그를 돕지 못한 걸 알고, 두 눈을 뜨고 싶지 않았다. 본로그의 무기력한 몸이 플레임론한테 잘리는 모습을 보고 싶지 않았다.

　'완전히 실패했어! 정말 꼴사납게 실패했어!'

　심이 생각했다.

　그때 누군가 거칠게 심을 밀었다. 거인의 힘이었다. 심은 눈을 떴다. 놀랍게도, 본로그가 심을 내려다보고 있었다!

　"넌…… 살아 있는 거야?"

심이 물었다.

본로그는 웃으며 커다란 입을 벌렸다.

"네 덕분이야, 심! 네가 나를 구했어. 저 플레임론 녀석들 위에 네 몸을 던져서 말이야."

심은 깜짝 놀라 눈을 끔뻑이며 몸을 옆으로 굴렸다. 확실히, 군인들이 깔려 있었다.

"하지만…… 하지만 나는……."

심은 말을 더듬었다.

"정말 용감했어, 심. 무척 대담했어. 너무……."

본로그는 잠시 말을 멈추었다. 두 눈이 반짝였다. 거품이 일며 뚝뚝 떨어지는 침을 쓱 닦으며 말을 이었다.

"정말 씩씩했어."

심의 기분은 놀라움에서 공포로 재빨리 바뀌었다. 두렵게도, 본로그가 몸을 숙여 자신에게 입을 맞추려 하는 모습을 보자 그 공포가 더욱 퍼졌다. 침이 흠뻑 묻은 커다란 입술이 가까이 다가왔다. 커다란 입에서 침이 강물처럼 와르르 쏟아져 나왔다. 주름 잡힌 입술이 커지며 얼굴 절반을 차지했다.

"아이쿠!"

심이 외쳤다. 그러고는 재빨리 몸을 굴려 벌떡 일어나, 저 높은 산봉우리의 안전한 곳을 향해 줄행랑쳤다.

여자 거인은 몸을 일으켜, 심이 달아나는 모습을 바라보며 얼굴을 찡그렸다. 목구멍 깊숙한 곳에서 저주를 쏟아냈다. 이윽고 거인만 한 크기의 실망스러운 한숨이 나왔다. 마지못해 본로그는 엄마 옆으로 가서 불을 뿜어대는 용과 플레임론과의 싸움에 다시 합류했다. 하지만 이따금 잠시 멈추어 달아나는 심을 간절한 눈빛으로 바라보았다. 심이 마침 내 지평선 너머로 사라지자, 본로그는 한숨을 또 커다랗게 내쉬었다. 그 바람에 호수만 한 침이 튀었다. 뚱한 본로그는 거대한 입을 닦고 싸움으 로 다시 돌아갔다.

본로그가 다시 싸움을 시작했지만, 싸움은 힘겹게 흘러갔다. 용들은 주거지의 건물마다 불을 질러 생존자들이 숨을 곳이 거의 남지 않았다. 플레임론은 더 가까이 압박해 들어오며, 자신들의 치명적인 올가미를 옥죄어왔다. 비록 리아가 사람들을 향해 계속 소리치며 용기를 북돋아 주었지만, 리아조차 확신이 없었다.

이곳을 세우기 위한 그 모든 일이, 아발론의 최고 이데아와 미래에 대한 꿈을 기리기 위한 그 모든 일이 수포로 돌아갔다. 리아는 그것을 알았다. 리아의 어깨에 매달린 뉴익은 이제 몸 색깔이 칠흑처럼 시커멓 게 변해 있었다.

"봐봐!"

류가 소리쳤다. 류는 피가 흠뻑 묻은 팔로 하늘을 가리켰다.

리아가 고개를 들어보니 용 한 마리가 빠른 속도로 다가오고 있었 다. 하지만 그건 불을 내뿜는 용이 아니었다. 선명한 초록색 비늘, 커다 란 날개, 강력한 꼬리로 누군지 확실히 알 수 있었다.

"바질! 바질가라드다!"

리아가 소리쳤다.

그 이름을 듣는 것만으로도 불을 내뿜던 용들이 비명을 지르며 달 아나기 시작했다. 머뭇거리던 용들은 곧 자신의 실수를 후회했다. 바질 가라드가 주거지에 도착한 순간, 곤봉이 달린 꼬리로 한 녀석을 후려쳐 남쪽 늪지까지 날려 보냈다. 잠시 뒤, 바질가라드는 몸을 휙 돌려 또 다른 용을 세게 내리쳤다. 가슴의 갈빗대가 모조리 부러질 만큼 강력했다. 그 녀석이 땅에 떨어지기도 전, 바질가라드는 커다란 꼬리를 또 다른 녀석의 목에 감아 영토 끝자락 어딘가로 내동댕이쳐 버렸다. 그러는 사이, 머리로는 또 다른 녀석의 두개골을 들이받았다. 어찌나 강력했는지, 그 녀석의 눈 하나가 튀어나와, 한참 떨어진 호수에 풍덩 빠졌다.

이 어마어마한 힘이 펼쳐지는 모습을 바라보며, 플레임론은 나팔을 불어 서둘러 퇴각했다. 비록 숙련된 전사들이었지만, 이처럼 압도적으로 강력한 적을 상대해 이길 수 없다는 걸 알았다. 하지만 사령관 몇몇은 뒤에 남아, 바질가라드의 약점을 찾으려 애썼다. 분명 이 용과 언젠가는 다시 싸워야 한다는 것을 알았으니까. 그리고 그런 일이 벌어졌을 때, 또다시 패배하고 싶지는 않았으니까.

이윽고, 연기 자욱하던 하늘이 맑아졌다. 몇 달 동안의 노력이 들었지만, 리아와 살아남은 추종자들은 자신들이 사랑하던 사람들을 화장하고, 피해 입은 건물을 다시 짓고, 주거지의 정원을 다시 가꾸었다. 위대한 신전의 기둥을 수리하고, 불에 그슬린 곳을 깨끗이 청소했다. 버클 종이 다시 울렸을 때. 사제들과 신도들은 기뻐했다. 이번에는 재난에 대한 경보가 아니라 환영의 종소리였다. 여전히 평화를 소중히 여기는 아발론의 모든 사람들을 환영하는 종소리였다. 흩어졌던 요정들도 다시 돌아왔다. 이들의 날개는 파란 하늘, 장미꽃 그리고 은빛 안개의 색으로 반짝반짝 빛났다.

하지만 그 끔찍한 날을 누구도 잊을 수 없었다. 그날은 '메마른 봄 전투'라고 불리게 되었다. 또한 마침내 승리를 거둔 위대한 초록 용을 누구도 잊을 수 없었다.

31

어두운 틈

"동트기 전이 가장 어둡다"고 말하는 사람은 나와 함께 그 긴 밤을 보내지 않은 게 분명하다.

어느 날 밤, 바질가라드는 워터루트의 가장 위쪽에 있는 프리즘 골짜기 끝자락에 혼자 누워 있었다. 잠을 이룰 수 없었다. 몸을 뒤척이자, 다채로운 암붕*을 따라 뻗은 꼬리가 별빛을 받아 빨간색, 노란색, 심홍색 가루로 빛났다.

바로 그날, 바질가라드는 지나가는 공기 요정한테 불을 내뿜는 용들이 또다시 우드루트를 공격하기 위해 모이고 있다는 소식을 전해 들었다. 지금껏 불 용들이 숲을 태우는 걸 막아왔지만, 얼마나 더 오랫동안 성공할 수 있을까? 또한 불 용들이 벤데짓이 이끄는 물 용들과 연합군을 이루려 시도했으며, 벤데짓이 이를 거부하자 반란을 부추겼다는 것도 알려주었다. 스카페이스(Scarface)라 불리는 왕실 경호원이 이끈 반

---

* 해안 절벽에서 주로 발달한 선반 모양의 암석.

란은 실패했다. (바질가라드는 그 녀석을 상대로 손쉽게 이긴 적이 있었다.) 벤데짓이 승리를 거두었지만, 앞으로 또 다른 반란이 일어나 다른 결과를 가져오지 않으리라는 보장은 없었다.

벤데짓의 딸, 만냐는 어떻게 지낼까? 반란에서 살아남았을까? 바질가라드가 온몸을 부들부들 떠는 바람에, 암붕에서 다채로운 구름 같은 가루가 일었다. 바질가라드가 밤을 보내는 이 골짜기는 벤데짓의 동굴을 방문한 뒤, 무지개 바다에서 가장 가까운 곳이었다. 그 이후, 바질가라드는 줄곧 만냐를 생각해왔다. 인정하고 싶은 것보다 훨씬 더 많이. 만냐가 새롭게 발견한 비행 기술을 계속 연습하고 있다는 이야기를 전해 들었다. 그리고 저 안개 자욱한 하늘을 가로질러 솟구치는 모습을 자주 보았다. 이따금 만냐를 찾아가고 싶었지만, 자신의 끝나지 않은 일 때문에 그럴 수가 없었다.

'왜 계속 만냐 생각을 하는 거지? 잘 수 있을 때 잠을 자둬야 해.'

바질가라드는 귀찮다는 듯 짜증스레 투덜거렸다.

하지만 이 질문을 하면서도 그 대답을 알고 있었다. 만냐의 반짝반짝 빛나는 파란 눈동자와 강한 모험심, 자신이 만냐를 하늘 높이 데리고 올라갔을 때 기뻐하며 포효하던 그 모습이 퍽 감동적이었다.

'이건 잊어버리자, 넌 할 일이 태산이야!'

바질가라드는 침울하게 혼잣말을 했다.

일, 지금까지 일만 해왔다! 아발론의 문제가 늘어날수록 바질가라드는 한 영토에서 다른 영토로 달려가, 새롭게 불거진 폭력을 막으려 노력했다. 어떤 성공을 가져왔나? 그다지 크지 않았다. 정말이다. 가까스로 폭력과 파괴를 막았지만, 쓰라린 진실은 거부할 수 없었다. 아발론은 죽어가고 있다! 바질가라드가 얼마나 많은 일을 하든, 아발론의 문제는 점점 악화될 뿐이었다.

'솔직히 말해서 뭔가 다르게 애써야 했어. 완전히 다르게. 하지만 어떻게?'

커다란 꼬리를 들어 올려 바위 가장자리에 내리쳤다. 다양한 색깔의 가루가 허공으로 솟아올라 별을 가렸다. 큰 바위가 와르르 무너져 내리며 골짜기 아래로 요란스레 떨어졌다.

'멀린을 찾을 때가 됐어! 멀린을 설득해 집으로 돌아오게 해야 해.'

바질가라드는 갑작스러운 영감을 받아 다짐했다.

하지만 어떻게? 바질가라드는 그렇게 할 수 없었다. 만약 자신이 단 며칠만이라도, 아니 단 몇 분만이라도 아발론을 떠난다면, 지금 돌아가는 꼴로 보건대, 아발론의 영토들은 분명 대혼란에 빠질 것이다. 그 그림자 짐승이 무엇이든, 누구를 위해 일하든, 승리를 거두게 될 것이다. 그리고 멀린을 찾기 위한 여정은 분명 며칠 이상이 걸릴 것이다.

바질가라드는 별이 빛나는 하늘을 향해 그 커다란 얼굴을 들어 올렸다. 저 빛 중 하나가, 어쩌면 지구라고 불리는 세상일 것이다. 그곳으로 가는 통로는 '위대한 나무'를 타고 가장 높은 나뭇가지 끝까지, 그리고 그 너머로 계속 올라가야 있었다. 누가 과연 그럴 수 있을까?

바질가라드는 알고 있었다. 리아가 완벽한 선택이었다. 리아는 필요한 자질을 모두 갖추었다. 용기, 대담함, 지혜 그리고 멀린의 여동생으로서 설득의 기술. 바질가라드가 한숨을 크게 내쉬자 골짜기 끝자락에 가루가 폭풍처럼 일었다. 하지만 리아를 마지막으로 찾아간 이후, 리아가 도움이 안 된다는 걸 깨달았다. 조금도! 바질가라드는 얼굴을 찡그렸다. 주거지의 다시 세운 벽 밖에서 리아와 나눈 대화를 상기했다.

"난 결심했어, 바질."

리아가 선언하듯 말했다. 리아가 바질가라드를 올려다보며 고개를 가로젓자, 은빛 곱슬머리가 어깨 위에서 찰랑거렸다. 리아는 잠시 멈추고 입을 꾹 다물었다.

"나는 떠나기로 결정했어."

"떠난다고? 어디로?"

용이 깜짝 놀라 큰 소리로 물었다.

"나도 몰라, 내가 이 주거지를, 이 영토를 떠날 때가 되었다는 것만 확실히 알아……. 다시는 돌아오지 않을 거야."

리아가 대답했다. 눈에는 슬픔이 가득했다.

리아는 옷소매의 덩굴 하나를 비비 꼬았다.

"이 모든 전쟁, 이 모든 죽음…… 바질, 난 가슴이 찢어져. 그리고 가장 고통스러운 건 '모두를 위한 공동체'가 두려움에 사로잡혔다는 거야. 사제들은 점점 더 고집스러워지고 있어. 매일 점점 더 근본주의적인 신념에 갇혀가고 있어. 이건 우리 엄마가 세운 질서가 더 이상 아니야. 살아 있는 모든 생명체에 대한 사랑과 존중에 기초한 질서가 아니라고."

"하지만 네가 대사제잖아!"

리아가 고개를 가로저었다.

"이제는 아니야."

"다시 생각해볼 수는 없는 거야? 우리한테는 네가 필요해, 리아. 아발론을 위해서 싸워야 한다고! 우리는 아직 아발론을 구할 수 있어. 만약 우리가……."

바질가라드가 매달렸다.

"아니야, 내게는 힘이 없어, 바질. 의지도 없어."

리아가 말을 가로챘다. 리아는 천천히 숨을 내뱉었다.

"그리고 이런 것들이 없다면…… 난 그저 짐밖에 안 돼. 그래서 난 떠나야 하는 거야."

이렇게 이들의 대화는 끝났다. 이것이 이들의 마지막이 될까? 미래에 언젠가 다시 만날 수 있을까? 아무도 알 수 없었다.

바질가라드는 골짜기 끝자락에서 안절부절못하고 몸을 뒤척였다. 침울하게 커다란 머리를 들어 밤하늘의 어두운 틈을 바라보았다. 한때 별들이 줄지어 밝게 빛나던 곳, '마법사의 지팡이'. 그 별들은 어디로 갔을까? 무엇이 저 하늘을 이토록 어둡게 만들었을까? 아발론의 운명에 관한 알기 어려운 수수께끼에서 사라진 별자리는 어떤 역할을 했을까? 바질가라드를 이토록 오랫동안 괴롭혀온 수수께끼.

이 모든 질문은 오직 멀린만 대답할 수 있다는 걸 알고 있었다. 마법사를 찾아가는 여정을 가능하게 해줄 사람은 아발론에서 오직 한 사람밖에 없다는 것을 알았다. 물어보고 싶은 마지막 사람. 도와주겠다고 동의해줄 마지막 사람.

하늘의 텅 빈 곳을 여전히 노려보며 이빨을 뿌드득 갈았다. 힘든 일이지만 시도는 해봐야 했다. 내일, 크리스탈루스에게 날아갈 것이다.

32

마법의 지도

길을 잃는 방법은 여러 가지가 있다. 어떤 경우에, 지도는 도움이 되지 않는다.

바질가라드는 궁금했다. 어디에서 크리스탈루스를 찾아봐야 할까? 우선 크리스탈루스가 세운 탐험 본부를 가보는 게 가장 좋았다. 에오피아 지도 제작자 학교. 워터루트의 동쪽 끝 강력한 관문 옆에 자리 잡고 있는 그 학교는, 지금 아발론의 지도를 가장 많이 소장한 것을 자랑하고 있다. 여행을 많이 한 그곳 거주자들은 일곱 뿌리-영토뿐 아니라 소문에 의하면 정령의 영토에 있는 잃어버린 핀카이라의 안개 자욱한 해안으로 정기적으로 여행을 떠났다.

그 학교에는 많은 사람들이 살았다. 지도 제작의 기술을 배우거나, 자신들이 새롭게 발견한 것을 기록했다. 그중에 크리스탈루스도 있었다. 크리스탈루스는 그 누구보다도 더 멀리 여행을 다녔다. 최근에는 위대한 나무의 둥치 속 비밀스러운 경로를 통해 '위대한 나무의 심재' (Great Hall of the Heartwood)라고 스스로 이름 지은 내부까지 다녀왔다. 하지만 그 발견은 나머지 유명한 발견들과 마찬가지로, 더 많은 여행에 대한 욕망을 부추겼을 뿐이었다.

바질가라드는 구름에서 휙 내려앉아 학교를 처음으로 흘끗 보았다.

'저게 도대체 무슨 건물이지?'

깎아지른 절벽 옆, 방수천으로 된 낡은 담요와 빛바랜 옷을 엮어 만든 것을 들여다보고 궁금증이 일었다. 어떤 천 조각은 마법의 실로 반짝반짝 빛났다. 어떤 것은 여행에서 묻은 흙먼지를 온통 뒤집어쓰고 있었다.

바질가라드는 당혹스러워하며 아래로 미끄러지듯 나아갔다. 학교 위로 자신의 앙상한 날개 그림자가 스쳐 지나갈 때, 불현듯 깨달았다.

'저건 텐트야! 커다란 텐트.'

크리스탈루스가 텐트라든가 허허벌판에서 자주 잠을 자야 하는 탐험가의 떠돌이 생활을 알려주려거나, 뭔가 좀 더 견고한 건물을 지을 시간이 충분하지 않아서 저렇게 텐트로 지은 건지도 몰랐다.

바질가라드가 커다란 울타리 옆에 내려앉자, 절벽 꼭대기의 느슨한 바위들이 굴러떨어졌다. 바질가라드는 거대한 꼬리를 질질 끌며 좀 더 가까이 다가갔다. 짧은 머리의 여인이 야외에서 진행하는 수업을 방해하지 않으려 조심했다. 그 여인은 트롤의 땅에서 겪은 모험 이야기를 들려주고 있었다. 청중들은 그 여인의 이야기에 (그리고 그 옆에 서서 헛바닥으로 지나가는 새를 잡으려 버둥거리는, 눈 하나 달린 길들여진 트롤에) 마음을 빼앗겨 바질가라드를 흘끗 쳐다보기만 할 뿐이었다. 어쨌거나 바질가라드는 아발론에서 익숙한 모습이었다. 반면 트롤은 정말로 이국적인 존재였다. 용이 지나갈 때, 트롤이 혀를 쭉 내밀어 운 없는 갈매기 한 마리를 낚아채는 모습에 청중들은 깜짝 놀랐다.

바질가라드는 돌돌 말아 올려놓은 텐트의 문 쪽으로 다가가, 커다란 머리를 텐트 밖 땅바닥 위에 내려놓았다. 분주하게 텐트를 드나드는 사람들은 마치 학교에서 용을 보는 게 전혀 이상하지 않기라도 한 것처럼, 거들떠보지도 않고 용의 주둥이 옆을 걸어갔다. 그중 일부는 멀리 떨어진 곳에 대한 이야기에 심취해 있었다. 깃털 달린 모자를 쓴 젊은이 둘은 에어루트의 구름 케이크의 본질에 대해 떠들고 있었다. 두루마리 무더기를 옮기는 사람들도 있었는데, 두 팔 가득 높이 쌓인 두루마리를 옮기다 자주 땅에 떨어뜨리곤 했다. 그사이, 누군가는 바질가라드가 그렇게 여행을 많이 하면서도 한 번도 들어본 적이 없는 언어로 노래했다.

'이곳은 학교라기보다는 서커스 같군.'

소인 한 무리가 귀가 넓적한 코끼리 한 마리를 텐트 안으로 옮기는 모습을 지켜보며 생각했다.

호기심이 일어 텐트 안을 들여다보았다. 꼭대기에 커다란 파란색 배너가 걸려 있는데, 익히 잘 아는 상징이 있었다. 원 안의 별 하나. 공간과 시간 사이를 여행하는 고대의 상징. 배너 바로 아래 놓인 물건을 보고 깜짝 놀라 콧바람을 불었다. 아발론의 '위대한 나무'의 축소 모형이 받침대 위에서 천천히 돌아가고 있었다. 모형에는 일곱 뿌리-영토가 놀라울 정도로 상세히 묘사되어 있었다. 모형 나무는 숲, 호수, 늪, 정착촌 그리고 온갖 이정표를 보여주었다. 그 위에는 설명이 적힌 꼬리표가 붙어 있었다. 하지만 아직까지 누구도 탐험하지 못한 나뭇가지에는 딱히 눈에 띄는 게 없었다.

"실례합니다, 손님."

바질가라드가 시선을 낮춰보니, 젊은 요정 하나가 턱 옆에 서 있었다. 요정치고는 컸지만, 요정의 머리는 용의 아랫입술에 닿지도 않았다.

"뭐?"

커다란 목소리가 으르렁거렸다.

"당신은 평화의 날개 아닌가요?"

요정이 물었다. 숲속 초록색 눈동자가 거의 비슷한 색조의 훨씬 큰 눈을 올려다보았다.

"맞아, 비록 요즘에는 평화를 찾기는 힘들지만."

엄청 굵은 목소리로 대답했다.

요정은 고개를 끄덕였다. 분명 현재보다는 과거에 더 관심이 많은 듯, 요정이 물었다.

"아발론이 탄생한 바로 그 순간에 당신이 알에서 깨어난 게 사실인가요?"

요정은 이마를 찡그리며 덧붙였다.

"물론 당신은 나중에야 용의 모습을 갖추었지만요. 정확히 말해 서른일곱 살이 되었을 때요."

바질가라드가 입꼬리를 들어 올리며 웃었다.

"그래, 그건 사실이야. 그리고 너…… 추측건대, 넌 트레시미르 (Tressimir)가 분명해. 숲의 요정 사이의 젊은 역사가."

요정이 얼굴을 붉히며 물었다.

"제 이름 들어봤어요?"

"용의 귀는 무척 크지."

바질가라드가 낄낄 크게 웃으며 물었다.

"그러니까 말해봐, 트레시미르. 어디로 가면 크리스탈루스를 찾을 수 있을 것 같니?"

요정의 얼굴이 환해졌다.

"아, 네! 크리스탈루스는 오늘 아침까지만 해도 여기에 있었어요. 새로운 지도에 대한 아이디어를 짜내면서요. 당신도 알겠지만, 그 아이디어는……."

"난 몰라, 하지만 날 위해 크리스탈루스를 찾아줄 수 있니?"

바질가라드가 끼어들었다.

"물론이지요."

트레시미르가 텐트 안으로 서둘러 들어가더니, 안에 있던 사람들 틈으로 끼어들었다.

바질가라드는 그 모습을 지켜보며, 안에서 무슨 일이 벌어지고 있는지 좀 더 가까이서 살펴보기로 결심했다. 한쪽 벽을 따라, 몇몇 칸막이로 작은 공간들이 나뉘어 있었다.

'교실이로군.'

각각의 공간 안에, 누군가 청중을 가르치고 있었다. 자신의 요점을 명확히 하기 위해, 강사들은 때때로 노래를 부르거나 소리치기도 했다. 때로는, 그림, 옷감의 견본 조각, 석고 모형 발자국, 어떤 때는 커다란 황금색 발톱을 들어 올렸다.

위대한 나무 모형 뒤, 텐트 저 안쪽의 벽을 등지고 학생 수십 명이 각자의 책상에 앉아 있었다. 아이들은 각자 한손에는 독수리 깃털 펜을, 다른 손에는 거친 스케치 지도를 들고 있었다. 그러면서 책상 위에 펼친 두루마리 종이에 그림을 그렸다. 잉크병, 더 많은 깃털, 얼룩덜룩한 천, 나침반이 사방에 어지럽게 놓여 있었다.

'재주가 고상하네. 근사한 지도를 그리려면 상당히 많은 기술이 필요하겠어.'

용은 고개를 끄덕이며 생각했다.

관문에 좀 더 바짝 다가가자, 바닥 여기저기에 다른 종류의 지도들이 펼쳐져 있는 것을 알 수 있었다. 어떤 지도는 소문으로만 듣던 것이었다. 어떤 지도는 생각조차 못 한 것이었다. 회전하는 '위대한 나무' 모형 옆, 똑바로 선 지지대에는 실제로 말하는 커다란 지도가 하나 있었다. 그건 굵은 바리톤 목소리와 특정한 순간에 휘파람을 부는 것으로 유명한 지도인데, 크리스탈루스가 학교에 준 선물이었다. 하지만 크리스탈루스는 그 지도를 어디서 발견했는지 정확히 밝히지 않았다. 모든 영토에서 온 음유시인들이 그 지도 앞에 서서, 저 멀리 떨어진 땅에 대해 질문을 했다. 지금 이 순간, 삼림 지대 요정 한 무리가 재잘대며 싸움과 불 또는 폭발의 위험 없이 살 수 있는 곳이 있는지 묻고 있었다.

바질가라드의 두 귀가 앞으로 쭉 뻗어 나왔다. 마치 그 대답을 커다란 관심을 갖고 귀담아 듣는 것 같았다. 용이 실망스럽게도, 그리고 요정들이 격분하게도…… 지도는 아무 말이 없었다. 지도는 말하려 하지 않았다. 휘파람을 불려고도 하지 않았다. 요정들은 화를 내며 날아가 버렸다. 그러다가 텐트를 벗어나며 바질가라드의 콧속으로 날아들 뻔했다.

'의심했던 대로야. 그러니까 멀린을 데리고 와야 하는 거야.'

크리스탈루스의 흔적은 아무것도 못 찾았지만, 떠들썩한 텐트 안을 다시 살펴보았다. 전시되어 있는 비범한 지도들이 다시 눈에 들어왔다. 처음 바질가라드의 눈길을 사로잡은 것은, 보다 정확히 말해 귀를 사로잡은 것은, '노래하는 지도'였다. 그건 무세오 가족이 학교에 기증한 지도로, 아발론의 어떤 지역이든 그곳의 지역 음악을 내보일 수 있었다. 바로 지금, 요정 아가씨 하나가 손가락을 에어루트의 꼭대기에 대고 있었다. 즉각, 지도는 구름 사이로 둥둥 떠다니는 공기 요정들이 부르는 음악을 부드럽게 토해냈다.

텐트 주변을 눈여겨보다 또 다른 지도를 발견했다. 그건 망원경 역할을 할 수 있는 지도였다. 적절한 마법의 주문만 있으면, 풍경의 어떤 곳이든 가까이 볼 수 있게 해주었다. 서른 명에서 마흔 명에 이르는 사람들이 줄을 서서 자기 차례를 기다리고 있었다. 그중에는 허리가 굽은 할머니도 한 명 있었다. 나무처럼 거친 머리에 두 팔은 옹이투성이 나뭇가지 같고, 다리는 나무뿌리처럼 생겼다.

'트릴링 종족이야. 모두 전멸했다고 생각했는데.'

용은 깨달았다.

아주 흥미로웠지만 용의 관심은 또 다른 지도로 향했다. 이번 지도는 희미하게 반짝이는 둥근 물체였다. 수정으로 만들었는데, 마치 마법의 폭풍을 품은 듯 그림자처럼 희미한 가스가 빙빙 돌았다. 바질가라드가 이마를 찡그리자 커다란 이마에 주름이 잡혔다. 그 지도를 보고 있자니 벤데짓의 마법의 둥근 물체, 그리고 그 안에 있던 시커먼 짐승이 떠올랐기 때문이다.

바로 그때, 구부정한 어깨에 묵직한 숄을 걸친 한 여인이 그 둥근 물체에 다가갔다.

"내게 말해줘! 200년 뒤 내 고향은 어떤 모습일까?"

여인은 거친 목소리로 물었다.

'미래를 보여주는 지도구나!'

바질가라드는 앞으로 좀 더 미끄러지듯 나아갔다. 그 여인이 어떤 곳을 마음속에 품고 있는지 귀담아들으려고 열중했다. 2세기 뒤에는 어떤 모습일까? 바질가라드는 몸서리쳤다. 이 모든 전쟁의 파괴를 감안해

볼 때, 아발론의 어디든 그렇게 오랜 시간이 흐른 뒤에도 남아 있을까 갑자기 의문이 들었다.

"내 집은 섀도루트 서쪽 끝에 있어. 우리 종족이 세운 새로운 정착촌에 있지. 다 완성하려면 내게 남은 인생보다 훨씬 더 오래 걸릴 거야. 하지만 난 내 집이 어떤 모습일지 알고 싶어."

여인이 시끄럽게 물었다.

'섀도루트라고? 거긴 언제나 어둡고, 언제나 위험한 곳이야. 누가 왜 그곳에 정착하려는 걸까? 불쌍한 늙은이 같으니라고…… 어둠 말고는 아무것도 보지 못할 거야.'

바질가라드는 안타까워 코를 찡긋 움직였다.

둥근 물체 안에서 그림자가 소용돌이쳤다. 장면은 점점 더 어두워지다 마침내 새까만 어둠 말고는 아무것도 없었다. 끝없는 밤의 영토에 어울리는 장면이었다.

갑작스럽게 둥근 물체 전체가 빛을 뿜어냈다. 해안의 도시 사방에서 불꽃이 활활 타올랐다. 흙보다는 빛으로 만들어진 도시. 여인은 알겠다는 듯 고개를 끄덕였다. 얼굴은 둥근 물체에서 뿜어져 나오는 빛으로 새빨갛게 빛났다.

바질가라드는 깜짝 놀랐다.

'빛의 도시라고?'

바질가라드는 늙은 여인을 좀 더 가까이 들여다보았다.

'저 여자는 누구지?'

누군지 알아차리지는 못했지만, 여인이 좀 더 가까이 다가왔을 때 흐릿한 연기 냄새를 알아차렸다. 그러고 나서 묵직한 숄에서 뭔가 새로운 걸 알아차렸다. 어깨처럼 보이지 않는 한 쌍의 혹. 어쩌면 저게 날개의 위쪽 끝이 아닐까?

그 여인에게 누군지, 어디서 왔는지 물으려고 했다. 그때 누군가 바질 가라드의 턱 아래쪽을 톡톡 두드렸다.

"음, 음, 도대체 네가 여기 웬일이야?"

굵은 목소리가 물었다.

바질가라드는 마지못해 이제 텐트를 떠나가고 있는 늙은 여인에서부 터 시선을 돌려, 말을 건 남자를 바라보았다.

"안녕, 크리스탈루스."

33

이 세계가 여전히 지속하는 동안

나는 비밀을 좋아하고, 늘 비밀을 품고 있다. 하지만 내가 비밀을 알고 있을 때만.

하얀 머리카락이 단단한 어깨까지 내려온 다부져 보이는 남자가 반기듯 고개를 끄덕였다.

"만나서 반갑다, 바질. 우리 마법의 지도를 보러 온 거야?"

미처 대답하기 전, 크리스탈루스는 심홍색 약병 하나를 허공에 들어 올렸다.

"아니면 이 새로운 걸 보러 온 거야? 18일 동안 마법의 증류를 거쳐 막 병에 담았지. 여행 중에 손에 넣은 내 작은 재주지."

"저기……."

바질가라드가 잠시 주저하며 입을 열었다. 자기 아버지에 관한 미묘한 주제를 꺼내기에 앞서, 크리스탈루스의 기분이 괜찮은지 확실히 알고 싶었다.

"그 병 안에는 정확히 뭐가 있는 건데?"

"아! 네가 물어봐주기를 바랐지."

탐험가가 매우 기뻐하며 대답했다. 그러면서 어깨 너머로 젊은 요정 트레시미르를 흘끗 바라보았다. 트레시미르는 다시 돌아와 바질가라드를 올려다보고 있었다.

"쟁반이나 그릇 하나 가져다줄 수 있어, 멋진 젊은이? 액체를 담을 게 필요하거든."

트레시미르는 어깨에 걸쳐 멘 해진 가죽 가방 속으로 손을 넣어 투박한 나무 그릇 하나를 꺼내며 물었다.

"이거면 되겠어요?"

"완벽해."

크리스탈루스는 용 가까이로 걸어가 텐트를 드나드는 사람들한테서 물러났다. 동시에, 트레시미르가 크리스탈루스 옆으로 와서 그릇을 건넸다.

"난 이해가 안 가. 그 병이 지도와 무슨 관련이 있다는 거지?"

용이 말했다.

"그냥 지켜보기만 해."

크리스탈루스는 손을 재빨리 한 번 움직여 병마개를 열고, 내용물을 그릇에 쏟아 부었다. 병에서 심홍색 액체가 콸콸 쏟아질 때, 크리스탈루스가 명령했다.

"무지개 바다."

트레시미르와 바질가라드가 놀랍게도, 그릇 바닥에 든 액체가 수정처럼 맑게 변하더니 이윽고 줄로 가득 찼다. 검은 줄은 섬과 해안선의 모양을, 은빛 줄은 땅의 높이와 바다의 깊이를 만들어냈다.

"와, 이건 지도잖아! 액체 지도."

용이 환호했다.

"무지개 바다의 지도네요. 봐요, 저기 세렐라 여왕의 성이 있어요."

트레시미르가 덧붙였다.

"그래, 나도 그건 잘 알고 있어."

크리스탈루스가 살며시 웃으며 말했다.

"감동적이네."

바질가라드의 관심은 지도 위의 다른 장소로 움직였다. 깎아지른 해안선의 동굴들, 그중 하나는 '물 용 최고 지도자의 동굴'이라고 불렸다. 바질가라드는 동굴 근처 바다에서 솟구쳐 오르는, 코발트블루색 눈동자의 용을 어쩔 수 없이 상상할 수밖에 없었다.

"네가 인정해줘서 기쁘네."

크리스탈루스가 활짝 웃으며 말했다. 그러고는 그릇을 아주 조심스럽게 기울여 액체 지도를 다시 병 속에 담았다.

"바다 속 탐험에 아주 유용할 거야."

"바다 속이라고?"

"음, 그래, 바질. 거기가 다음번에 개척할 곳이야."

크리스탈루스는 텐트 한가운데에서 빙빙 돌아가고 있는 위대한 나무 모형을 향해 몸짓했다.

"내가 저 나뭇가지를 탐험하는 길을 찾고 나서…… 그리고, 물론……."

"별! 네가 그 목표를 잊어버리지 않아서 기뻐."

바질가라드가 크리스탈루스에게 눈짓했다.

"잊어버린다고? 늘 그 생각을 했다고!"

크리스탈루스는 주머니에서 별을 가리키는 특별한 나침반을 꺼내,

갈망하듯 응시했다. 저 멀리에 있는 별처럼, 공 같이 둥근 나침반은 그 자체의 빛으로 빛나는 것 같았다.

잠시 뒤, 크리스탈루스는 텐트 한쪽 벽에 걸려 있는 별자리표를 향해 손을 흔들었다.

"저기 저 별자리 지도 보이지? 내가 이곳에 있을 때, 매일 밤 저걸 연구해. 매일 밤! 저곳에 올라갈 수 있는 새로운 아이디어를 줄지 몰라서 말이야."

하지만 바질가라드는 듣고 있지 않았다. 지도 위의 시커멓게 배인 자리에 초점을 맞추고 있었다. 그곳은 오랫동안 소중히 여기던 별자리가 사라진 곳이었다.

"크리스탈루스, 나는 말이야……."

"그리고 저 위에는, 소중한 보물이 있어. 또 다른 세상의 지도."

탐험가는 열정적으로 말을 이어갔다. 둥근 지구본을 가리켰다. 대부분 파란색이고, 드넓은 대양 사이에 기이하게 생긴 대륙이 자리 잡고 있었다.

"완전히 둥근 세계를 보는 건 정말 이상하지 않아? 나무처럼 생긴 세상 대신 말이야! 저건 리아 고모가 떠나기 전에 내게 준 선물이야. 리아 고모는 자기 오빠한테 받은 거고."

"네 아버지."

바질가라드의 말에 크리스탈루스는 갑자기 말을 멈추었다. 크리스탈루스의 표정이 굳었다. 그 모든 열정이 순식간에 녹아 버렸다.

"그 사람에 대한 이야기는 하고 싶지 않아."

용의 커다란 눈동자가 더욱더 커졌다.

"크리스탈루스, 우리는 그 사람에 대해 이야기해야 해."

크리스탈루스는 팔짱을 꼈다.

"그것 때문에 여기에 온 거야?"

"그래, 맞아. 우리한테는 그 사람이 필요해, 크리스탈루스. 우리는 그 사람을 여기로 돌아오게 해야 해! 넌 이 전쟁이 얼마나 끔찍하게 전개되는지 모를 수도 있어. 넌 계속 여행을 다녔으니까. 그 어느 때보다 상황이 안 좋다고! 나 혼자서는 전쟁을 멈출 수 없어. 내 말 믿어, 난 노력했다고. 내가 이기기 위해서는 멀린의 도움이 필요해. 그러니까, 크리스탈루스…… 네가 그 사람을 찾아야 해. 너무 늦기 전에 말이야."

바질가라드의 귀가 빙그르르 돌았다.

탐험가는 고개를 천천히 가로저었다. 하얀 머리칼이 살랑살랑 움직였다.

"그건 네 문제야, 바질. 내 문제가 아니야."

"아니야!"

용이 큰 소리로 울부짖었다. 너무 커서 텐트 안 그리고 주변의 움직임이 일순간 멈추었다. 사람들은 대화하고, 연구하고, 갖가지 지도를 감상하다 말고 고개를 돌려 무슨 일인지 살펴봤다. 하지만 용은 아무런 관심도 받지 못했다. 모두가 크리스탈루스를 쳐다보았다.

용은 몸을 앞으로 미끄러뜨려 크리스탈루스의 얼굴에 바짝 가져가, 나지막하게 웅얼거렸다.

"이건 아발론의 문제야. 내 문제만도 아니고, 네 문제만도 아니야. 아발론의 문제라고. 가장 작은 거품물고기에서부터 가장 큰 용에 이르기까지, 이 세계에 살고 있는 모두의 이해관계가 걸려 있는 문제라고."

크리스탈루스는 아무 말이 없었다.

"우리한테는 네 도움이 필요해. 아발론은 네 도움이 필요해."

탐험가가 얼굴을 찡그렸다.

"그 사람은 자기가 선택해서 떠난 거야."

"그래, 네가 그 사람한테 네 멋대로 말한 뒤에 떠났지. 그 뒤로, 그 사람은 너와 네 엄마 둘 모두를 잃은 걸 알았어. 상실과 고통이 그렇게 큰데 어떻게 여기 머물 수 있었을까?"

크리스탈루스는 그 말에 움찔했지만, 계속 얼굴을 찡그리며 말했다.

"아니, 바질. 난 어린 강아지처럼 그 사람을 뒤쫓아 가지는 않을 거야."

초록색 눈동자가 가늘어졌다.

"그럼, 네 자존심이 아발론의 생존보다 더 중요하다는 거야?"

"이미 말했잖아, 난 안 갈 거야."

바질가라드는 커다란 머리를 기울였다. 그 바람에 귀 한쪽 끝이 텐트 옆구리를 밀었다.

"그걸 네 아버지를 찾는 여행으로 생각하지 마. 대신, 탐험으로 생각해봐. 별로 가는 여행을 할 수 있는 기회! 그리고 그 너머 세계로, 지구라 부르는 세계로."

처음으로, 탐험가의 얼굴이 살짝 부드러워졌다. 그렇게 생각하니, 호기심이 이는 것 같았다. 이윽고 크리스탈루스가 입을 앙다물고 선언하듯 말했다.

"아니, 그 사람을 찾아 가지 않을 거야."

"너밖에 갈 사람이 없어."

용이 대답했다.

"아니야, 바질. 네가 쫓아갈 수 있어! 네가 그 사람을 찾을 수 있어."

크리스탈루스는 확신에 찬 표정으로 바질가라드를 올려다보았다.

바질가라드의 커다란 이마에 주름이 잡혔다.

"만약 내가 간다면, 우리가 살고 있는 이 세상은 완전히 조각조각 분열할 거라고! 넌 정말 생각이 있는 거니 없는 거니? 난 매일 여기저기 위기를 해결하려 달려간다고. 항상, 끝없이."

바질가라드가 목구멍 깊은 곳에서 으르렁거렸다.

"이 모든 일의 배후에 뭔가가 있어, 크리스탈루스. 엄청나게 사악한 뭔가가 있다고. 그리고 그 녀석은 여기 아발론 어딘가에 숨어 있어! 난 점점 더 그런 확신이 들어. 만약 내가 짧은 기간이라도 떠나게 되면, 그 녀석이 승리하겠지. 만약 내가 머물면, 난 그런 일이 일어나는 걸 막아낼 수 있을 거야. 적어도 멀린이 돌아올 때까지는."

탐험가는 고집스럽게 입술을 굳게 다물었다.

"만약 네가 간다면, 적어도 그 사람은 네 말을 귀담아들을 거야. 하지만 만약 내가 간다면……."

바질가라드는 말을 잠시 멈추고 목청을 가다듬었다.

"내 말을 귀담아듣지 않을 거야."

용은 실망한 표정으로, 톱니 모양의 날개를 펴 등쪽으로 들어 올렸다.

"난 이제 가야 해, 크리스탈루스. 불을 뿜어대는 용들이 우드루트를 공격하기 위해 모이고 있다는 말을 어제 들었거든."

"엘 우리엔! 녀석들이 그 영토를 모조리 불 지를지도 몰라요!"

트레시미르가 소리쳤다. 짙은 숲속 같은 눈동자가 빛났다.

"그게 녀석들의 목표인 게 분명해. 하지만 녀석들을 막을 계획이 있어. 내겐 도움이 필요해. 이미 우드루트의 용감한 거주자들 상당수가 '끊임없이 흐르는 강' 상류에 모여들고 있어."

젊은 요정이 몸을 똑바로 펴고 말했다.

"그럼 나도 갈게요."

"트레시미르, 진심이야? 네가 쓰고 있는 학교의 역사는 어떻게 하려고?"

크리스탈루스가 물었다.

"그건 나중에 해도 돼요. 위대한 여신 로리란다에 따르면, 우리가 지금 이야기하는 우드루트는 내 고향이란 말이에요! 난 그곳 나무들의 이름을 모두 다 알아요. 난 그곳을 보호하기 위해서라면 뭐든 해야 해요."

요정은 크리스탈루스를 똑바로 쳐다보았다.

그 위에서 용이 머리를 끄덕거렸다.

"우리 모두 그래야 해."

크리스탈루스는 침울한 표정으로 이 둘을 번갈아 바라보았다. 그러더니 두 손을 트레시미르의 어깨에 얹고 말했다.

"좋아, 그렇다면…… 하지만 무사해야 해. 넌 네 어린 머릿속에 이미 많은 지식을 지니고 있어. 내가 내 모든 지도 속에 가지고 있는 것보다 더 많이."

이윽고 크리스탈루스는 두 손을 내리더니, 요정 가까이 다가갔다.

"여기, 이거 가지고 가. 꽤 소중한 거야. 너무 소중해서 난 항상 이걸 가지고 다녔어. 하지만 이제……."

크리스탈루스는 옷 목덜미 주머니에 손을 넣어 꼬깃꼬깃 접은 작은 양피지 하나를 꺼냈다.

"이걸 네게 줄게."

크리스탈루스는 그 양피지를 트레시미르의 가방 안에 집어넣었다. 그러고는 앞으로 몸을 기울여, 요정의 귀에 대고 뭐라고 속삭였다. 크리스탈루스가 말하는 동안 트레시미르가 깜짝 놀라 눈썹을 치켜떴다.

크리스탈루스가 말을 마치자 요정이 물었다.

"정말이에요?"

"그래, 젊은이. 난 확신해. 내가 말한 거 반드시 명심해."

크리스탈루스는 용을 흘끗 바라보았다. 용은 이 둘을 미심쩍게 바라보고 있었다.

"때가 되면."

"내가 떠날 시간이 되었어. 크리스탈루스, 네 결정에 대해 확신해?"

바질가라드가 물었다.

"확신해."

"그럼 넌 탐험을 계속하도록 해. 이 세계가 여전히 지속하는 동안."

크리스탈루스는 발끈했지만 아무 말도 하지 않았다.

"그리고 너, 트레시미르. 우드루트까지 타고 갈래?"

"물론이지요!"

용이 귀를 땅에 가까이 대자, 요정은 그 위에 힘차게 뛰어 올랐다.

바질가라드와 크리스탈루스는 잠시 서로를 물끄러미 바라보았다. 이윽고, 용은 더 이상 아무 말 없이 커다란 텐트에서 물러나, 두 날개를 활짝 펴고 하늘로 날아올랐다. 한 번 빙글 돌아 날개를 펄럭이며 고도를 유지하더니, 잠시 후 구름 사이로 사라졌다.

탐험가는 날카로운 눈으로 그 뒤를 쫓아갔다. 이들이 사라지고 난 뒤에도 한참 동안 하늘을 쳐다보았다. 혼자만 들을 수 있는 나지막한 목소리로, 용이 떠나며 한 말을 반복했다.

"이 세계가 여전히 지속하는 동안."

마침내, 크리스탈루스는 몸을 돌려 텐트 안으로 성큼성큼 걸어 들어갔다.

34

위대한 싸움

나는 죽도록 싸운 것을 신경 쓰지 않는다. 내가 그 근처에 가지 않는 한.

바질가라드가 요정 트레시미르를 머리 위에 태우고 우드루트를 향해 재빨리 날아가는 동안, 바람은 얼굴을 스치며 광을 낼 것처럼 주둥이, 날개, 등의 초록색 비늘을 비벼댔다. 아발론의 가마솥 같은 혼돈이 전쟁을 향해 들끓은 이후로 바질가라드가 받은 그 모든 스트레스에도 불구하고, 두 날개는 견고하고 강력하게 느껴졌다. 두 날개는 용이 허공을 헤치고 나아가게 해주었다. 하강할 때마다 몸을 앞으로 밀어주었다. 날개는 우아함과 힘의 살아 있는 화신이었다.

그럼에도 바질가라드는 이번 비행을 즐기지 못했다. 아발론에는 정말로 멀린이 필요하다는 생각, 그리고 도움을 거부한 멀린 아들에 대한 생각이 머릿속에 가득 찼다.

'어리석은 크리스탈루스! 녀석은 고집이 너무 세⋯⋯.'

용은 주저하며 적당한 말을 찾았다.

'자기 아버지만큼.'

한편, 트레시미르는 이번 경험을 맘껏 즐기고 있었다. 똑바로 서서 용의 귀를 팔로 감싼 채 앞으로 몸을 기울여, 얼굴을 때리며 옷소매를 펄럭이는 바람을 느꼈다. 트레시미르의 가방은 바람에 날려 끈이 팽팽해졌지만, 요정은 새로운 모험에 너무 푹 빠진 나머지 알아차리지도 못했다. 트레시미르는 저 아래 드넓게 펼쳐진 땅, 강, 협곡, 안개 자욱한 신비한 바위를 유심히 살펴보며 그 모습을 머릿속에 기억해두려 했다. 하늘을 나는 경이로운 느낌에 흠뻑 빠졌다. 완벽하게 스릴이 넘치고, 완벽하게 자유로운 느낌.

저 아래 초록의 숲이 나타나자마자, 바질가라드는 나무 꼭대기 위를 거의 스칠 듯이 낮게 지나갔다. 트레시미르로 말할 것 같으면, 자신이 전에 한 번도 경험해보지 못한 고향에 대한 새로운 풍경을 느끼고 있었다. 마치 하늘을 솟구치는 매처럼 볼 수 있었다. 하지만, 바질가라드로 말할 것 같으면, 가장 큰 혜택은 풍경이 아니라 냄새였다. 나무 위를 미끄러지듯 나아가며, 달콤한 송진, 시큼한 자두, 강렬한 버섯 향을 맡았다. 저 풍부한 냄새를 맡으니, 잠시 걱정에서 벗어나 이 사랑스러운 영토를 보호하기 위해 싸우는 것이 왜 중요한지 다시 한번 떠올릴 수 있었다.

용은 방향을 틀어 구부구불 이어진 '끊임없이 흐르는 강'을 따라 수원지를 향해 올라갔다. 저 아래, 강물은 바위투성이 길을 따라 흘러내리거나 폭포 위로 쏟아져 내렸다. 거품이 이는 흰 물이 허공에 장막 같은 물보라를 내뿜으며, 가장자리에 무지개를 만들어냈다. 용의 그림자는 급류 위를 나는 듯 물처럼 유연하게 움직였다.

상류를 향해 올라가다 보니 강은 좁아지고, 나무가 줄지어 선 협곡

이 나타났다. 협곡의 절벽이 좁아지며, 엘 우리엔 고지대의 일렁이는 초원이 모습을 드러냈다. 한편, 강은 그 크기가 줄어 시냇물이 되더니 이내 좁은 개울로 변했다. 바질가라드는 평평한 너른 들판에 내려앉았다.

"상류군요."

트레시미르가 얼마나 빨리 이곳에 도착했는지 놀라워하며 큰 소리로 말했다. 트레시미르는 흰색 금잔화, 노란색 요정 화관, 그리고 삼나무 솔방울 냄새가 나는 파란 꽃이 밝게 흩뿌려져 푸릇푸릇 우거진 초원의 아름다움에 감탄했다.

이와는 대조적으로, 바질가라드의 시선은 풍경이 아니라 이들을 기다리는 사람들에게로 향했다. 사납고 자존심이 강한 켄타우로스 무리가 개울 옆에서 발굽을 초조하게 쿵쿵 구르고, 방패와 창과 날이 넓은 칼을 든 남자와 여자들이 근처에 모여 있었다. 이들 대부분은 바질가라드를 가만히 쳐다보고, 몇몇은 삼림 지대 하모니를 노래하고 있었다. 말, 곰 몇 마리 그리고 흰꼬리사슴 한 무리가 주변을 어슬렁거리며, 이따금 멈추어 깨끗한 물을 마셨다. 독수리 종족 수십 명이 은빛 날개를 반짝이며 머리 위에서 빙빙 날았다. 거대한 협곡 독수리 한 마리가 수많은 매 떼와 함께 하늘을 날고, 저 멀리 요정의 거대한 무리가 재빨리 행진해왔다. 비록 멀리 있었지만, 용은 사냥용 활과 화살통과 함께 이들의 짙은 초록색 옷을 알아차릴 수 있었다.

'예상한 것보다 많잖아. 이걸로 충분할까?'

바질가라드는 침울하게 이들을 바라보며 생각했다.

바로 그때, 허공에서 희미한 냄새를 맡았다. 불에 그슬린 비늘과 피 묻은 발톱의 냄새.

'불 용들이야.'

바질가라드는 몸을 휙 돌렸다. 그 바람에, 꼬리에 달린 곤봉이 깜짝 놀란 켄타우로스를 하마터면 칠 뻔했지만 알아차리지는 못했다. 용의 관심은 저 멀리에서 날아오는 어두운 형상들에 고정되어 있었다. 바질가라드는 불 용이 백 마리 넘게 다가오는 것을 알아차리고 이를 뿌드득 갈았다. 그동안 싸움에서 마주했던 것보다 훨씬 수가 많았다. 커다란 심장이 보다 빨리 뛰었다. 어깨 근육이 긴장되었다.

"왜 그래요?"

트레시미르가 소리쳐 물었다. 아직 침략자들을 보지는 못했지만 용의 반응을 느낄 수는 있었다.

바질가라드는 대답하지 않았다. 그저 귀를 낮추어 요정이 내려갈 수 있게 해주었다. 왜냐하면 저기 지평선에서 또 다른 움직임의 흔적을 알아차렸으니까. 걱정해야 할 새로운 이유.

플레임론! 전투 경험으로 다져진 엄청난 전사 부대가 행진해 오고 있었다. 대형을 완벽하게 갖추어 성큼성큼 걸어오는 모습이 하나로 연결된 몸처럼 보였다. 그 길을 막는 건 누구든, 무엇이든 파괴해 버릴 것 같은 압도적인 힘. 전사들의 대형 위로 투석기와 불화살이 높이 솟아 있었다. 그 두 가지 무기는 플레임론의 가장 치명적인 발명품이었다.

바질가라드는 요동치는 심장으로 이들을 바라보다, 그 대열에서 또 다른 탑 하나를 알아차렸다. 투석기보다 더 높이 솟은 이 구조물은 플레임론이 바퀴를 굴릴 때마다 앞뒤로 흔들렸다. 그 바닥에는 커다란 나무 상자가 실려 있었다. 그 나무 상자 안에 뭐가 들었는지, 바질가라드는 알 수 없었다. 하지만 이제 곧 새로운 종류의 무기와 마주하게 되리라는 건 알아차렸다.

'빌어먹을, 다그다…… 맙소사! 저게 도대체 뭐지?'

뭔가 막연해서 설명할 수 없지만, 이것이 플레임론이 지금까지 만들어낸 가장 끔찍한 발명품이라 짐작했다. 더욱이, 그 무기의 최우선적인 목표는 아발론 최고의 수호자인 자신을 파괴하는 데 있었다. 목구멍 깊은 곳에서 울리는 으르렁거림이 흘러나왔다.

땅에 내려온 트레시미르는 하늘과 땅에서 적이 다가오는 모습을 지켜보며 초조하게 숨을 들이켰다.

"이건 정말 끔찍한 싸움이 될 거야, 최악의 싸움이 될 거야."

트레시미르는 예상했다. 용의 턱을 토닥이며 덧붙였다.

"하지만 우리가 이길 가능성은 있어요. …… 당신 덕분에요."

바질가라드는 마음속으로 싸움 계획을 서둘러 세우며, 크게 콧방귀를 뀌었다.

"우리가 이길 거야, 트레시미르. 하지만 이 전쟁은 끝없이 이어질 거야. 더 많은 생명이 끝장날 테고, 더 많은 땅이 불에 탈 거야. 이건 멈추지 않을 거야."

"그걸 어떻게 알아요? 이번이 전쟁을 끝낼 위대하고 결정적인 싸움이 될 수도 있다고요!"

요정이 다그쳤다.

"아니, 이곳에는 우리가 볼 수 있는 것보다 훨씬 많은 적이 활동하고 있어. 난 그걸 알아, 트레시미르. 확실히 알아."

바질가라드는 초록색 빛나는 눈으로 요정을 침울하게 바라보았다.

요정이 얼굴을 찡그렸다.

"당신이 크리스탈루스한테 말한 그 적을 말하는 거군요. 당신이 '완벽하게 사악한'이라고 표현한 적 말이에요. 우리의 문제를 일으킨 원인."

"맞아. 만약 그 녀석이 아발론 어디에 있는지 내가 알 수만 있다면,

난 그 녀석을 물리칠 수 있어! 이 공포를 완전히 끝내고 평화를 회복할 수 있다고."

바질가라드는 거대한 한숨을 토해냈다. 너무나 강력해서 저 멀리 떨어진 초원의 풀이 휘청거릴 정도였다.

"하지만 멀린이 나를 도와주지 않는다면, 도무지 그 녀석을 찾을 방법이 없어."

"방법이 있어요."

요정이 너무나도 단호하게 말해서 바질가라드는 호기심이 일었다.

"무슨 말이야?"

바질가라드는 하늘을 경계하면서 따지듯 물었다.

"빨리 말해! 저 용들이 우리한테 오기까지 이제 2~3분밖에 남지 않았어."

트레시미르는 가방에 손을 넣어 크리스탈루스가 준 양피지를 꺼냈다. 여전히 접혀 있는 양피지를 손에 들었다.

"이건 지도예요. 아주 특별한 지도라고요. 크리스탈루스가 내게 말했어요. 이걸 당신에게 주면 당신이 멀린을 찾을 수 있다고요."

"이게 지구의 지도야?"

"아니요! 그것보다 훨씬 쓸모 있는 지도예요."

초원을 가로질러 불어오는 바람에 양피지가 나부꼈다.

"이건 당신이 가고 싶은 곳 어디든 보여주는 지도예요. 어떤 곳이든! 이 세계이든 다른 세계이든."

용은 흥분에 들떠 꼬리로 땅을 탕 내리쳤다. 그 바람에 사슴과 말들이 당황스러워했다.

"크리스탈루스가 이 지도를 소중하게 여겼던 게 하나도 이상하지 않군."

트레시미르가 고개를 끄덕였다.

"크리스탈루스는 핀카이라에서 온 늙은 마녀, 돔누(Domnu)와의 내기에서 이걸 얻었어요. 그 뒤로 줄곧 소중하게 간직하고 있었어요. 언젠가 별로 가는 여정에서 사용할 계획으로요."

"하지만 아발론을 돕기 위해 이것을 주었군…… 자기 아버지처럼."

용의 눈동자가 반짝반짝 빛났다.

바질가라드는 다가오는 불 용들을 보았다가 멈추어 얼굴을 찡그리더니, 이내 선언하듯 말했다.

"내가 저 침략자들을 물리치고 난 뒤, 난 이 지도를 활용해 멀린을 찾겠어! 이 지도의 도움으로 내가 생각했던 것보다 훨씬 빨리 그 일을 해낼 수 있어. 자, 희망을 품자. 아발론의 적들은 그리 많은 피해를 불러오지 않을 거야. 그러면 멀린과 나는 지도를 이용해 그 사악한 짐승의 위치를 알아내 녀석을 파괴할 수 있어! 그리고 그 모든 일을 끝냈을 때, 내가 이 지도를 되돌려주면, 크리스탈루스가 자신의 여행에 사용할 수 있겠지."

요정이 입술을 앙다물었다.

"아니요, 그럴 수는 없어요."

"왜 그럴 수 없다는 거지?"

"왜냐하면…… 이 지도는 딱 한 번만 사용할 수 있거든요."

용은 트레시미르를 내려다보았다.

"딱 한 번이라고?"

"슬프게도…… 그것이 이 지도가 지닌 마법의 한계예요. 그러니까……"

트레시미르가 말했다.

"내가 선택을 해야 한다는 말이로군."

"끔찍한 선택이죠. 이 지도로 멀린을 찾거나, 아니면 그 짐승을 찾거나. 두 가지 다 할 수는 없어요."

트레시미르가 고개를 가로저었다. 바람이 다시 불어왔다. 불에 그슬린 용의 비늘 냄새가 심하게 풍겼다.

"당신은 나중에 결정해야 해요. 모든 걸 완벽하게 생각할 충분한 시간이 있을 때."

"아니! 난 이미 결정했어. 난 지도로 그 짐승을 어디서 찾을 수 있는지 알아낼 거야."

용이 포효했다. 콧구멍이 벌름거렸다. 코로 요정을 쿡 찌르면서 덧붙였다.

"지금 당장 그렇게 하고 싶어."

"지금요? 하지만 불 용들…… 전투는……?"

"곧 시작될 거야, 나도 알아! 하지만 트레시미르, 싸움에서는 어떤 일이든 벌어질 수 있어. 지도를 잃어버리거나 망가뜨릴 수도 있다고! 지금 이 순간 우리가 지도를 갖고 있을 때 그걸 사용하자. 지금 당장!"

"알았어요, 그렇다면……."

트레시미르는 조심스럽게 지도를 펼치며 재빨리 설명했다.

"당신이 찾고 싶은 것에 생각을 집중하세요. 그러고 나서 '내게 길을 보여줘.'라고 말하세요."

바질가라드는 그 너덜너덜한 양피지 조각을 뚫어지게 쳐다보았다. 왼쪽 위 귀퉁이에 둥근 나침반의 작은 그림 하나를 제외하고는 그저 텅 비었다. 그 지도가 마법을 지니고 있다는 표시는 어디에도 없었다.

이처럼 강력한 마법은 차치하고라도.

'잘 될 거야. 아발론을 위해서.'

바질가라드는 열정적으로 생각했다. 에너지를 있는 대로 끌어 모아, 벤데짓의 둥근 물체 안에서 흘끔 본 적이 있는 그림자 짐승에 초점을 맞추었다. 이 모든 혼란의 배후에 있는 짐승에.

바질가라드가 굵은 목소리로 으르렁거렸다.

"내게 길을 보여줘."

아무 일도 일어나지 않았다. 일 초가 흘렀다. 또 일 초가 흘렀다. 또 일 초가 흘렀다. 바질가라드는 요정을 흘끗 쳐다보았다. 그리고 나서 하늘을 올려다보았다. 불 용들이 점점 더 가까이 다가오고 있었다. 바질가라드는 포기하기 직전, 마지막으로 지도를 바라보았다. 마음이 무거웠다. 이것이 제대로 되기를 정말 간절히 바랐다.

뭔가 변하고 있었다! 장식용 나침반 안의 화살이 기적처럼 빙글빙글 돌기 시작했다. 점점 더 빠르게 돌더니, 마침내 희미한 얼룩처럼 보였다. 한편, 지도의 테두리와 접힌 자국이 차츰 분명해지며, 짙은 황금색을 띠었다. 동시에, 갈색 구름이 양피지 나머지 부분에서 소용돌이치기 시작했다. 바질가라드와 트레시미르가 열심히 들여다보는 사이, 구름이 모양을 이루어갔다.

"이건 아발론이야. 뿌리-영토들! 이제…… 지도가 점점 가까워지고, 한군데 영토에 초점을 맞추고 있어요."

트레시미르가 소리쳤다.

"머드루트야. 하지만 머드루트 어디지?"

용이 다급하게 물었다. 용은 초조하게 하늘을 흘끗 쳐다보았다.

물음에 대답하듯 지도의 이미지가 북쪽으로 움직이며…… 평원을 지나고, 정글을 지났다. 머드루트의 가장 북쪽 지역! 지도는 어둡고 음산한 커다란 늪지의 윤곽을 보여주었다.

"유령의 늪이야!"

용의 목소리가 초원을 가로질러 울려 퍼졌다. 그때 켄타우로스 하나가 소리쳤다.

"싸울 시간이 됐어! 하늘에는 불을 뿜는 용이, 땅에는 플레임론이 있어. 이제 명령을 내려, 바질가라드!"

바질가라드가 고개를 들어 큰 소리로 명령을 내렸다.

"켄타우로스, 말, 사슴. 달릴 수 있는 너희는 둘로 나뉘어서 플레임론을 측면에서 공격해. 요정들, 활을 잘 사용하도록! 그리고 걸어 다니는 생명체, 너희는 중앙으로 돌격해 들어가 적의 대열을 가르도록 해. 저들에게 너희의 분노를 보여줘. 나는 새들과 함께 불 용들에게 우리의 분노를 보여주겠어!"

커다란 환호가 일며, 아발론의 수많은 생명체들의 목소리가 하나로 모였다. 이들이 마주해야 할 엄청난 숫자, 이 영토에서의 불이 가져올 위험, 그리고 플레임론의 그 비밀스러운 새로운 무기…… 심각한 우려에도 불구하고, 바질가라드는 기운이 솟았다. 침략자들이 탐욕과 증오로 동기를 부여받았지만, 자신의 군대는 이보다 훨씬 강력한 뭔가가 이들을 이끌고 있다는 것을 바질가라드는 잘 알고 있었다. 그건 바로 자신의 집과 가족, 그리고 아발론에 대한 사랑이었다.

"봐요!"

트레시미르가 외쳤다.

바질가라드는 이미 두 날개를 펼치기 시작했는데, 몸을 돌려 요정이 지도에서 가리키는 곳을 바라보았다. 유령의 늪의 이미지가 다시 만들어지며, 어둡고 그늘진 장면으로 변했다. 그 한가운데에는 메스꺼운 짐승이 하나 서 있었다. 시체들이 들어 있는 구덩이에서 몸을 꿈틀거리며, 주변의 죽음에서 힘을 빨아들이고 있었다. 비록 그 크기가 부풀어 있었지만 의심의 여지가 없었다. 이것은 바질가라드가 전에 마법의 둥근 물체 안에서 보았던 바로 그 무시무시한 짐승이었다. 밤보다 더 검었다. 몸이 텅 빈 것처럼 보였다. 실제 존재가 아니라 그림자처럼 보였다.

'어둠보다 어둡다.'

"저 녀석이야. 저 녀석이 이 모든 것의 배후야."

용이 으르렁거렸다.

"저게 뭐예요?"

트레시미르가 그 모습을 보고 얼굴을 찡그리며 물었다.

"나도 몰라. 하지만 난……."

용은 말을 멈추고 그 움직이는 이미지를 지켜보았다. 저 모습은 왜 이렇게 낯이 익을까? 꿈틀거리는 짐승은 몸을 돌리는 듯 보였다. 마치 자신을 똑바로 노려보기라도 하는 것 같았다. 불현듯, 시뻘건 번득임이 일어 아주 잠깐 머물다, 화난 핏발 선 눈으로 희미해져 들어갔다.

즉각, 바질가라드는 진실을 깨달았다.

"저 거머리는 리타 고르의 부하야! 맞아, 틀림없어!"

그 거머리와 만났던 기억이 생생하게 되살아났다. 그때 지도에서 칙칙 소리가 나기 시작했다. 나침반에서 연기가 피어오르더니, 양피지 테두리로 번져갔다. 트레시미르는 깜짝 놀라 외마디 비명을 지르며 지도를 떨어트렸다. 지도는 이내 불꽃으로 타올랐다. 잠시 뒤, 땅에 흩뿌려진 재 말고는 아무것도 남지 않았다.

바질가라드는 재를 노려보았다. 용의 마음속에서는 부풀어 오른 시커먼 거머리의 이미지를 노려보고 있었다.

"내가 널 찾고 말겠어. 무슨 일이 있든 널 찾고 말겠어."

바질가라드가 으르렁거렸다.

용은 고개를 들어 올려, 엄청난 포효를 내뿜었다. 바질가라드는 껑충 뛰어 하늘로 솟아올라, 아발론을 위한 전투 속으로 뛰어들었다.

35

둠라가의 승리

네가 모르는 것이 상처를 줄 수는 없다. 그것이 상처가 될 때까지.

둠라가는 유령의 늪 깊숙한 어둠 속에서 핏발 선 눈을 번득였다. 그 어느 때보다 밝게, 그 신호는 아발론의 하늘로 맥박 치듯 나아가 그 세계의 가장 먼 곳 너머, 별 너머…… 정령의 영토까지 쭉 뻗어갔다.

그 빛은 자신의 주인, 정령의 장군 리타 고르에게 보내는 메시지였다. 둠라가가 이 죽음의 구덩이 안에서 오랜 세월 노력해서, 부풀어 오르고 일그러지며, 마침내 보낼 준비가 된 메시지. 리타 고르가 아발론을 정복할 때가 도래했다는 사실을 전하는 메시지.

그림자보다 어두운 둠라가가 갑자기 몸서리쳤다. 그 몸 안에서 거대한 힘이 밀려 나왔다. 그림자 거머리의 피부가 부글부글 끓었다. 마침내, 커다란 입을 벌려 요란하게 울부짖었다.

사람의 손 하나 길이 정도 되는 수천수만 마리 거머리가 입 밖으로 쏟아져 나왔다. 이 끔찍한 부하들은 둠라가의 마법을 품고 허공으로 둥둥 떠올랐다. 이들은 사악한 바람을 타고 날아가며 피처럼 붉은 눈을 번득였다. 자신의 임무를 완전히 이해했다는 것을 알렸다.

리타 고르에 저항하는 아발론의 마지막 수호자, 초록 용을 죽이는 임무.

이들은 높이, 더 높이 둥둥 떠가며 썩어가는 늪지의 연기 너머로 솟아올랐다. 이윽고, 역겨운 구름처럼 무리지어 동쪽을 향해, 이제 막 시작된 우드루트에서의 위대한 전투를 향해 날아갔다. 그곳에서 초록 용과 그 동맹군에 내려앉아 모조리 죽일 것이다.

둠라가는 부하들이 떠나는 모습을 지켜보며, 또한 어떤 일이 벌어질지 짐작하며, 깊고도 거친 웃음을 토해냈다. 꿈틀거리는 몸은 이제 다시 홀쭉해졌지만, 기대감은 더욱 커져갔다. 훨씬 더. 왜냐하면 복수는 물론이고 곧 승리를 만끽할 테니까.

-7권 끝-

바질이 사악한 짐승을 만났다……

바질은 더 이상 작은 도마뱀이 아니다. 이제 강력한 힘을 지닌 용이다. 위풍당당한 날개, 거대한 꼬리 그리고 보석처럼 빛나는 눈으로 하늘을 날아다니며, 충직한 친구 멀린과 함께 아발론을 수호하고 세상을 구하려 종횡무진 노력한다. 하지만 소인과 불을 뿜는 용 그리고 온순하던 요정들 사이에 싸움이 일어 아발론은 엄청난 혼돈에 빠지고 만다. 바질은 이 모든 문제가 다 연결되어 있다고 의심하지만, 이 불화를 일으킨 원인을 찾아내야만 한다. 불행하게도, 그 해답은 유령의 늪 깊숙이 숨어 있다. 그곳에서 그림자 짐승, 둠라가가 복수를 꿈꾸고 있다.

"멀린 혹은 아발론에 대한 이야기에 있어서는 누구도 배런을 따라올 수 없을 것이다. 다시 한번, 배런은 '일곱 영토'에 대한 감각과 색조, 그리고 사랑을 불러일으켰다. 배런의 팬들이라면 이 새로운 선물에 흠뻑 빠질 것이다."

—School Library Journal, 7권에 대한 서평

멀린7 둠라가의 복수

1판 1쇄 인쇄 2021년 4월 1일
1판 1쇄 발행 2021년 4월 15일

지은이 | 토머스 A. 배런
펴낸이 | 김영곤
펴낸곳 | (주)북이십일 아르테

키즈융합부문 이사 | 신정숙
융합사업2본부 본부장 | 이득재
웹콘텐츠팀 | 장현주 김가람
교정교열 | 쟁이랩_JANGYLAP
해외기획팀 | 정영주 이윤경
영업마케팅 본부장 | 김창훈
영업팀 | 허소윤 윤송 이광호
마케팅팀 | 정유진 김현아 진승빈
제작팀 | 이영민 권경민

출판등록 | 2000년 5월 6일 제406-2003-061호
주소 | (우 10881) 경기도 파주시 회동길 201(문발동)
대표전화 | 031-955-2100 **팩스** | 031-955-2151
이메일 | book21@book21.co.kr

(주)북이십일 경계를 허무는 콘텐츠 리더
아르테팝 채널에서 도서 정보와 다양한 영상자료, 이벤트를 만나세요!
페이스북 facebook.com/21artepop   트위터 twitter.com/21artepop
인스타그램 instagram.com/21artepop   홈페이지 artepop.book21.com

ISBN 978-89-509-9380-1 04840
책값은 뒤표지에 있습니다.